STS
山田社

STS
山田社

考試分數大躍進
累積實力
百萬考生見證
應考秘訣

根據日本國際交流基金考試相關概要

破繭成蝶，自學神器

絶對合格 日檢必背文法

文法精解

例句
生字
注解

吉松由美・西村惠子
林勝田 ◎合著

新制對應！

文法突然間清楚了！

前言 Preface

日語是您成功的翅膀，一起飛往新天地，拓寬無邊的前景！

制霸日檢終極自學攻略，一書在手，萬事俱備：

創新詞性分類技巧 →文法口訣濃縮→ 情境模擬日常劇場 →
獨家自學模式 →〔逐條剖析例句文法＋詳解例句生詞中譯〕
在家自學也能如魚得水。

精準抓住重點，揭開日檢勝利的面紗，擊中最關鍵的甜蜜點，讓您的成績如火箭般騰飛，成為萬人矚目的焦點。

我們的方法輕鬆有趣，讓您在學習日語的道路上，不再孤單和艱辛。一起走上成就夢想的巔峰，體驗不同的世界，讓未來的您，對現在的自己感激不盡！

日檢大師終極自學秘籍：由頂尖日檢教師親傳祕技，極速精煉，讓您的學習成果翻倍迅猛！

獨家亮點一覽：

1 「關鍵字法寶」瞬間濃縮文法精華，考試前快速撿起，立即打開記憶大門。

2 創意十足的日常小劇場，讓文法例句在生活中跳躍，活靈活現！

3 日檢大師的超級自學武器，完美攻略〔深度剖析例句文法＋例句生詞中譯一目了然〕，讓您變身自學達人，輕鬆駕馭文法。

4 「文法速記表秘籍」一覽無遺的重點概要，配合個人化學習計劃，實現全面且體系化的學習效果！

5 邁入精熟的「類義表現專欄」，機智的比較學習法為您保駕護航，讓相似和相反的用法變得游刃有餘。

6 「N3 文法溫習專欄」梳理並比對 N3 文法，助您在日檢中勇闖高峰，超越自我！

7 9 次隨堂測驗加 3 次模擬試題的完美搭配，確保您的考題命中率達到驚人的 100% ！

Preface

9 大絕佳技法，讓日檢學習變得既輕鬆又高效，記憶深植於心。本書的精髓如下：

1 神奇口訣：「瞬間記憶法寶」文法口訣精華濃縮，考試時輕鬆取用記憶庫！

為什麼文法解釋總是讓人感到晦澀難懂？本書創新地在每個文法解釋前添加「關鍵字」，巧妙將文法精華壓縮成易於消化的小點心。

這不僅讓您迅速把握重點，還能激發您的聯想，實現長期記憶。依靠這個記憶法寶，考試時您能輕鬆喚醒記憶，高分就在眼前！

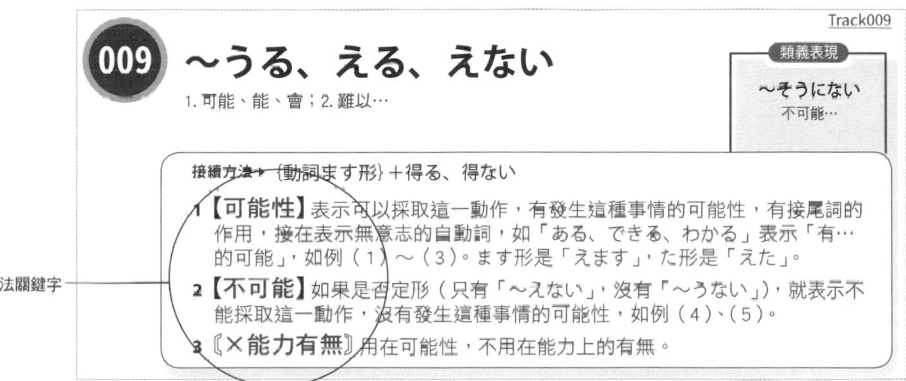
Track009

009 ～うる、える、えない

1. 可能、能、會；2. 難以…

類義表現

～そうにない

不可能…

接續方法▶ {動詞ます形}＋得る、得ない

1【可能性】表示可以採取這一動作，有發生這種事情的可能性，有接尾詞的作用，接在表示無意志的自動詞，如「ある、できる、わかる」表示「有…的可能」，如例（1）～（3）。ます形是「えます」，た形是「えた」。

2【不可能】如果是否定形（只有「～えない」，沒有「～うない」），就表示不能採取這一動作，沒有發生這種事情的可能性，如例（4）、（5）。

3〖×能力有無〗用在可能性，不用在能力上的有無。

2 戲劇體驗：透過生動的日常小劇場，將文法例句與生活完美融合！

本書狡猾地將每項文法與創意滿溢的日常小劇場結合，讓日常情境、文法和故事無縫銜接！

每個文法點都搭配一張引人入勝且令人會心一笑的插圖，並配上生活常用的句子，生動而細緻地展現文法特色，讓您的學習成果迅速顯現，享受使用日語的樂趣，語感飛躍提升。

3 版型升級：獨創自學版型，兼顧文法解析與單字中譯，打造自學高手！

例句中的文法運用和單字變化往往讓初學者感到困惑。為了讓讀者能夠自學得心應手，本書獨具匠心地設計了超凡自學式的版型。

我們在例句旁邊精心撰寫了細緻的文法解説，揭示文法在各種情境下的應用。同時，我們也標示了例句中的生字，並在生字上方附上中文字義，讓學習變得輕鬆、易於理解，並且能順便學到更多的單字。

如此一來，您會發現「原來還有這種用法！」、「原來是這個意思！」，讓您的學習過程變得更加清晰明了，絕對能夠看懂學懂。

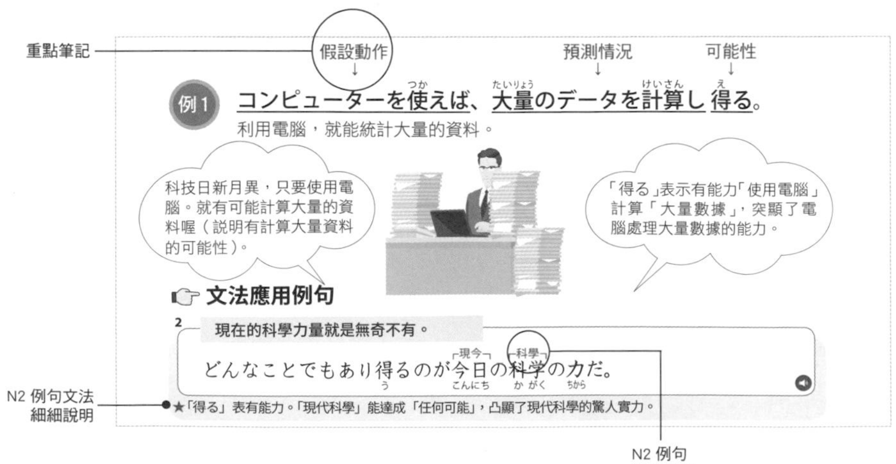

4 深度解析：「多義拆解」專攻，詳盡展示例句用法，實現整合學習！

文法的多樣性常使同一原則因前文接續、語境等呈現多種形態。以「～かぎり」為例：其可以表示一、只要前項持續，就有後項的效果「只要…就…」；二、基於自身的認知範疇進行判斷「據…所知」。

常有讀者反饋「文法的應用場景難懂，選擇答案常感迷惘！」因此，本書對 N2 文法程度的各使用情境進行深入拆解，並附上精選例句，確保您面對考題時，快速鎖定答案！

我們不僅探討接續公式，還細緻呈現文法中常用的單字、應用場合及經常出現的表述，這些都是考試中常考的重點。此外，與 N2 程度相符的時事、日常生活等實際內容融入其中，確保您對文法考題有如臂使指的掌握！

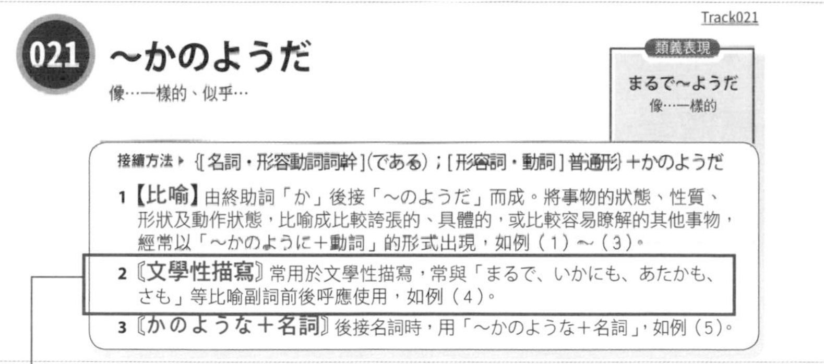

Track021

021 ～かのようだ

像…一樣的、似乎…

類義表現

まるで～ようだ

像…一樣的

接續方法▸ {[名詞・形容動詞詞幹](である)；[形容詞・動詞]普通形} ＋かのようだ

1【比喻】由終助詞「か」後接「～のようだ」而成。將事物的狀態、性質、形狀及動作狀態，比喻成比較誇張的、具體的，或比較容易瞭解的其他事物，經常以「～かのように＋動詞」的形式出現，如例（1）～（3）。

2〔文學性描寫〕常用於文學性描寫，常與「まるで、いかにも、あたかも、さも」等比喻副詞前後呼應使用，如例（4）。

3〔かのような＋名詞〕後接名詞時，用「～かのような＋名詞」，如例（5）。

細分例句中的用法

4 祖母過世時的面容安詳，宛如還活著一樣。

祖母の死に顔は安らかで、まるで生きているかのようだった。

（臨終面容；安詳的；そぼ　し　かお　やす　い）

★「かのようだ」搭配「まるで」描述祖母遺容「恍如」生前平和，突顯逝者安詳及相似性。

5 比較法高效學：對比分析法，對相似與相反概念洞若觀火，學習效率翻倍！

日常對話與正式場合中，同一句子可展現截然不同的面貌。在考試中，換用不同說法的類義表達是常見題型，因此掌握各種表達方式的相近概念成為成功關鍵。

本書悉心整理了 N2 文法考題所需的類義表現，不僅助您由多角度對比學習，更能全方位提升您的日語學習實力，迎戰考試不懼挑戰！

6 策略高效學：清晰重點速記表，擬定高效學習計劃，完全掌握文法。

精心打造的文法概要表，一覽無遺地展示所有關鍵點，配上詳細的中文解釋，助您在最短時間內高效複習。此外，您還可以方便地剪下概要表，隨身攜帶，成為考前密集複習的最佳助手。

這就像您隨身攜帶的 N2 文法秘籍！書中更提供讀書計劃表，幫助您有序地規劃自己的學習進程，只要依計劃學習並付諸實踐，成功就近在咫尺！

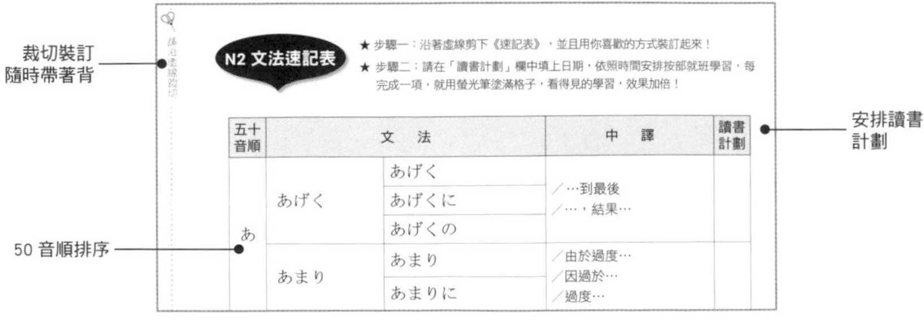

五十音順	文法		中譯	讀書計劃
あ	あげく	あげく	／…到最後 ／…，結果…	
		あげくに		
		あげくの		
	あまり	あまり	／由於過度… ／因過於… ／過度…	
		あまりに		

7 挑戰升級：深化您的準備，解鎖日語檢測的成功密碼，讓成功觸手可及！

在各單元之間，我們精巧地穿插了精心設計的常考 N3 文法溫習專欄，目的是讓您在掌握基礎文法的基礎上，能夠一展雙翼，遨遊在知識的海洋。

我們為您呈現一套豐富多彩且邏輯清晰的深度教學內容，包括日檢的得分要點，如口語縮約型變化等，助您奠定成功的基礎。充分準備，成功自然就在您的指尖之間！

常考 N3 文法補充專欄

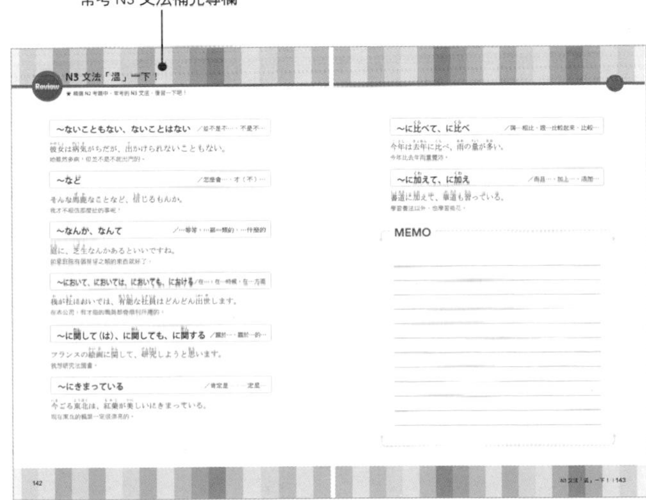
Review N3 文法「溫」一下！

★ 精選 N2 考題中，常考的 N3 文法，復習一下吧！

～ないこともない、ないことはない ／並不是不…、不是不…

彼女は病気がちだが、出かけられないこともない。
她雖然多病，但並不是不能出門的。

～など ／怎麼會…、才（不）…

そんな馬鹿なことなど、信じるもんか。
我才不相信那麼扯的事呢！

～なんか、なんて ／…等等、…那一類的、…什麼的

庭に、芝生なんかあるといいですね。
如果庭院有個草坪之類的東西就好了。

～において、においては、においても、における ／在…、在…時候、在…方面

我が社においては、有能な社員はどんどん出世します。
在本公司，有才能的職員都會順利升遷的。

～に関して（は）、に関しても、に関する ／關於…、關於…的…

フランスの絵画に関して、研究しようと思います。
我想研究法國畫。

～にきまっている ／肯定是…、一定是…

今ごろ東北は、紅葉が美しいにきまっている。
現在東北的楓葉一定很漂亮的。

～に比べて、に比べ ／與…相比、跟…比較起來、比較…

今年は去年に比べ、雨の量が多い。
今年比去年雨量豐沛。

～に加えて、に加え ／而且…、加上…、添加…

書道に加えて、華道も習っている。
學習書法以外，也學習插花。

MEMO

142

N3 文法「溫」一下！ | 143

8 直擊考點：9 回測驗與 3 回模擬試題，深挖考點，全面攻佔考試重點！

本書融入豐富的隨堂練習，讓您立即驗證學習成果。在末章，我們更有金牌日檢教學專家為您精心打造的極致模擬試題，完全涵蓋新制日檢考試精髓。

並嚴格遵循由國際交流基金和財團法人日本國際教育支援協會公布的日語能力試驗文法部分考核標準。我們將帶領您深入解析各類型的題目，揭開解題的奧秘。

在您踏上模擬試題的征程後，不僅能立即掌握學習成果，更能洞悉考試的全貌，提升在實戰中的應變能力，猶如參加了保證成功的培訓班！

如果您已迫不及待地想要挑戰全方位的模擬試題，我們強烈推薦您選用《絕對合格攻略！新日檢 6 回全真模擬 N2 寶藏題庫＋通關解題【讀解、聽力、言語知識〈文字、語彙、文法〉】》這本書來進行鍛煉！

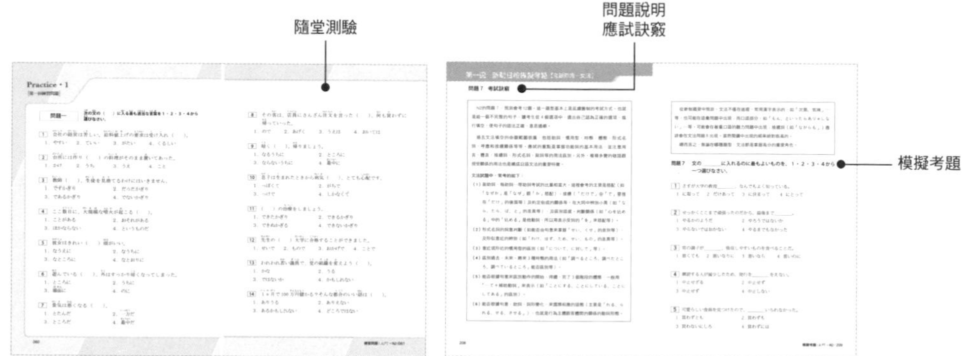

9 聽力致勝：QR 碼音檔助陣，與您共戰「新制日檢」聽力部分！

在本書中，所有日文句子均由日籍專業聲優擔綱錄製，確保每一句的發音、語調以及速度完全符合 N2 的日檢聽力考試標準。

在您學習文法的過程中，也將逐漸熟悉到 N2 的標準發音，使您在視覺與聽覺的雙重刺激下，不僅提升腦力，更激發出無限的思維活力，為您在日檢的道路上奠定堅實的基石，順利取得合格證書。讓未來職場上的無數機會競相向您招手，成就一段璀璨輝煌的未來！

目錄 Contents

Contents

Contents

Contents

詞性說明

詞　性	定　義	例（日文／中譯）
名詞	表示人事物、地點等名稱的詞。有活用。	門（大門）
形容詞	詞尾是い。説明客觀事物的性質、狀態或主觀感情、感覺的詞。有活用。	細い（細小的）
形容動詞	詞尾是だ。具有形容詞和動詞的雙重性質。有活用。	静かだ（安靜的）
動詞	表示人或事物的存在、動作、行為和作用的詞。	言う（說）
自動詞	表示的動作不直接涉及其他事物。只説明主語本身的動作、作用或狀態。	花が咲く（花開。）
他動詞	表示的動作直接涉及其他事物。從動作的主體出發。	母が窓を開ける（母親打開窗戶。）
五段活用	詞尾在ウ段或詞尾由「ア段＋る」組成的動詞。活用詞尾在「ア、イ、ウ、エ、オ」這五段上變化。	持つ（拿）
上一段活用	「イ段＋る」或詞尾由「イ段＋る」組成的動詞。活用詞尾在イ段上變化。	見る（看） 起きる（起床）
下一段活用	「エ段＋る」或詞尾由「エ段＋る」組成的動詞。活用詞尾在エ段上變化。	寝る（睡覺） 見せる（讓…看）
變格活用	動詞的不規則變化。一般指カ行「来る」、サ行「する」兩種。	来る（到來） する（做）
カ行變格活用	只有「来る」。活用時只在カ行上變化。	来る（到來）
サ行變格活用	只有「する」。活用時只在サ行上變化。	する（做）
連體詞	限定或修飾體言的詞。沒活用，無法當主詞。	どの（哪個）
副詞	修飾用言的狀態和程度的詞。沒活用，無法當主詞。	余り（不太…）

詞　性	定　義	例（日文／中譯）
副助詞	接在體言或部分副詞、用言等之後，增添各種意義的助詞。	～も（也…）
終助詞	接在句尾，表示說話者的感嘆、疑問、希望、主張等語氣。	か（嗎）
接續助詞	連接兩項陳述內容，表示前後兩項存在某種句法關係的詞。	ながら（邊…邊…）
接續詞	在段落、句子或詞彙之間，起承先啟後的作用。沒活用，無法當主詞。	しかし（然而）
接頭詞	詞的構成要素，不能單獨使用，只能接在其他詞的前面。	御（お）～（貴〈表尊敬及美化〉）
接尾詞	詞的構成要素，不能單獨使用，只能接在其他詞的後面。	～枚（まい）（…張〈平面物品數量〉）
寒暄語	一般生活上常用的應對短句、問候語。	お願（ねが）いします（麻煩…）

關鍵字及符號表記說明

符號表記	文法關鍵字定義	呈現方式
【】	該文法的核心意義濃縮成幾個關鍵字。	【經由】
〔〕	補充該文法的意義。	〔諺語〕

文型接續解說

▶ 形容詞

活　用	形容詞（い形容詞）	形容詞動詞（な形容詞）
形容詞基本形（辭書形）	おおきい	きれいだ
形容詞詞幹	おおき	きれい
形容詞詞尾	い	だ
形容詞否定形	おおきくない	きれいではない
形容詞た形	おおきかった	きれいだった
形容詞て形	おおきくて	きれいで
形容詞く形	おおきく	×
形容詞假定形	おおきければ	きれいなら（ば）
形容詞普通形	おおきい おおきくない おおきかった おおきくなかった	きれいだ きれいではない きれいだった きれいではなかった
形容詞丁寧形	おおきいです おおきくありません おおきくないです おおきくありませんでした おおきくなかったです	きれいです きれいではありません きれいでした きれいではありませんでした

▶ 名詞

活　用	名　詞
名詞普通形	あめだ あめではない あめだった あめではなかった
名詞丁寧形	あめです あめではありません あめでした あめではありませんでした

▶ 動詞

活 用	五 段	一 段	カ 変	サ 変
動詞基本形（辭書形）	書く	集める	来る	する
動詞詞幹	書	集	0 （無詞幹詞尾區別）	0 （無詞幹詞尾區別）
動詞詞尾	く	める	0	0
動詞否定形	書かない	集めない	こない	しない
動詞ます形	書きます	集めます	きます	します
動詞た形	書いた	集めた	きた	した
動詞て形	書いて	集めて	きて	して
動詞命令形	書け	集めろ	こい	しろ
動詞意向形	書こう	集めよう	こよう	しよう
動詞被動形	書かれる	集められる	こられる	される
動詞使役形	書かせる	集めさせる	こさせる	させる
動詞可能形	書ける	集められる	こられる	できる
動詞假定形	書けば	集めれば	くれば	すれば
動詞命令形	書け	集めろ	こい	しろ
動詞普通形	行く 行かない 行った 行かなかった	集める 集めない 集めた 集めなかった	くる こない きた こなかった	する しない した しなかった
動詞丁寧形	行きます 行きません 行きました 行きませんでした	集めます 集めません 集めました 集めませんでした	きます きません きました きませんでした	します しません しました しませんでした

請沿虛線裁切

N2 文法速記表

★ 步驟一：沿著虛線剪下《速記表》，並且用你喜歡的方式裝訂起來！

★ 步驟二：請在「讀書計劃」欄中填上日期，依照時間安排按部就班學習，每完成一項，就用螢光筆塗滿格子，看得見的學習，效果加倍！

<table>
<tr><th>五十音順</th><th colspan="2">文法</th><th>中譯</th><th>讀書計劃</th></tr>
<tr><td rowspan="5">あ</td><td rowspan="3">あげく</td><td>あげく</td><td rowspan="3">／…到最後
／…，結果…</td><td rowspan="3"></td></tr>
<tr><td>あげくに</td></tr>
<tr><td>あげくの</td></tr>
<tr><td rowspan="2">あまり</td><td>あまり</td><td rowspan="2">／由於過度…
／因過於…
／過度…</td><td rowspan="2"></td></tr>
<tr><td>あまりに</td></tr>
<tr><td rowspan="4">い</td><td rowspan="2">いじょう</td><td>いじょう</td><td rowspan="2">／既然…
／既然…，就…</td><td rowspan="2"></td></tr>
<tr><td>いじょうは</td></tr>
<tr><td rowspan="2">いっぽう</td><td>いっぽう</td><td rowspan="2">／在…的同時，還…
／一方面…，一方面…
／另一方面…</td><td rowspan="2"></td></tr>
<tr><td>いっぽうで</td></tr>
<tr><td rowspan="8">う</td><td rowspan="5">うえ</td><td>うえ</td><td rowspan="2">／…而且…
／不僅…，而且…
／在…之上，又…</td><td rowspan="2"></td></tr>
<tr><td>うえに</td></tr>
<tr><td>うえで</td><td rowspan="2">／在…之後
／…以後…
／之後（再）…</td><td rowspan="2"></td></tr>
<tr><td>うえでの</td></tr>
<tr><td>うえは</td><td>／既然…
／既然…就…</td><td></td></tr>
<tr><td rowspan="2">うではないか</td><td>うではないか</td><td rowspan="2">／讓…吧
／我們（一起）…吧</td><td rowspan="2"></td></tr>
<tr><td>ようではないか</td></tr>
<tr><td>うる</td><td>うる</td><td rowspan="2">／可能
／能
／會</td><td rowspan="2"></td></tr>
<tr><td>え</td><td>える</td><td>える</td></tr>
<tr><td rowspan="4">お</td><td rowspan="4">おり</td><td>おり</td><td rowspan="4">／…的時候
／正值…之際</td><td rowspan="4"></td></tr>
<tr><td>おりに</td></tr>
<tr><td>おりには</td></tr>
<tr><td>おりから</td></tr>
</table>

請沿虛線裁切

五十音順	文法		中譯	讀書計劃
か	か～まいか	か～まいか	／要不要… ／還是…	
	かい	かいがある	／總算值得 ／有了代價 ／不枉…	
		かいがあって		
	がい	がい	／有意義的… ／值得的… ／…有回報的	
	かぎり	かぎり	／盡… ／竭盡… ／以…為限 ／到…為止	
		かぎり	／只要… ／據…而言	
		かぎりは		
		かぎりでは		
	がたい	がたい	／難以… ／很難… ／不能…	
	かとおもうと	かとおもうと	／剛一…就… ／剛…馬上就…	
		かとおもったら		
	か～ないかのうちに	か～ないかのうちに	／剛剛…就… ／一…（馬上）就…	
	かねる	かねる	／難以… ／不能… ／不便…	
		かねない	／很可能… ／也許會… ／説不定將會…	
	かのようだ	かのようだ	／像…一樣的 ／似乎…	

請沿虛線裁切

五十音順	文法		中譯	讀書計劃
か	から	からこそ	／正因為… ／就是因為…	
		からして	／從…來看…	
		からすれば からすると	／從…來看 ／從…來說	
		からといって	／（不能）僅因…就… ／即使…，也不能… ／說是（因為）…	
		からみると からみれば からみて からみても	／從…來看 ／從…來說 ／根據…來看…的話	
き	きり	きり～ない	／…之後，再也沒有… ／…之後就…	
く	くせして	くせして	／只不過是… ／明明只是… ／卻…	
け	げ	げ	／…的感覺 ／好像…的樣子	
こ	こと	ことから	／…是由於… ／從…來看 ／因為…	
		ことだから	／因為是…，所以…	
		ことに ことには	／令人感到…的是…	
		ことなく こともなく	／不… ／不…（就）… ／不…地…	
さ	ざるをえない	ざるをえない	／不得不… ／只好… ／被迫…	

五十音順	文法		中譯	讀書計劃
し	しだい	しだい	／要看…如何 ／馬上… ／一…立即 ／…後立即…	
		しだいだ	／全憑… ／要看…而定 ／決定於…	
		しだいで		
		しだいでは		
		しだいです	／由於… ／才… ／所以…	
	じょう	じょう	／從…來看 ／出於… ／鑑於…上	
		じょうは		
		じょうでは		
		じょうの		
		じょうも		
す	すえ	すえ	／經過…最後 ／結果… ／結局最後…	
		すえに		
		すえの		
	ずにはいられない	ずにはいられない	／不得不… ／不由得… ／禁不住…	
そ	そう	そうにない	／不可能… ／根本不會…	
		そうもない		

請沿虛線裁切

請沿虛線裁切

五十音順	文法		中譯	讀書計劃
た	だけ	だけあって	／不愧是… ／也難怪…	
		だけでなく	／不只是…也… ／不光是…也…	
		だけに	／到底是… ／正因為…，所以更加… ／由於…，所以特別…	
		だけある	／到底沒白白… ／值得…	
		だけのことはある	／不愧是… ／也難怪…	
		だけましだ	／幸好 ／還好 ／好在…	
	たところが	たところが	／可是… ／然而…	
つ	っこない	っこない	／不可能… ／決不…	
	つつ	つつある	／正在…	
		つつ	／儘管… ／雖然… ／一邊…一邊…	
		つつも		
て	てかなわない	てかなわない	／…得受不了 ／…死了	
		でかなわない		
	てこそ	てこそ	／只有…才（能） ／正因為…才…	
	てしかたがない	てしかたがない	／…得不得了	
		でしかたがない		
		てしょうがない		
		でしょうがない		
		てしようがない		
		でしようがない		

五十音順	文法		中譯	讀書計劃
て	てとうぜんだ	てとうぜんだ	／難怪… ／本來就… ／…也是理所當然的	
		てあたりまえだ		
	ていられない	ていられない	／不能再… ／哪還能…	
		てはいられない		
		てられない		
		てらんない		
	てばかりはいられない	てばかりはいられない	／不能一直… ／不能老是…	
		てばかりもいられない		
	てはならない	てはならない	／不能… ／不要…	
	てまで	てまで	／到…的地步 ／甚至… ／不惜…	
		までして		
と	といえば	といえば	／談到… ／提到…就… ／說起… ／不翻譯	
		といったら		
	というと	というと	／你說… ／提到… ／要說… ／說到…	
		っていうと		
		というものだ	／也就是… ／就是…	
		というものではない	／…可不是… ／並不是… ／並非…	
		というものでもない		

請沿虛線裁切

請沿虛線裁切

五十音順	文法		中譯	讀書計劃
と	どうにか	どうにか～ないものか	／能不能…	
		どうにか～ないものだろうか		
		なんとか～ないものか		
		なんとか～ないものだろうか		
		もうすこし～ないものか		
		もうすこし～ないものだろうか		
	とおもう	とおもうと	／原以為…，誰知是… ／覺得是…，結果果然…	
		とおもったら		
	どころ	どころか	／哪裡還… ／非但… ／簡直…	
		どころではない	／哪裡還能… ／不是…的時候 ／何止…	
	とはかぎらない	とはかぎらない	／也不一定… ／未必…	
な	ない	ないうちに	／在未…之前，… ／趁沒…	
		ないかぎり	／除非…，否則就… ／只要不…，就…	
		ないことには	／要是不… ／如果不…的話，就…	
		ないではいられない	／不能不… ／忍不住要… ／不禁要… ／不…不行 ／不由自主地…	
	ながら	ながら	／雖然…，但是… ／儘管… ／明明…卻…	
		ながらも		

請沿虛線裁切

五十音順	文法		中譯	讀書計劃
に	にあたって	にあたって にあたり	／在…的時候 ／當…之時 ／當…之際	
	におうじて	におうじて	／根據… ／按照… ／隨著…	
	にかかわって	にかかわって にかかわり にかかわる	／關於… ／涉及…	
	にかかわらず	にかかわらず	／無論…與否… ／不管…都… ／儘管…也…	
	にかぎって	にかぎって にかぎり	／只有… ／唯獨…是…的 ／獨獨…	
	にかけては	にかけては	／在…方面 ／關於… ／在…這一點上	
	にこたえて	にこたえて にこたえ にこたえる	／應… ／響應… ／回答 ／回應	
	にさいし	にさいし にさいして にさいしては にさいしての	／在…之際 ／當…的時候	
	にさきだち	にさきだち にさきだつ にさきだって	／在…之前，先… ／預先… ／事先…	
	にしたがって	にしたがって にしたがい	／依照… ／按照… ／隨著…	

請沿虛線裁切

五十音順	文法		中譯	讀書計劃
に	にしたら	にしたら	／對…來說 ／對…而言	
		にすれば		
		にしてみたら		
		にしてみれば		
	にしろ	にしろ	／無論…都… ／就算…，也… ／即使…，也…	
	にすぎない	にすぎない	／只是… ／只不過… ／不過是…而已 ／僅僅是…	
	にせよ	にせよ	／無論…都… ／就算…，也… ／即使…，也… ／…也好…也好	
		にもせよ		
	にそういない	にそういない	／一定是… ／肯定是…	
	にそって	にそって	／沿著… ／順著… ／按照…	
		にそい		
		にそう		
		にそった		
	につけ	につけ	／一…就… ／每當…就…	
		につけて		
		につけても		
	にて	にて	／以… ／用… ／因… ／…為止	
		でもって		
	にほかならない	にほかならない	／完全是… ／不外乎是… ／其實是… ／無非是…	

五十音順	文法		中譯	讀書計劃
に	にもかかわらず	にもかかわらず	／雖然…，但是… ／儘管…，卻… ／雖然…，卻…	
ぬ	ぬき	ぬきで	／省去… ／沒有… ／如果沒有…（，就無法…） ／沒有…的話	
		ぬきに		
		ぬきの		
		ぬきには		
		ぬきでは		
	ぬく	ぬく	／穿越 ／超越 ／…做到底	
ね	ねばならない	ねばならない	／必須… ／不能不…	
		ねばならぬ		
の	のうえでは	のうえでは	／…上	
	のみならず	のみならず	／不僅…，也… ／不僅…，而且… ／非但…，尚且…	
	のもとで	のもとで	／在…之下	
		のもとに		
	のももっともだ	のももっともだ	／也是應該的 ／也不是沒有道理的	
		のはもっともだ		
は	ばかり	ばかりだ	／一直…下去 ／越來越… ／只等… ／只剩下…就好了	
		ばかりに	／就因為… ／都是因為…，結果…	
	はともかく	はともかく	／姑且不管… ／…先不管它	
		はともかくとして		
	はまだしも	はまだしも	／若是…還說得過去 ／（可是）… ／若是…還算可以…	
		ならまだしも		

請沿虛線裁切

請沿虛線裁切

五十音順	文法		中譯	讀書計劃
ふ	ぶり	ぶり	／…的樣子 ／…的狀態 ／…的情況 ／相隔…	
		っぷり		
へ	べきではない	べきではない	／不應該…	
ほ	ほど	ほどだ	／幾乎… ／簡直…	
		ほどの		
		ほど～はない	／沒有比…更…	
ま	まい	まい	／不打算… ／大概不會… ／該不會…吧	
	まま	まま	／就這樣…	
		まま	／隨著… ／任憑…	
		ままに		
も	も～ば～も	も～ば～も	／既…又… ／也…也…	
		も～なら～も		
	も～なら～も	も～なら～も	／…不…，…也不… ／…有…的不對，…有…的不是	
	もかまわず	もかまわず	／（連…都）不顧… ／不理睬… ／不介意…	
	もどうぜんだ	もどうぜんだ	／…沒兩樣 ／就像是…	
	もの	ものがある	／有…的價值 ／確實有…的一面 ／非常…	
		ものだ	／以前… ／…就是… ／本來就該… ／應該…	
		ものなら	／如果能…的話 ／要是能…就…	
		ものの	／雖然…但是	

五十音順	文法		中譯	讀書計劃
や	やら	やら～やら	／…啦…啦 ／又…又…	
を	を～として	を～として を～とする を～とした	／把…視為…（的） ／把…當做…（的）	
	をきっかけに	をきっかけに をきっかけにして をきっかけとして	／以…為契機 ／自從…之後 ／以…為開端	
	をけいきとして	をけいきとして をけいきに をけいきにして	／趁著… ／自從…之後 ／以…為動機	
	をたよりに	をたよりに をたよりとして をたよりにして	／靠著… ／憑藉…	
	をとわず	をとわず はとわず	／無論…都… ／不分… ／不管…，都…	
	をぬきにして	をぬきにして をぬきにしては をぬきにしても はぬきにして	／沒有…就（不能）… ／去掉… ／停止…	
	をめぐって	をめぐって をめぐっては をめぐる	／圍繞著… ／環繞著…	
	をもとに	をもとに をもとにして をもとにした	／以…為根據 ／以…為參考 ／在…基礎上	

請沿虛線裁切

N2

新制對應手冊

＊以上內容摘譯自「國際交流基金日本國際教育支援協會」的「新しい『日本語能力試験』ガイドブック」。

一、什麼是新日本語能力試驗呢

1. 新制「日語能力測驗」

從2010年起實施的新制「日語能力測驗」（以下簡稱為新制測驗）。

1－1 實施對象與目的

新制測驗與舊制測驗相同，原則上，實施對象為非以日語作為母語者。其目的在於，為廣泛階層的學習與使用日語者舉行測驗，以及認證其日語能力。

1－2 改制的重點

改制的重點有以下４項：

1 測驗解決各種問題所需的語言溝通能力

新制測驗重視的是結合日語的相關知識，以及實際活用的日語能力。因此，擬針對以下兩項舉行測驗：一是文字、語彙、文法這３項語言知識；二是活用這些語言知識解決各種溝通問題的能力。

2 由４個級數增為５個級數

新制測驗由舊制測驗的４個級數（１級、２級、３級、４級），增加為５個級數（N1、N2、N3、N4、N5）。新制測驗與舊制測驗的級數對照，如下所示。最大的不同是在舊制測驗的２級與３級之間，新增了N3級數。

N1	難易度比舊制測驗的1級稍難。合格基準與舊制測驗幾乎相同。
N2	難易度與舊制測驗的２級幾乎相同。
N3	難易度介於舊制測驗的２級與３級之間。（新增）
N4	難易度與舊制測驗的３級幾乎相同。
N5	難易度與舊制測驗的４級幾乎相同。

＊「N」代表「Nihongo（日語）」以及「New（新的）」。

3 施行「得分等化」

由於在不同時期實施的測驗，其試題均不相同，無論如何慎重出題，每次測驗的難易度總會有或多或少的差異。因此在新制測驗中，導入「等化」的計分方式後，便能將不同時期的測驗分數，於共同量尺上相互比較。因此，無論是在什麼時候接受測驗，只要是相同級數的測驗，其得分均可予以比較。目前全球幾種主要的語言測驗，均廣泛採用這種「得分等化」的計分方式。

4 提供「日本語能力試驗Can-do 自我評量表」（簡稱JLPT Can-do）

為了瞭解通過各級數測驗者的實際日語能力，新制測驗經過調查後，提供「日本語能力試驗Can-do 自我評量表」。該表列載通過測驗認證者的實際日語能力範例。希望通過測驗認證者本人以及其他人，皆可藉由該表格，更加具體明瞭測驗成績代表的意義。

1－3 所謂「解決各種問題所需的語言溝通能力」

我們在生活中會面對各式各樣的「問題」。例如，「看著地圖前往目的地」或是「讀著說明書使用電器用品」等等。種種問題有時需要語言的協助，有時候不需要。

為了順利完成需要語言協助的問題，我們必須具備「語言知識」，例如文字、發音、語彙的相關知識、組合語詞成為文章段落的文法知識、判斷串連文句的順序以便清楚說明的知識等等。此外，亦必須能配合當前的問題，擁有實際運用自己所具備的語言知識的能力。

舉個例子，我們來想一想關於「聽了氣象預報以後，得知東京明天的天氣」這個課題。想要「知道東京明天的天氣」，必須具備以下的知識：「晴れ（晴天）、くもり（陰天）、雨（雨天）」等代表天氣的語彙；「東京は明日は晴れでしょう（東京明日應是晴天）」的文句結構；還有，也要知道氣象預報的播報順序等。除此以外，尚須能從播報的各地氣象中，分辨出哪一則是東京的天氣。

如上所述的「運用包含文字、語彙、文法的語言知識做語言溝通，進而具備解決各種問題所需的語言溝通能力」，在新制測驗中稱為「解決各種問題所需的語言溝通能力」。

新制測驗將「解決各種問題所需的語言溝通能力」分成以下「語言知識」、「讀解」、「聽解」等３個項目做測驗。

語言知識	各種問題所需之日語的文字、語彙、文法的相關知識。
讀　解	運用語言知識以理解文字內容，具備解決各種問題所需的能力。
聽　解	運用語言知識以理解口語內容，具備解決各種問題所需的能力。

作答方式與舊制測驗相同，將多重選項的答案劃記於答案卡上。此外，並沒有直接測驗口語或書寫能力的科目。

2. 認證基準

新制測驗共分為N1、N2、N3、N4、N5，５個級數。最容易的級數為N5，最困難的級數為N1。

與舊制測驗最大的不同，在於由４個級數增加為５個級數。以往有許多通過３級認證者常抱怨「遲遲無法取得２級認證」。為因應這種情況，於舊制測驗的２級與３級之間，新增了N3級數。

新制測驗級數的認證基準，如表１的「讀」與「聽」的語言動作所示。該表雖未明載，但應試者也必須具備為表現各語言動作所需的語言知識。

N4與N5主要是測驗應試者在教室習得的基礎日語的理解程度；N1與N2是測驗應試者於現實生活的廣泛情境下，對日語理解程度；至於新增的N3，則是介於N1與N2，以及N4與N5之間的「過渡」級數。關於各級數的「讀」與「聽」的具體題材（內容），請參照表１。

■表1 新「日語能力測驗」認證基準

<table>
<tr><td rowspan="4">↑
困
難
＊</td><td>級數</td><td>認證基準
各級數的認證基準，如以下【讀】與【聽】的語言動作所示。各級數亦必須具備為表現各語言動作所需的語言知識。</td></tr>
<tr><td>N1</td><td>能理解在廣泛情境下所使用的日語
【讀】・可閱讀話題廣泛的報紙社論與評論等論述性較複雜及較抽象的文章，且能理解其文章結構與內容。
・可閱讀各種話題內容較具深度的讀物，且能理解其脈絡及詳細的表達意涵。
【聽】・在廣泛情境下，可聽懂常速且連貫的對話、新聞報導及講課，且能充分理解話題走向、內容、人物關係、以及說話內容的論述結構等，並確實掌握其大意。</td></tr>
<tr><td>N2</td><td>除日常生活所使用的日語之外，也能大致理解較廣泛情境下的日語
【讀】・可看懂報紙與雜誌所刊載的各類報導、解說、簡易評論等主旨明確的文章。
・可閱讀一般話題的讀物，並能理解其脈絡及表達意涵。
【聽】・除日常生活情境外，在大部分的情境下，可聽懂接近常速且連貫的對話與新聞報導，亦能理解其話題走向、內容、以及人物關係，並可掌握其大意。</td></tr>
<tr><td>N3</td><td>能大致理解日常生活所使用的日語
【讀】・可看懂與日常生活相關的具體內容的文章。
・可由報紙標題等，掌握概要的資訊。
・於日常生活情境下接觸難度稍高的文章，經換個方式敘述，即可理解其大意。
【聽】・在日常生活情境下，面對稍微接近常速且連貫的對話，經彙整談話的具體內容與人物關係等資訊後，即可大致理解。</td></tr>
<tr><td rowspan="2">＊
容
易
↓</td><td>N4</td><td>能理解基礎日語
【讀】・可看懂以基本語彙及漢字描述的貼近日常生活相關話題的文章。
【聽】・可大致聽懂速度較慢的日常會話。</td></tr>
<tr><td>N5</td><td>能大致理解基礎日語
【讀】・可看懂以平假名、片假名或一般日常生活使用的基本漢字所書寫的固定詞句、短文、以及文章。
【聽】・在課堂上或周遭等日常生活中常接觸的情境下，如為速度較慢的簡短對話，可從中聽取必要資訊。</td></tr>
</table>

＊N1最難，N5最簡單。

3. 測驗科目

新制測驗的測驗科目與測驗時間如表２所示。

■ 表２　測驗科目與測驗時間＊①

<table>
<tr><th>級數</th><th colspan="3">測驗科目
（測驗時間）</th><th></th><th></th></tr>
<tr><td>N1</td><td colspan="2">語言知識（文字、語彙、文法）、讀解
（110分）</td><td>聽解
（55分）</td><td>→</td><td rowspan="2">測驗科目為「語言知識（文字、語彙、文法）、讀解」；以及「聽解」共２科目。</td></tr>
<tr><td>N2</td><td colspan="2">語言知識（文字、語彙、文法）、讀解
（105分）</td><td>聽解
（50分）</td><td>→</td></tr>
<tr><td>N3</td><td>語言知識
（文字、語彙）
（30分）</td><td>語言知識（文法）、
讀解
（70分）</td><td>聽解
（40分）</td><td>→</td><td rowspan="3">測驗科目為「語言知識（文字、語彙）」；「語言知識（文法）、讀解」；以及「聽解」共３科目。</td></tr>
<tr><td>N4</td><td>語言知識
（文字、語彙）
（25分）</td><td>語言知識（文法）、
讀解
（55分）</td><td>聽解
（35分）</td><td>→</td></tr>
<tr><td>N5</td><td>語言知識
（文字、語彙）
（20分）</td><td>語言知識（文法）、
讀解
（40分）</td><td>聽解
（30分）</td><td>→</td></tr>
</table>

N1與N2的測驗科目為「語言知識（文字、語彙、文法）、讀解」以及「聽解」共２科目；N3、N4、N5的測驗科目為「語言知識（文字、語彙）」、「語言知識（文法）、讀解」、「聽解」共３科目。

由於N3、N4、N5的試題中，包含較少的漢字、語彙、以及文法項目，因此當與N1、N2測驗相同的「語言知識（文字、語彙、文法）、讀解」科目時，有時會使某幾道試題成為其他題目的提示。為避免這個情況，因此將「語言知識（文字、語彙、文法）、讀解」，分成「語言知識（文字、語彙）」和「語言知識（文法）、讀解」施測。

＊①：聽解因測驗試題的錄音長度不同，致使測驗時間會有些許差異。

4. 測驗成績

4－1　量尺得分

舊制測驗的得分，答對的題數以「原始得分」呈現；相對的，新制測驗的得分以「量尺得分」呈現。

「量尺得分」是經過「等化」轉換後所得的分數。以下，本手冊將新制測驗的「量尺得分」，簡稱為「得分」。

4－2　測驗成績的呈現

新制測驗的測驗成績，如表３的計分科目所示。N1、N2、N3的計分科目分為「語言知識（文字、語彙、文法）」、「讀解」、以及「聽解」３項；N4、N5的計分科目分為「語言知識（文字、語彙、文法）、讀解」以及「聽解」２項。

會將N4、N5的「語言知識（文字、語彙、文法）」和「讀解」合併成一項，是因為在學習日語的基礎階段，「語言知識」與「讀解」方面的重疊性高，所以將「語言知識」與「讀解」合併計分，比較符合學習者於該階段的日語能力特徵。

■表3　各級數的計分科目及得分範圍

級數	計分科目	得分範圍
N1	語言知識（文字、語彙、文法）	0～60
	讀解	0～60
	聽解	0～60
	總分	0～180
N2	語言知識（文字、語彙、文法）	0～60
	讀解	0～60
	聽解	0～60
	總分	0～180
N3	語言知識（文字、語彙、文法）	0～60
	讀解	0～60
	聽解	0～60
	總分	0～180

N4	語言知識（文字、語彙、文法）、讀解 聽解	0～120 0～60
	總分	0～180
N5	語言知識（文字、語彙、文法）、讀解 聽解	0～120 0～60
	總分	0～180

各級數的得分範圍，如表3所示。N1、N2、N3的「語言知識（文字、語彙、文法）」、「讀解」、「聽解」的得分範圍各為0～60分，3項合計的總分範圍是0～180分。「語言知識（文字、語彙、文法）」、「讀解」、「聽解」各占總分的比例是1：1：1。

N4、N5的「語言知識（文字、語彙、文法）、讀解」的得分範圍為0～120分，「聽解」的得分範圍為0～60分，2項合計的總分範圍是0～180分。「語言知識（文字、語彙、文法）、讀解」與「聽解」各占總分的比例是2：1。還有，「語言知識（文字、語彙、文法）、讀解」的得分，不能拆解成「語言知識（文字、語彙、文法）」與「讀解」2項。

除此之外，在所有的級數中，「聽解」均占總分的3分之1，較舊制測驗的4分之1為高。

4－3　合格基準

舊制測驗是以總分作為合格基準；相對的，新制測驗是以總分與分項成績的門檻二者作為合格基準。所謂的門檻，是指各分項成績至少必須高於該分數。假如有一科分項成績未達門檻，無論總分有多高，都不合格。

新制測驗設定各分項成績門檻的目的，在於綜合評定學習者的日語能力，須符合以下２項條件才能判定為合格：①總分達合格分數（＝通過標準）以上；②各分項成績達各分項合格分數（＝通過門檻）以上。如有一科分項成績未達門檻，無論總分多高，也會判定為不合格。

N1~N3及N4、N5之分項成績有所不同，各級總分通過標準及各分項成績通過門檻如下所示：

級數	總分		分項成績					
			言語知識（文字・語彙・文法）		讀解		聽解	
	得分範圍	通過標準	得分範圍	通過門檻	得分範圍	通過門檻	得分範圍	通過門檻
N1	0～180分	100分	0～60分	19分	0～60分	19分	0～60分	19分
N2	0～180分	90分	0～60分	19分	0～60分	19分	0～60分	19分
N3	0～180分	95分	0～60分	19分	0～60分	19分	0～60分	19分

級數	總分		分項成績					
			言語知識（文字・語彙・文法）		讀解		聽解	
	得分範圍	通過標準	得分範圍	通過門檻	得分範圍	通過門檻	得分範圍	通過門檻
N4	0～180分	90分	0～120分	38分	0～60分	19分	0～60分	19分
N5	0～180分	80分	0～120分	38分	0～60分	19分	0～60分	19分

※上列通過標準自2010年第1回(7月)【N4、N5為2010年第2回(12月)】起適用。

缺考其中任一測驗科目者，即判定為不合格。寄發「合否結果通知書」時，含已應考之測驗科目在內，成績均不計分亦不告知。

4－4　測驗結果通知

依級數判定是否合格後，寄發「合否結果通知書」予應試者；合格者同時寄發「日本語能力認定書」。

■ N1, N2, N3

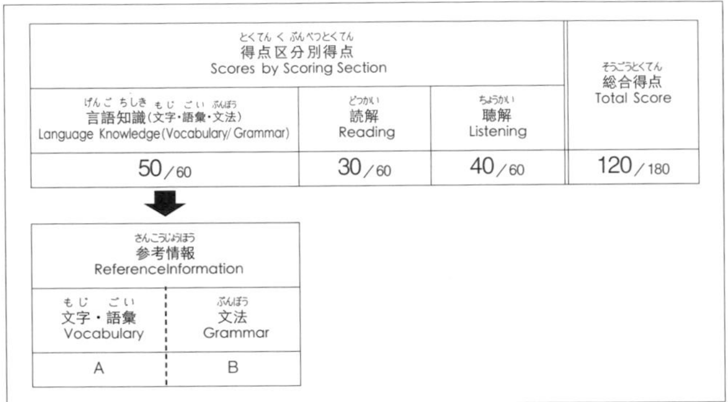

得点区分別得点 Scores by Scoring Section			総合得点 Total Score
言語知識（文字・語彙・文法） Language Knowledge(Vocabulary/ Grammar)	読解 Reading	聴解 Listening	
50／60	30／60	40／60	120／180

参考情報 ReferenceInformation	
文字・語彙 Vocabulary	文法 Grammar
A	B

■ N4, N5

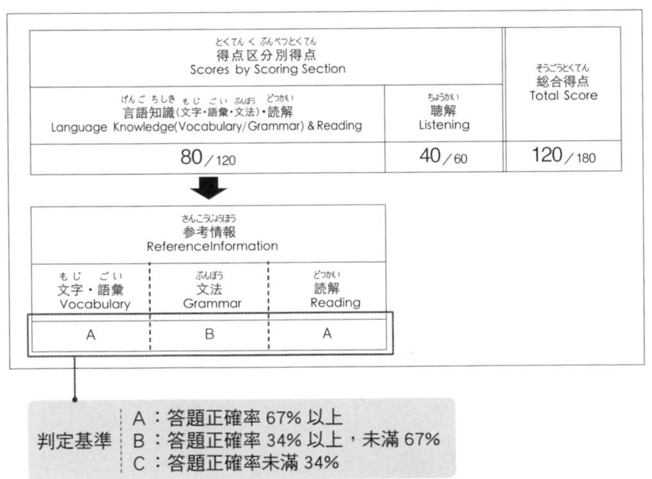

得点区分別得点 Scores by Scoring Section		総合得点 Total Score
言語知識（文字・語彙・文法）・読解 Language Knowledge(Vocabulary/Grammar) & Reading	聴解 Listening	
80／120	40／60	120／180

参考情報 ReferenceInformation		
文字・語彙 Vocabulary	文法 Grammar	読解 Reading
A	B	A

判定基準
A：答題正確率 67% 以上
B：答題正確率 34% 以上，未滿 67%
C：答題正確率未滿 34%

※各節測驗如有一節缺考就不予計分，即判定為不合格。雖會寄發「合否結果通知書」但所有分項成績，含已出席科目在內，均不予計分。各欄成績以「＊」表示，如「＊＊／60」。

※所有科目皆缺席者，不寄發「合否結果通知書」。

二、新日本語能力試驗的考試內容

N2 題型分析

<table>
<tr><th colspan="2" rowspan="2">測驗科目
（測驗時間）</th><th colspan="5">試題內容</th></tr>
<tr><th colspan="3">題型</th><th>小題題數＊</th><th>分析</th></tr>
<tr><td rowspan="12">語言知識、讀解
（105分）</td><td rowspan="6">文字、語彙</td><td>1</td><td>漢字讀音</td><td>◇</td><td>5</td><td>測驗漢字語彙的讀音。</td></tr>
<tr><td>2</td><td>假名漢字寫法</td><td>◇</td><td>5</td><td>測驗平假名語彙的漢字寫法。</td></tr>
<tr><td>3</td><td>複合語彙</td><td>◇</td><td>5</td><td>測驗關於衍生語彙及複合語彙的知識。</td></tr>
<tr><td>4</td><td>選擇文脈語彙</td><td>○</td><td>7</td><td>測驗根據文脈選擇適切語彙。</td></tr>
<tr><td>5</td><td>替換類義詞</td><td>○</td><td>5</td><td>測驗根據試題的語彙或說法，選擇類義詞或類義說法。</td></tr>
<tr><td>6</td><td>語彙用法</td><td>○</td><td>5</td><td>測驗試題的語彙在文句裡的用法。</td></tr>
<tr><td rowspan="3">文法</td><td>7</td><td>文句的文法1
（文法形式判斷）</td><td>○</td><td>12</td><td>測驗辨別哪種文法形式符合文句內容。</td></tr>
<tr><td>8</td><td>文句的文法2
（文句組構）</td><td>◆</td><td>5</td><td>測驗是否能夠組織文法正確且文義通順的句子。</td></tr>
<tr><td>9</td><td>文章段落的文法</td><td>◆</td><td>5</td><td>測驗辨別該文句有無符合文脈。</td></tr>
<tr><td rowspan="3">讀解＊</td><td>10</td><td>理解內容
（短文）</td><td>○</td><td>5</td><td>於讀完包含生活與工作之各種題材的說明文或指示文等，約200字左右的文章段落之後，測驗是否能夠理解其內容。</td></tr>
<tr><td>11</td><td>理解內容
（中文）</td><td>○</td><td>9</td><td>於讀完包含內容較為平易的評論、解說、散文等，約500字左右的文章段落之後，測驗是否能夠理解其因果關係或理由、概要或作者的想法等等。</td></tr>
<tr><td>12</td><td>綜合理解</td><td>◆</td><td>2</td><td>於讀完幾段文章（合計600字左右）之後，測驗是否能夠將之綜合比較並且理解其內容。</td></tr>
</table>

	讀解＊	13	理解想法（長文）	◇	3	於讀完論理展開較為明快的評論等，約900字左右的文章段落之後，測驗是否能夠掌握全文欲表達的想法或意見。
	讀解＊	14	釐整資訊	◆	2	測驗是否能夠從廣告、傳單、提供訊息的各類雜誌、商業文書等資訊題材（700字左右）中，找出所需的訊息。
聽解（50分）		1	課題理解	◇	5	於聽取完整的會話段落之後，測驗是否能夠理解其內容（於聽完解決問題所需的具體訊息之後，測驗是否能夠理解應當採取的下一個適切步驟）。
聽解（50分）		2	要點理解	◇	6	於聽取完整的會話段落之後，測驗是否能夠理解其內容（依據剛才已聽過的提示，測驗是否能夠抓住應當聽取的重點）。
聽解（50分）		3	概要理解	◇	5	於聽取完整的會話段落之後，測驗是否能夠理解其內容（測驗是否能夠從整段會話中理解說話者的用意與想法）。
聽解（50分）		4	即時應答	◆	12	於聽完簡短的詢問之後，測驗是否能夠選擇適切的應答。
聽解（50分）		5	綜合理解	◇	4	於聽完較長的會話段落之後，測驗是否能夠將之綜合比較並且理解其內容。

＊「小題題數」為每次測驗的約略題數，與實際測驗時的題數可能未盡相同。此外，亦有可能會變更小題題數。

＊有時在「讀解」科目中，同一段文章可能會有數道小題。

＊符號標示：「◆」舊制測驗沒有出現過的嶄新題型；「◇」沿襲舊制測驗的題型，但是更動部分形式；「○」與舊制測驗一樣的題型。

資料來源：《日本語能力試驗JLPT官方網站：分項成績・合格判定・合否結果通知》。2016年1月11日，取自：http://www.jlpt.jp/tw/guideline/results.html

N2

JLPT

001 ～あげく（に／の）

…到最後、…，結果…

類義表現
～すえに
結果…

接續方法 ▸ {動詞性名詞の；動詞た形}＋あげく（に／の）

1【結果】表示事物最終的結果，指經過前面一番波折和努力所達到的最後結果或雪上加霜的結果，後句的結果多因前句，而造成精神上的負擔或麻煩，多用在消極的場合，不好的狀態，如例（1）～（3）。

2〖あげくの＋名詞〗後接名詞時，用「あげくの＋名詞」，如例（4）。

3〖慣用表現〗慣用表現「あげくの果て」為「あげく」的強調説法，如例（5）。

4〖さんざん～あげく〗常搭配「さんざん、いろいろ」等強調「不容易」的詞彙一起使用。

付出努力 ↓　結果 ↓　消極狀態 ↓

例1 年月（ねんげつ）をかけた準備（じゅんび）のあげく、失敗（しっぱい）してしまいました。

花費多年準備，結果卻失敗了。

為了一項新的研究，花了2、3年日夜不眠不休地找資料、整理資料。

→

「あげく」表經一連串過程「花多年準備」後，結果卻是不好、消極的「失敗」，展現結果與過程的對比。

☞ 文法應用例句

2 吵了一陣子，最後打了起來。

口論（こうろん）〔爭吵〕のあげくに、殴り合い（なぐりあい）〔打鬥〕になった。

★「あげくに」指經長時爭吵後，結果轉為更消極的打架，凸顯過程與結果的反差。

3 考慮了很久，最終還是決定不告訴他這件事。

考え（かんが）たあげく、やっぱり〔還是〕彼（かれ）にこのことは言（い）わないことにした。

★「あげく」表示經嚴謹考慮後，最終選擇消極沉默決定，反映決策的矛盾。

4 賣掉房子是左思右想了老半天之後的決定。

家（いえ）の売却（ばいきゃく）〔出售〕は、さんざん迷（まよ）った〔多番考慮〕あげくの決断（けつだん）〔定奪〕だった。

★「あげくの」指經連串猶豫後做出決定，強調決策前的深思熟慮。

5 市長和副市長都因涉嫌收賄而遭到逮捕，到最後甚至連知事也被逮捕了。

市長（しちょう）も副市長（ふくしちょう）も収賄（しゅうわい）〔賄賂〕で捕（つか）まって〔逮捕〕、あげくの果（は）て〔下場〕には知事（ちじ）まで捕（つか）まった。

★慣用語「あげくの果て」強調經一系列調查質詢後，導致意外結果。

Track002

002 ～あまり（に）

1. 由於過度…、因過於…、過度…；2. 由於太…才…

類義表現
～すぎる
過於…

接續方法▸ {名詞の；動詞辭書形}＋あまり（に）

1 **【極端的程度】** 表示由於前句某種感情、感覺的程度過甚，而導致後句的結果。前句表示原因，後句一般是不平常的或不良的結果。常接在表達感情或狀態的詞彙後面。後項不能用表示願望、意志、推量的表達方式，如例（1）～（4）。

2 **【原因】** 表示某種程度過甚的原因，導致後項不同尋常的結果，常與含有程度意義的名詞搭配使用。常用「あまりの＋形容詞詞幹＋さ＋に」的形式，如例（5）。

情感　過甚　不良結果

例1 **焦（あせ）るあまり、大事（だいじ）なところを見落（みお）としてしまった。**

由於過度著急，而忽略了重要的地方。

今天的發表會，因為來了30幾個廠商，所以太緊張了（前句原因）。

「あまり」表示「因為焦慮」，導致不尋常的壞結果「漏掉重要事情」，突顯情緒對行為的影響。

文法應用例句

2 聽到父親的死訊，在過度震驚之下說不出話來。

父（ちち）の死（し）を聞（き）いて、驚（おどろ）き（震驚）のあまり言葉（ことば）を失（うしな）った（喪失）。

★「あまり」表聽聞父親去世後，因震驚導致「失語」的極端後果，顯示情緒對行為的衝擊。

3 由於太需要錢，因而盜領公款後逃逸了。

お金（かね）がほしいあまりに、会社（かいしゃ）の金（かね）を取（と）って（偷取）逃（に）げた（逃跑）。

★「あまりに」指極度「渴望金錢」引起極端行為「挪用公款逃逸」，顯示慾望扭曲道德判斷。

4 由於沉浸在書中世界，渾然忘記了時光的流逝。

読書（どくしょ）に熱中（ねっちゅう）した（沉迷）あまり、時間（じかん）がたつ（流逝）のをすっかり（完全地）忘（わす）れてしまいました。

★「あまり」表因「極度沉浸閱讀」而致異常行為「完全忘時」，反映對讀書極端投入。

5 在極度的酷熱之中昏倒，被送上救護車載走。

あまりの暑（あつ）さに（≒暑（あつ）さのあまり）、倒（たお）れて（昏倒）救急車（きゅうきゅうしゃ）で運（はこ）ばれた（送醫）。

★「あまり」表示因「極端高溫」導致嚴重後果「中暑倒地送醫」，強調高溫對身體劇烈影響。

Track003

003 ～いじょう（は）

既然…、既然…，就…、正因為…

類義表現
～からは、～からには
既然…，就…

接續方法 ▸ ｛動詞普通形｝＋以上（は）

1【原因】由於前句某種決心或責任，後句便根據前項表達相對應的決心、義務或奉勸。有接續助詞作用。

2〔後接勸導等〕後項多接説話人對聽話人的勸導、建議、決心的「なければならない、べきだ、てはいけない、つもりだ」等句型，或説話人的判斷、意向的「はずだ、にちがいない」等句型。

例1 引き受ける（承諾）以上は（原因）、最後までやり通す（堅持）つもりだ（決心）。

既然已經接下這件事，我會有始有終完成它的。

既然答應要替雜誌社寫一篇文章（某種責任）。

「以上は」表示在做了前項動作「接下任務」的條件下，表達出做後項「完成任務」的決心。

☞ 文法應用例句

2 既然他已經下定決心，就算想阻止也是沒用的。

彼の決意（決心）が固い（堅定的）以上、止めても無駄（徒勞的）だ。

★「以上」表示面對已「下決心」的對方，後續「勸阻無效」，傳達不可改變決定性。

3 父母雖然已經退休了，既然身體還很硬朗，就不必住在一起照顧他們。

両親は退職（退休）したが、まだ元気な以上、同居（同住）して面倒（照料）を見る必要はない。

★「以上」指由於前述狀況「父母健康」，故無需採取「同住照料」行為，反映不需後續行動。

4 既然已從大學畢業，就必須找工作不可。

大学を出た（畢業）以上、仕事を探さ（尋找）なければならない。

★「以上」表鑒於已「完成大學學業」的條件下，後續就必須承擔「尋找工作」的義務。

5 既然女友已經懷孕，我會負起責任和她結婚。

彼女に子どもができた（有身孕）以上は、責任（責任）を取って（承擔）結婚します。

★「以上は」表基於前提情況「女友懷孕」，後續表示「擔負責任並結婚」的承諾。

004 ～いっぽう（で）

1. 在…的同時，還…、一方面…，一方面…、另一方面…；2. 一方面…而另一方面卻…

類義表現
～とともに、～と同時に
…的同時

接續方法▶ {動詞辭書形}＋一方（で）

1【同時】前句説明在做某件事的同時，另一個事情也同時發生。後句多敘述可以互相補充做另一件事，如例（１）～（３）。

2【對比】表示同一主語有兩個對比的側面，如例（4）、（5）。

事件１ ↓ 同時 ↓ 事件２（相對應）↓

例1 景気（けいき）がよくなる一方（いっぽう）で、人々（ひとびと）のやる気（き）も出（で）てきている。

在景氣好轉的同時，人們也更有幹勁了。

日本大復甦了，各行各業都有不錯的業績（前句説明某件事）。

「一方で」連接「景氣變好」和「人們的士氣提升」兩種情況，表示人們的士氣提升是因為景氣變好的結果。

文法應用例句

2 **敝公司一方面生產家具，一方面也進行販賣。**

我（わ）が社（しゃ）は、家具（かぐ）の生産（せいさん）をする一方（いっぽう）、販売（はんばい）も行（おこな）っています。

★「一方」連結「生產家具」和「販賣」兩項業務，顯示公司同時從事這兩個營運方向。

3 **一方面擬定短期計畫，另一方面也該做長期的規畫。**

短期的（たんきてき）な計画（けいかく）を立（た）てる一方（いっぽう）で、長期的（ちょうきてき）な構想（こうそう）も持（も）つべきだ。

★「一方で」連接「制定短期計劃」與「擁有長期構想」兩行為，表應同時兼顧當前與未來。

4 **地球上有人豐衣足食，但另一方面卻有許多人，連明天的食物都沒有。**

地球上（ちきゅうじょう）には豊（ゆた）かな人（ひと）がいる一方（いっぽう）で、明日（あす）の食（た）べ物（もの）すらない人（ひと）もたくさんいる。

★「一方で」連結「富裕」與「缺食之人」兩種極端狀況，突顯世界貧富差異對比。

5 **現在的年輕人，瞧不起父母的同時，但卻又很依賴父母。**

今（いま）の若者（わかもの）は、親（おや）を軽視（けいし）している一方（いっぽう）で、親（おや）に頼（たよ）っている。

★「一方で」連接「忽視與依靠父母」兩相反行為，表現當代青年矛盾的對比心理。

Track005

005 ～うえ（に）

…而且…、不僅…，而且…、在…之上，又…

類義表現
～さらに
還有…

接續方法▶ {名詞の；形容動詞詞幹な；[形容詞・動詞] 普通形}＋上（に）

1【附加】表示追加、補充同類的內容。在本來就有的某種情況之外，另外還有比前面更甚的情況。正面負面都可以使用。含有「十分、無可挑剔」的語感。

2〘×後項使役性〙後項不能用拜托、勸誘、命令、禁止等使役性的表達形式。另外前後項必需是同一性質的，也就是前項為正面因素，後項也必需是正面因素，負面以此類推。

主語 ↓ 基本情形 ↓ 附加 ↓ 增加事情 ↓

例1 主婦（しゅふ）は、家事（かじ）の上（うえ）に育児（いくじ）もしなければなりません。

家庭主婦不僅要做家事，而且還要帶孩子。

家庭主婦可是很辛苦的喔！除了洗衣、打掃、做菜以外。還要帶孩子（補充同類且更辛苦的內容）。

「上に」用來連接「家事」和「育兒」，表達主婦不僅要做家務，還要照顧孩子，顯示出主婦的雙重負擔。

文法應用例句

2 這房子不僅景觀好，而且很乾淨。

この部屋（へや）は、眺（なが）め〔景色〕がいい上（うえ）に清潔（せいけつ）〔乾淨的〕です。

★「上に」連結房間「好視野與清潔」兩特點，強調居住環境的雙重優點。

3 這家魚舖賣的魚不但新鮮，而且價錢便宜。

この魚屋（さかなや）〔魚店〕の魚（さかな）は、新鮮（しんせん）な上（うえ）に値段（ねだん）〔價格〕も安（やす）い。

★「上に」連接魚店「新鮮與價格實惠」兩賣點，突出商品雙重吸引力。

4 不但被老師責罵，回到家後又挨爸媽罵了。

先生（せんせい）に叱（しか）〔訓斥〕られた上（うえ）、家（いえ）に帰（かえ）ってから両親（りょうしん）〔父母〕にまた叱（しか）られた。

★「上」表示先被「老師」，後被「父母」斥責，強調連續遭責備的沉重經歷。

5 她不但長得漂亮，而且個性溫柔，因此廣受大家的喜愛。

彼女（かのじょ）は美人（びじん）〔美女〕である上（うえ）、優（やさ）しいので、みんなの人気者（にんきもの）〔人氣之星〕です。

★「上」連結「美貌與心地善良」兩大特質，闡述她成為眾人焦點的主要原因。

006 ～うえで（の）

1. 在…之後、…以後…、之後（再）…；2. 在…過程中…、在…時

類義表現
～てから
在…之後

1【前提】{名詞の;動詞た形}＋上で（の）。表示兩動作間時間上的先後關係。先進行前一動作，後面再根據前面的結果，採取下一個動作，如例（1）、（2）。

2【目的】{名詞の；動詞辭書形}＋上で（の）。表示做某事是為了達到某種目的，用在敘述這一過程中會出現的問題或注意點，如例（3）～（5）。

先行動作↓　前提↓　後行動作↓

例1 土地(とち)を買(か)った上(うえ)で、建(た)てる家(いえ)を設計(せっけい)しましょう。

買了土地以後，再設計房子。

先買好土地（先進行的動作）。

「上で」表示在某動作後再進行下一動作，此句顯示「買土地」後「設計房子」的先後順序和邏輯。

文法應用例句

2 敬請於確認內容以後簽名。

内容(ないよう)をご確認(かくにん)〔核查〕いただいた上(うえ)で、サイン〔簽名〕をお願(ねが)いします。

★「上で」表先完成某動作「確認內容」的前提下，才「簽名」，指依序完成動作的程序。

3 工藤給了我關於轉調國外工作時的建議。

工藤(くどう)から、海外赴任(かいがいふにん)〔調派海外〕の上(うえ)でのアドバイス〔建議〕をもらった。

★「上で」指出「建議」是基於前提「即將前往海外」的情境，即是針對海外調職給出的建議。

4 秉持誠實是人生的重要操守。

誠実(せいじつ)〔誠實守信〕であることは、生(い)きていく〔生存〕上(うえ)で大切(たいせつ)だ。

★「上で」表明在「生存」的目的上，「誠實」之重要性，強調在日常生活的脈絡中，誠實的價值。

5 既然是做生意，有時也得向討厭的人低頭。

商売(しょうばい)〔經商〕をする上(うえ)で、嫌(いや)な相手(あいて)に頭(あたま)を下(さ)げる〔低下〕こともあった。

★「上で」闡述「做生意」的目的下，偶爾「需對不喜歡的人低頭」，表商業中不可避免的妥協。

Track007

007 ～うえは

既然…、既然…就…

類義表現

～以上、～からは
既然…就…

接續方法 ▶ {動詞普通形}＋上は

【決心】 前接表示某種決心、責任等行為的詞，後續表示必須採取跟前面相對應的動作。後句是說話人的判斷、決定或勸告。有接續助詞作用。

某事實 ↓　決定 ↓　後續行動 ↓

例 1 会社をクビになった上は、屋台でもやるしかない。

既然被公司炒魷魚，就只有開路邊攤了。

「上は」表示在「被解雇」的情況下，需做出的選擇「只能擺路邊攤」。

既然被公司炒魷魚了。
就只有開路邊攤了（後續相對應的動作）。

☞ 文法應用例句

2 **既然決定要做了，就會堅持到最後一刻。**

やると決めた上は、最後までやり抜きます。

★「上は」表一旦「下決定要做」之後，就會傳達出「堅持到最後」的堅定意志。

3 **既然在日本留學，想必將學得一口流利的日語之後歸國。**

日本に留学する上は、きっとペラペラになって帰ってくる。

★「上は」表「決定日本留學」的前提下，「一定要學會流利的日語」這一目標的意志。

4 **既然說要參加比賽，那就得練習了。**

試合に出ると言ってしまった上は、トレーニングをしなければなりません。

★「上は」表示在「參加比賽」的情況下，表達「必須練習」的認真態度與壓力。

5 **既然部長的舞弊已經遭到了揭發，想必首相也會被追究相關責任吧。**

大臣の不正が明らかになった上は、首相も責任が問われるだろう。

★「上は」指出「部長舞弊暴露」之後，進一步推斷「首相也將面臨責任追究」的可能後果。

008 ～うではないか、ようではないか

讓…吧、我們（一起）…吧

類義表現
～たらどうですか
如果…怎麼樣呢

接續方法▸ {動詞意向形} ＋うではないか、ようではないか

1 【提議】表示在眾人面前，強烈的提出自己的論點或主張，或號召對方跟自己共同做某事，或是一種委婉的命令，常用在演講上。是稍微拘泥於形式的說法，一般為男性使用，通常用在邀請一個人或少數人的時候，如例（1）～（4）。

2 〖口語－うじゃないか等〗口語常說成「～うじゃないか、ようじゃないか」，如例（5）。

號召之事 ↓　提議 ↓

例1 みんなで協力(きょうりょく)して困難(こんなん)を乗(の)り越(こ)えようではありませんか。

讓我們同心協力共度難關吧！

文法應用例句

2 **雖然很辛苦，我們就加油吧！**

たいへん（艱辛的）だけれど、頑張(がんば)ろうではないか。

★「うではないか」用於呼籲「一起努力」，體現了共同面對挑戰的決心和積極的鼓勵。

3 **花費的費用，就跟公司申請吧！**

かかった費用(ひよう)（開支）を、会社(かいしゃ)に請求(せいきゅう)（索取）しようではないか。

★「ようではないか」用以提議「將費用向公司報銷」，表達出一種委婉的指示。

4 **我們是不是應該同心協力，一起打造一個更美好的社會呢？**

力(ちから)を合(あ)わせて（合併）、より（更加）よい社会(しゃかい)を作(つく)っていこうではありませんか。

★「うではないか」用來號召「共同創建美好社會」，彰顯了團結合作的精神和積極向前的鼓舞。

5 **好，不妨用那個辦法來試一試吧！**

よし、その方法(ほうほう)（方式）でやってみようじゃないか。

★口語的「ようじゃないか」用來邀約對方「試試那個方法」，表達了熱情的支持和正面積極的姿態。

009 ～うる、える、えない

1. 可能、能、會；2. 難以…

類義表現
～そうにない
不可能…

接續方法 ▶ {動詞ます形}＋得る、得ない

1【可能性】表示可以採取這一動作，有發生這種事情的可能性，有接尾詞的作用，接在表示無意志的自動詞，如「ある、できる、わかる」表示「有…的可能」，如例（1）～（3）。ます形是「えます」，た形是「えた」。

2【不可能】如果是否定形（只有「～えない」，沒有「～うない」），就表示不能採取這一動作，沒有發生這種事情的可能性，如例（4）、（5）。

3〘×能力有無〙用在可能性，不用在能力上的有無。

假設動作 ↓　預測情況 ↓　可能性 ↓

例1 コンピューターを使(つか)えば、大量(たいりょう)のデータを計算(けいさん)し得(え)る。

利用電腦，就能統計大量的資料。

科技日新月異，只要使用電腦。就有可能計算大量的資料喔（說明有計算大量資料的可能性）。

「得る」表示有能力「使用電腦」計算「大量數據」，突顯了電腦處理大量數據的能力。

☞ 文法應用例句

2 **現在的科學力量就是無奇不有。**

どんなことでもあり得(う)るのが今日(こんにち)【現今】の科学(かがく)【科學】の力(ちから)だ。

★「得る」表有能力。「現代科學」能達成「任何可能」，凸顯了現代科學的驚人實力。

3 **在澎湖目睹分海的奇景，不由得想到了「摩西分紅海」或許真有其事。**

澎湖(ポンフー)で海割(うみわ)れ【海水分裂現象】を見(み)て、モーゼの海割(うみわ)れは起(お)こり得(え)たと思(おも)った。

★「得る」表見澎湖奇觀後認為「摩西劈海」奇蹟，是「可能發生」的，解釋自然現象與傳說的合理性。

4 **那種慘狀，真叫人難以想像。**

そんなひどい状況(じょうきょう)【情形】は、想像(そうぞう)【想像】し得(え)ない。

★「得ない」表示「極糟情況」是「難以置信」的，強化了情況的極端性和嚴重性。

5 **那種環境讓生物難以生存。**

その環境(かんきょう)【環境】では、生物(せいぶつ)は生存(せいぞん)【存活】し得(え)ない。

★「得ない」說明「惡劣環境」致「生物無法存活」，強調生存環境不適宜程度。

010 ～おり（に／には）、おりから

1.…的時候；2. 正值…之際

類義表現

～とき
…的時候

1【時點】{名詞の；形容詞；形容動詞な；動詞辭書形；動詞た形}＋おり（に／には）、おりから。「折」是流逝的時間中的某一個時間點，表示機會、時機的意思，說法較為鄭重、客氣，比「とき」更有禮貌。句尾不用強硬的命令、禁止、義務等表現，如例（1）～（4）。

2〖書信固定用語〗{名詞の；[形容詞・動詞]辭書形}＋折から。「折から」大多用在書信中，表示季節、時節的意思，先敘述此天候不佳之際，後面再接請對方多保重等關心話，說法較為鄭重、客氣。由於屬於較拘謹的書面語，有時會用古語形式，如例（5）的「厳しい」可改用古語「厳しき」。

動作對象　時間背景　時間點　主要動作　最後一次

先生（せんせい）には 3年前（ねんまえ）に帰国（きこく）した 折（おり）、お会（あ）いした きりですね。

跟老師最後一次見面，是在3年前回國的時候了。

由於工作的關係，長年在國外打拼，久久才能回國一次。

「折」表示「特定時機」，用來強調「3年前回國時」見面的具體時間，使句子更清晰。

文法應用例句

2 到東京來的時候，請務必光臨參觀。

上京（じょうきょう）の折（おり）には、ぜひ見学（けんがく）【參觀學習】にお越（こ）【蒞臨】しください。

★「折には」強調「當您來到東京時」應抽空參觀，讓邀請的時機更加明確。

3 關於那件事，再另找機會告訴您吧。

それについては、また何（なに）かの折（おり）に改（あらた）【再】めてお話（はな）ししましょう。

★「折に」表示「尋找合適時機」，為「另時詳談」，預告將會選擇一個恰當討論時機。

4 當時住院的時候，儘管妹妹臨盆在即，依然挺著一個大肚子特地來探病。

入院（にゅういん）していたとき、妹（いもうと）が、出産（しゅっさん）【分娩】を控（ひか）【快要】えて大変（たいへん）な折（おり）にもかかわらず見舞（みま）【探望】いにきてくれた。

★「折」指特殊時段「妹妹即將分娩」時，仍前來探望的情境，凸顯不顧困難的深情。

5 時序進入嚴寒冬季，請格外留意勿受風寒。

寒（さむ）さ厳（きび）しい折（おり）から、お風邪（かぜ）など召（め）【不感染（敬語）】しませんよう、お気（き）を付（つ）けください。

★信中「折から」指當前「寒冷季節」時刻，同時傳達對收信人健康的關切與祝福。

011 ～か～まいか

要不要…、還是…

類義表現

～であろうとなかろうと

不管是不是…

接續方法 ▸ {{動詞意向形}＋か＋{動詞辭書形；動詞ます形}＋まいか

【意志】表示說話者在迷惘是否要做某件事情，後面可以接「悩む」、「迷う」等動詞。

條件前提 ↓　　猶豫考量 ↓　　自問自答 ↓

例1 受かったら日本に留学しようかすまいか、どうしようかなあ。

考上後要不要去日本留學呢？該怎麼辦才好？

雖然報名了留學考，但到底要不要去日本唸書，我還在猶豫呢…

「か～まいか」表「做還是不做」的猶豫，這裡用來表達「留學日本還是不留學」的選擇，展現猶豫不決。

☞ 文法應用例句

2 **本來猶豫著該不該來，幸好還是來了。**

来ようか来まいか迷ったけれど、来て良かったです。

★「か～まいか」表對「去與不去」的猶豫，顯示選擇後對決定「去」的滿足。

3 **要不要拿博士、當學者呢？**

博士を取って、学者になろうかなるまいか。

★「か～まいか」表示對「讀博士、成學者」的猶豫，反映內心不確定感。

4 **從日本的大學畢業後，要不要唸研究所，好猶豫啊。**

日本の大学を卒業したら、大学院に行こうか行くまいか、迷うなあ。

★「か～まいか」表達對畢業後「是否繼續讀研究所」的猶豫，描繪對未來選擇的躊躇。

5 **比鬧鐘響鈴還早醒過來了，心想到底該起床呢？還是再躺一下呢？**

目覚ましがなるより早く目が覚めてしまった。起きようか、起きまいか。

★「か～まいか」表對「是否應該早起」的遲疑，傳達晨間醒來時的遲疑情緒。

012 ～がい

有意義的…、值得的…、…有回報的

類義表現
～かいがある
…總算值得

接續方法 ▸ {動詞ます形} ＋がい

【值得】表示做這一動作是值得、有意義的。也就是辛苦、費力的付出有所回報，能得到期待的結果。多接意志動詞。意志動詞跟「がい」在一起，就構成一個名詞。後面常接「（の／が／も）ある」，表示做這動作，是值得、有意義的。

行為 價值 條件連結 好的結果

例1 **やりがいがあると仕事（しごと）が楽（たの）しく進（すす）む。**

只要是值得去做的工作，做起來便會得心應手。

這次的簡報準備得好辛苦，但得到客戶跟老闆的讚賞，真的很有成就感。

「がい」是值得的意思，「やりがい」表示工作有價值，因此能帶來樂趣和滿足感，使工作進展順利。

文法應用例句

2 這個小孩只要教他就會有顯著的進步，不枉費教導的苦心。

この子（こ）は、教（おし）えれば教（おし）えるだけ伸（の）びる【進步】ので、教（おし）えがいがある。

★「教えがい」表教孩子很值得，投入教育即孩子進步，強調教學與學習成效關聯。

3 就因為大家總是吃得津津有味，才覺得辛苦烹調很值得。

みんなおいしそうに食（た）べてくれるから、作（つく）り【烹飪】がいがあります。

★「作りがい」表示辛苦烹飪是很值得的，因見眾人愉快享用的正面反饋。

4 這計畫雖然不簡單，卻具有挑戰的價值。

簡単（かんたん）ではないが、それだけに挑戦（ちょうせん）【挑戰】しがいのある計画（けいかく）【方案】だ。

★「挑戰しがい」指計畫困難但成就感及回報大，故值得挑戰。

5 這孩子是我存活的意義。

この子（こ）は私（わたし）の生（い）き【生存】がいです。

★「生きがい」表孩子給照顧者帶來生活意義，賦予強烈成就感和存在目的。

Track013

013 ～かいがある、かいがあって

1. 總算值得、有了代價、不枉…；2. 沒有代價

類義表現
～あっての
正因為有…，…才成立

接續方法▸ {名詞の；動詞辭書形；動詞た形}＋かいがある、かいがあって

1 **【值得】**表示辛苦做了某件事情而有了正面的回報，或是得到預期的結果。有「好不容易」的語感，如例（1）～（3）。

2 **【不值得】**用否定形時，表示努力了，但沒有得到預期的結果，表示「沒有…的效果」，如例（4）、（5）。

成果表現↓ 付出努力↓ 值得↓

例1 いい場所(ばしょ)が取(と)れて、朝早(あさはや)く来(き)たかいがあった。

能佔到好地點，一大早就過來總算值得。

一年一度的賞櫻，一定要起個大早來卡位啊！在櫻花樹下喝酒別有一番滋味呢！

「かいがある」表示行動「早早來到」是值得的，因為帶來了好結果「得到好位置」，突顯付出與回報的正面聯繫。

文法應用例句

2 能吃到好吃的可樂餅，等了兩個鐘頭總算值得。

おいしいコロッケ(可樂餅)食(た)べられて、2時間(じかん)待(ま)ったかいがあった。

★「かいがある」表「等兩小時」很值得，因換得「美味可樂餅」的正面結果，凸顯等待與回報間積極關聯。

3 不枉費我每天不間斷地讀書，總算考上了想唸的大學。

一日(いちにち)も休(やす)まず勉強(べんきょう)したかいがあって、志望(しぼう)(嚮往)の大学(だいがく)に合格(ごうかく)できた。

★「かいがあって」表「堅持學習」很值得，因實現預期結果「被心儀大學錄取」，顯示努力與成功的正面關係。

4 我失戀了，再也沒有理由活下去了！

失恋(しつれん)(失戀)した。もう、生(い)きているかいがない。

★「かいがない」表即使「全力生活」，仍遭遇負面結果「失戀」，否定繼續生活意義。

5 雖然盡心盡力看護女兒，她終究還是死了。

看病(かんびょう)(看護)のかいもなく、娘(むすめ)は死(し)んでしまった。

★「かいもなく」表努力「辛勤看護」，卻未獲預期結果，反而「女兒去世」，表明付出與結果之間缺乏正面的關聯。

N3 文法「溫」一下！

★ 精選 N2 考題中，常考的 N3 文法，復習一下吧！

～一方(いっぽう)だ　／一直…；不斷地…

都市(とし)の環境(かんきょう)は悪(わる)くなる一方(いっぽう)だ。

都市的環境越來越差。

～うちに　／趁…、在…之內…

赤(あか)ちゃんが寝(ね)ているうちに、洗濯(せんたく)しましょう。

趁嬰兒睡覺的時候洗衣服。

～おかげで、おかげだ　／由於…的緣故

薬(くすり)のおかげで、傷(きず)はすぐ治(なお)りました。

多虧藥效，傷口馬上好了。

～おそれがある　／有…危險、恐怕會…、搞不好會…

台風(たいふう)のため、午後(ごご)から津波(つなみ)のおそれがあります。

因為颱風，下午恐怕會有海嘯。

～かけた、かけの、かける　／剛…、開始…

今(いま)ちょうどデータの処理(しょり)をやりかけたところです。

現在正在處理資料。

～がちだ、がちの　／容易…、往往會…、…比較多

おまえは、いつも病気(びょうき)がちだなあ。

你還真容易生病呀。

Track014

014 ～かぎり

1. 盡…、竭盡…；2. 耗盡；3. 以…為限、到…為止

類義表現
～るところまで
到…極限

接續方法▶ ｛名詞の；動詞辭書形｝＋限り

1【**極限**】表示可能性的極限，盡其所能，把所有本事都用上，如例（1）～（3）。而「見渡す限り」表示一望無際，可以看見的所有範圍，如例（3）。

2〖**慣用表現**〗慣用表現「～の限りを尽くす」為「耗盡、費盡」等意，如例（4）。

3【**期限**】表示時間或次數的限度，如例（5）。

動作 ↓ 最大範圍 ↓ 已做事情 ↓ 行為終了 ↓

例1 できる 限り（かぎ）の ことは した。あとは運（うん）を天（てん）にまかせるだけだ。

我們已經盡全力了。剩下的只能請老天保佑了。

為了新產品的行銷企劃我們團隊已經好幾天沒有闔眼了。

「限り」表示行動「盡可能去做」是有界限的，因為已經達到最大程度「儘力」，突顯努力與決心的正面關聯。

文法應用例句

2 **只要還有一口氣在，我希望能把關於戰爭的記憶繼續傳承下去。**

命（いのち）の限（かぎ）り、戦争（せんそう）［戰爭］の記憶（きおく）［回憶］を語（かた）り［講述］伝（つた）え［傳遞］ていきたい。

★「限り」表示「生命」有限，期盡力傳承戰爭記憶，強調傳承決心。

3 **放眼望去，一片湛藍的海天連線。**

見渡（みわた）す［眺望］限（かぎ）り、青（あお）い海（うみ）と空（そら）ばかり［僅只］だ。

★「限り」指「視野」範圍，可及的最遠處，形容最遠處海天一色，突出壯闊景象。

4 **就連那位揮霍無度的王妃，到了臨死前也令人掬一把同情淚。**

ぜいたくの限（かぎ）りを尽（つ）くした［用盡］王妃（おうひ）［王妃］も、最期（さいご）［臨終］は哀（あわ）れな［命運多舛的］ものだった。

★「の限りを尽くした」形容王妃「極盡奢華」，強調其生活方式的極端過度。

5 **本店將於本月底停止營業。**

当店（とうてん）［本店］は今月限（こんげつかぎ）りで閉店（へいてん）します［結束營業］。

★「限り」用以表達時間的限制，特指「這個月底」為商店停止營業的具體時限。

015 ～かぎり（は／では）

1. 只要…就…；2. 據…而言；3. 既然…就…

類義表現
～からには
既然…就

接續方法 ▶ {動詞辭書形；動詞て形＋いる；動詞た形}＋限り（は／では）

1【限定】表示在某狀態持續的期間，就會有後項的事態。含有前項不這樣的話，後項就可能會有相反事態的語感，如例（1）、（2）。

2【範圍】憑自己的知識、經驗等有限範圍做出判斷，或提出看法，常接表示認知行為如「知る（知道）、見る（看見）、聞く（聽說）」等動詞後面，如例（3）、（4）。

3【決心】表示在前提下，說話人陳述決心或督促對方做某事，如例（5）。

前述條件 ↓ 程度範圍 ↓ 決意表明 ↓

例1 **太陽（たいよう）が東（ひがし）から昇（のぼ）る限（かぎ）り、私（わたし）は諦（あきら）めません。**

只要太陽依然從東邊升起，我就絕不放棄。

「限り」表示條件「太陽東升」是持續存在的，因此誓言「永不放棄」是堅定的，突顯誓言的堅定性和永恆性。

別小看我！我可是越挫越勇的！才不會因為這點小事就被打倒呢！

文法應用例句

2 只要有我陪在身旁，你什麼都不必擔心！

私（わたし）がそばにいる限（かぎ）り、君（きみ）は何（なに）も心配（しんぱい）〔擔憂〕しなくていい。

★「限り」表示「我在你身旁」時，你無需擔憂，強調保護與承諾的決心。

3 就今天的調查結果而言，還無法斷定景氣已經復甦。

今回（こんかい）の調査（ちょうさ）〔調查〕の限（かぎ）りでは、景気（けいき）〔景氣〕はまだ回復（かいふく）〔復甦〕しているとはいえない。

★「限りでは」表據「這次調查結果」，尚不能認為經濟復甦，顯示證據對於結論的限制。

4 就我所知，他是個值得信賴的人。

私（わたし）の知（し）る限（かぎ）りでは、彼（かれ）は信頼（しんらい）〔信任〕できる人間（にんげん）〔人類個體〕です。

★「限りでは」表示據「我所知」，他是一個可信賴的人，強化認識對判斷的依據。

5 既然說要做了，就言出必行。

やると言（い）った限（かぎ）りは、必（かなら）ず〔必定〕やる。

★「限りは」表示一旦「承諾」，就絕對會遵守，體現說話者的堅定承諾。

Track016

016 ～がたい

難以…、很難…、不能…

類義表現

～にくい
難以…

接續方法▸ {動詞ます形}＋がたい

【困難】表示做該動作難度非常高，幾乎是不可能，或者即使想這樣做也難以實現，一般用在感情因素上的不可能，而不是能力上的不可能。一般多用在抽象的事物，為書面用語。

情境設定　動作核心　執行困難

例1 **彼女(かのじょ)との思(おも)い出(で)は忘(わす)れがたい。**

很難忘記跟她在一起時的回憶。

「がたい」表示難以「忘卻」與她的回憶，突顯回憶的重要性和珍貴性。

跟她在一起的所有時光，無論是歡樂，還是爭執，都是那麼叫人難忘！

☞ 文法應用例句

2 **雖然上一次沒辦法說做得很棒，但這回寫得很好喔！**

前回(ぜんかい)はいいでき(完成品質)とは言(い)いがたかったけれども、今回(こんかい)はよく書(か)けているよ。

★「がたい」用來表達「難以」讚揚上一次的表現，這強調上次的成果可能並不理想。

3 **儘管難以想像，這卻是真實發生的事件。**

想像(そうぞう)(想像)しがたくても、これは実際(じっさい)(真實)に起(お)こったことだ。

★「がたい」表示「難以想像」的事件，確實發生，突出事實的非凡性和真實性。

4 **實在很難相信那件事是真的。**

それが本当(ほんとう)の話(はなし)だとは、信(しん)じ(相信)がたいです。

★「がたい」表「難以相信」該故事為真，這凸顯了故事的離奇或不可信之處。

5 **你的想法很難懂。**

あなたの考(かんが)えは、理解(りかい)(理解)しがたい。

★「がたい」表「難以理解」對方觀點，顯示對方的觀點，可能極其複雜或難以接受。

017 ～かとおもうと、かとおもったら

剛一…就…、剛…馬上就…

類義表現
～たとたん（に）
剛…

接續方法 ▸ {動詞た形} ＋かと思うと、かと思ったら

1 **【同時】** 表示前後兩個對比的事情，在短時間內幾乎同時相繼發生，表示瞬間發生了變化或新的事情。後面接的大多是說話人意外和驚訝的表達。

2 **〖×後項意志句等〗** 由於描寫的是現實中發生的事情，因此後項不接意志句、命令句跟否定句等。

行為開始 ↓ 轉折點 ↓ 行為轉變 ↓ 結論評價 ↓

例1 泣いていたかと思うと突然笑い出して、変なやつだ。

還以為她正在哭，沒想到突然又笑了出來，真是個怪傢伙！

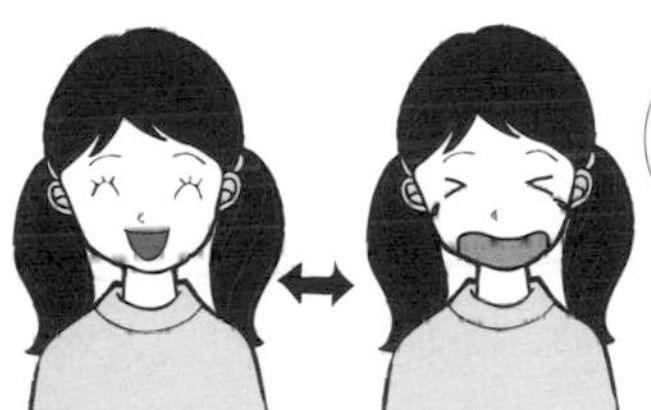

剛剛才在哭，這會兒又笑了。真搞不懂！

「かと思うと」表示行為「從哭泣到突然笑出」的迅速變化，突顯行為的反差和不可預測性。

文法應用例句

2 **才想說他剛回到家，就已經衝進廁所裡去了。**

帰ってきたかと思うと、トイレにかけ込んだ。（トイレ：廁所；かけ込んだ：跑進）

★「かと思うと」表「剛回家」後，馬上「衝進廁所」，突顯動作的迅速和急迫性。

3 **還以為他已經醒了，沒想到又睡著了。**

起きてきたかと思ったら、また寝てしまった。（起きて：醒來；寝て：睡覺）

★「かと思ったら」表從「剛起床」迅速轉為「再次入睡」，突顯行為的突然變化和不連續性。

4 **天空才剛暗下來，就下起了大雨。**

空が暗くなったかと思ったら、大粒の雨が降ってきた。（大粒：大滴）

★「かと思ったら」描述「天變暗」後，迅速「下大雨」，突顯天氣變化快速且出乎意料。

5 **才想說花子結婚了，沒想到一個星期就離婚了。**

花子は結婚したかと思うと、1週間で離婚した。（結婚：結婚；離婚：離婚）

★「かと思うと」表從「剛結婚」，到「一週內離婚」的快速變化，凸顯事件急轉直下和無法預料。

Practice・1

［第一回練習問題］

問題一　**次の文の（　　）に入る最も適当な言葉を1・2・3・4から選びなさい。**

1　会社の経営は苦しい。給料値上げの要求は受け入れ（　　）。

1．やすい　2．ていい　3．がたい　4．くるしい

2　台所には作り（　　）の料理がそのまま置いてあった。

1．かけ　2．うち　3．うえ　4．こと

3　教師（　　）、生徒を見捨てるわけにはいきません。

1．ですかぎり　2．だったかぎり
3．であるかぎり　4．でないかぎり

4　ここ数日に、大規模な噴火が起こる（　　）。

1．ことがある　2．おそれがある
3．ほかならない　4．というものだ

5　彼女はきれい（　　）頭がいい。

1．なうえに　2．なうちに
3．なところに　4．なとおりに

6　遊んでいる（　　）、外はすっかり暗くなってしまった。

1．ところに　2．うちに
3．場面に　4．のに

7　景気は悪くなる（　　）。

1．とたんだ　2．一方だ
3．ところだ　4．最中だ

8 その客は、店員にさんざん注文を言った（　　）、何も買わずに帰っていった。

1．ので　　2．あげく　　3．うえは　　4．おいては

9 暗く（　　）、帰りましょう。

1．なるうちに　　2．ところに
3．ならないうちに　　4．最中に

10 息子は生まれたときから病気（　　）、とても心配です。

1．っぽくて　　2．がちで
3．っけで　　4．しかなくて

11 （　　）の治療をしましょう。

1．できたかぎり　　2．できるかぎり
3．できぬかぎる　　4．できないかぎり

12 先生の（　　）大学に合格することができました。

1．せいで　　2．もので　　3．おかげで　　4．ことで

13 われわれ若い議員で、党の組織を変えよう（　　）。

1．かな　　2．うる
3．ではないか　　4．かもしれない

14 1ヶ月で100万円儲かる？そんな都合のいい話は（　　）。

1．ありうる　　2．ありえない
3．あるかもしれない　　4．どころではない

15 手続き(てつづ)をした（　　）、会場(かいじょう)にお入(はい)りください。

1．のに　　2．末(すえ)に　　3．うちで　　4．上(うえ)で

問題二

文(ぶん)を完成(かんせい)させなさい。

1 （　　　　　　）上(うえ)は（　　　　　　）。

2 話(はな)し合(あ)っているうちに、（　　　　　　）。

3 （　　　　　　）かぎりは（　　　　　　）。

4 （　　　　　　）は（　　　　　　）一方(いっぽう)だ。

5 （　　　　　　）あげくに（　　　　　　）。

6 彼(かれ)は（　　　　　　）うえに（　　　　　　）。

7 （　　　　　　）おそれがある。

8 （　　　　　　）ないかぎり（　　　　　　）。

9 （　　　　　　）おかげで（　　　　　　）。

10 （　　　　　　）かぎりの（　　　　　　）。

018 ～か～ないかのうちに

剛剛…就…、一…（馬上）就…

類義表現
～すると、同時に
於是就…；同時地…

接續方法▸ {動詞辭書形}＋か＋{動詞否定形}＋ないかのうちに

【時間的前後】表示前一個動作才剛開始，在似完非完之間，第二個動作緊接著又開始了。描寫的是現實中實際已經發生的事情。

事件起點 ↓　極短時間 ↓　緊接動作 ↓

例1 試合（しあい）が開始（かいし）するかしないかのうちに、1点（てん）取られてしまった。

比賽才剛開始，就被得了一分。

裁判才吹哨子，比賽才剛開始（前一個動作才開始）。就被對方進了一球（在似完非完之間，第二個動作緊接著又開始了）。

「か～ないかのうちに」表示「比賽剛開始」時，另一動作隨即發生「就被對手攻入一球」，突顯對手的迅猛和防守的緊迫。

文法應用例句

2 喝得醉醺醺地回來，就在要進不進玄關的那一刻，就睡著了。

酔（よ）っぱらって帰（かえ）り、玄関（げんかん）に入（はい）るか入（はい）らないかのうちに寝（ね）てしまった。

〔酔っぱらって：喝醉酒〕〔玄関：玄關〕

★「か～ないかのうちに」表動作「剛進玄關」瞬間，就緊接另一動作「睡著」，突顯醉後迅速入睡情形。

3 他才剛從足球職業選手引退，就當起藝人來了。

彼（かれ）は、サッカー選手（せんしゅ）を引退（いんたい）するかしないかのうちに、タレントになった。

〔引退：引退〕〔タレント：藝人〕

★「か～ないかのうちに」表動作「剛從足球選手退役」的時刻，馬上進行另一動作「成名人」，突顯生涯轉換迅速。

4 就在隱隱約約聽到有人大喊一聲「失火啦！」的一剎那，工廠便爆炸了。

「火事（かじ）だ。」と誰（だれ）かが叫（さけ）んだか叫（さけ）ばないかのうちに、工場（こうじょう）は爆発（ばくはつ）した。

〔叫んだ：叫喊〕〔工場：工廠〕〔爆発：爆炸〕

★「か～ないかのうちに」表「剛聽喊火災」的剎那，「工廠爆炸」事件立刻發生，顯示事態發展迅速緊迫。

5 就在天空似乎瞬間閃過一道電光的剎那，豆大的雨滴落了下來。

空（そら）がピカッと光（ひか）ったか光（ひか）らないかのうちに、大粒（おおつぶ）の雨（あめ）が降（ふ）ってきた。

〔ピカッと光った：一閃〕〔大粒：大滴〕

★「か～ないかのうちに」描述在「剛閃過電光」的極短時間內，「大雨」就開始降落，突顯暴雨迅猛來臨。

019 ～かねる

難以…、不能…、不便…

類義表現
～がたい
很難…

接續方法▸ {動詞ます形}＋かねる

1 **【困難】**表示由於心理上的排斥感等主觀原因，或是道義上的責任等客觀原因，而難以做到某事，所給的條件、要求、狀況等，超出了說話人能承受的範圍。不用在能力不足而無法做的情況，如例（1）～（4）。

2 **〖衍生－お待ちかね〗**「お待ちかね」為「待ちかねる」的衍生用法，表示久候多時，但請注意沒有「お待ちかねる」這種說法，如例（5）。

提案指向　立場　拒絕

例1 **その案(あん)には、賛成(さんせい)し かねます。**

那個案子我無法贊成。

「贊成しかねます」用來「禮貌拒絕」該提案，比「反對」更「委婉尊重」，突顯謙遜態度。

由於成立分店一案，就說話人個人主觀的經驗，感到地點上太過偏僻；就客觀資料分析上而言，時間點上過早。所以無法贊成。

☞ 文法應用例句

2 **這突如其來的請託，實在無法答應下來。**

突然(とつぜん)頼(たの)まれても、引(ひ)き受(う)けかねます。（突然／承諾）

★「引き受けかねます」表因情況突然無法「接受」請求，比直拒婉轉尊重，顯示謙遜態度。

3 **病患無法忍受劇痛，而發出了呻吟。**

患者(かんじゃ)は、ひどい痛(いた)みに耐(た)えかねたのか、うめき声(ごえ)を上(あ)げた。（病患／忍受／發出）

★「耐えかねる」表因劇烈痛苦難以「忍耐」而呻吟，強調痛苦強度。

4 **瞧我做得拖拖拉拉的，看不下去的福田小姐很親切地教了我該怎麼做。**

もたもたしていたら、見(み)るに見(み)かねて福田(ふくだ)さんが親切(しんせつ)に教(おし)えてくれた。（磨蹭）

★「見かねる」表示福田小姐因「看不下去」，而採取行動「主動提供幫助」。

5 **來囉！望眼欲穿的蛋糕終於來囉！**

じゃーん。お待(ま)ちかねのケーキですよ。（等待）

★「お待ちかね」恭敬表對方「期待已久」，這裡用於介紹長時間等待，終於呈現的蛋糕。

020 ～かねない

很可能…、也許會…、說不定將會…

類義表現
～うる
可能…

接續方法▸ {動詞ます形}＋かねない

1【可能】「かねない」是接尾詞「かねる」的否定形。表示有這種可能性或危險性。有時用在主體道德意識薄弱，或自我克制能力差等原因，而有可能做出異於常人的某種事情，一般用在負面的評價。

2〖擔心、不安〗含有說話人擔心、不安跟警戒的心情。

主語 ↓ 條件假設 ↓ 動作內容 ↓ 動作 ↓ 可能性 ↓

例1 あいつならそんなでたらめも言い（い）かねない。

那傢伙的話就很可能會信口胡說。

那個整天遊手好閒的傢伙（道德意識薄弱的人），也許會信口胡說那種事來。

「言いかねない」表示「有可能說出」不真實的話，「突顯」對那人的「不信任」與「不滿」。

文法應用例句

2 要是再繼續過這種生活，說不定會把身體弄壞的哦。

こんな生活（せいかつ）をしていると、体（からだ）を壊（こわ）［傷害］しかねませんよ。

★「壊しかねない」表某生活方式「可能損身體」，凸顯對該生活方式的擔憂和不認同。

3 哪有人這樣亂來的啊！說不定會沒命的耶！

そんなむちゃ［胡來］な。命（いのち）にかかわる［影響］ことにもなりかねないじゃないか。

★「なりかねない」表行為「可能危及生命」，突出對這種行為的強烈反對、不贊成。

4 如果不用功，說不定會留級喔。

勉強（べんきょう）しないと、落第（らくだい）［留級］しかねないよ。

★「落第しかねない」表示不學習「可能會不及格」，強調對不學習態度的警告和反對。

5 那樣的言論恐怕會遭來誤會喔。

そういう発言（はつげん）［發言］は、誤解（ごかい）［曲解］されかねませんよ。

★「誤解されかねない」表發言「可能被誤解」，凸顯對負面後果的擔憂和不同意。

021 ～かのようだ

像…一樣的、似乎…

類義表現
まるで～ようだ
像…一樣的

接續方法 ▶ {[名詞・形容動詞詞幹](である)；[形容詞・動詞]普通形}＋かのようだ

1 **【比喻】** 由終助詞「か」後接「～のようだ」而成。將事物的狀態、性質、形狀及動作狀態，比喻成比較誇張的、具體的，或比較容易瞭解的其他事物，經常以「～かのように＋動詞」的形式出現，如例（1）～（3）。

2 **〘文學性描寫〙** 常用於文學性描寫，常與「まるで、いかにも、あたかも、さも」等比喻副詞前後呼應使用，如例（4）。

3 **〘かのような＋名詞〙** 後接名詞時，用「～かのような＋名詞」，如例（5）。

行為主體 ↓ 狀態描述 ↓ 比喻手法 ↓ 具體行為 ↓

例1 母(はは)は、何(なに)も聞(き)いていないかのように、「お帰(かえ)り」と言(い)った。

媽媽裝作什麼都沒聽說的樣子，只講了一句「回來了呀」。

我跟朋友在店裡商量要送什麼母親節禮物時，竟然被去買東西路過的媽媽聽到！這樣就沒有驚喜感了。

「かのように」表示「好像」沒聽到一樣，「突顯」母親「選擇性忽視」的態度。

☞ 文法應用例句

2 **那家公司把進口商品偽裝成國產品販售。**

その会社(かいしゃ)は、輸入品(ゆにゅうひん)〔進口商品〕を国産(こくさん)〔國產〕であるかのように見(み)せかけて売(う)っていた。

★「かのように」形容公司冒充進口品為國產，強調欺詐行為和消費者誤解。

3 **池子裡開滿了蓮花，宛如來到了極樂淨土。**

池(いけ)には蓮(はす)〔蓮花〕の花(はな)が一面(いちめん)〔遍佈〕に咲(さ)いて、極楽浄土(ごくらくじょうど)〔天國〕に来(き)たかのようです。

★「かのようだ」形容蓮花盛開池塘「宛如」極樂世界，強調風景的神聖美好。

4 **祖母過世時的面容安詳，宛如還活著一樣。**

祖母(そぼ)の死(し)に顔(がお)〔臨終面容〕は安(やす)らかで〔安詳的〕、まるで生(い)きているかのようだった。

★「かのようだ」搭配「まるで」描述祖母遺容「恍如」生前平和，突顯逝者安詳及相似性。

5 **都已經是10月了，簡直像夏天重新再來一次那樣酷熱。**

もう10月(がつ)なのに、夏(なつ)に逆戻(ぎゃくもど)り〔時光倒流〕したかのような暑(あつ)さだ。

★「かのような」形容10月之熱「彷彿」夏天，凸顯不符季節的高溫。

022 ～からこそ

正因為…、就是因為…

類義表現
～ゆえ（に）
因為…

接續方法▸ {名詞だ；形容動辭書形；[形容詞・動詞] 普通形} ＋からこそ

1【原因】表示說話者主觀地認為事物的原因出在何處，並強調該理由是唯一的、最正確的、除此之外沒有其他的了，如例（1）～（3）。

2〘後接のだ／んだ〙後面常和「のだ／んだ」一起使用，如例（4）、（5）。

原因　強調因為　結果

例1 交通（こうつう）が不便（ふべん）だからこそ、豊（ゆた）かな自然（しぜん）が残（のこ）っている。

正因為那裡交通不便，才能夠保留如此豐富的自然風光。

在這裡，因為沒有人為破壞，才能保留最幽靜，生態最豐富的自然風光。

「からこそ」用來強調「因為」交通不便，「所以」才能保留豐富的自然，突顯因果關係的重要性。

文法應用例句

2 **正因為是你，所以我才要說。**

君（きみ）［你］にだからこそ、話（はな）［說話］すんです。

★「からこそ」強調「正因為是你」，才選擇說出，突顯對象特殊性和因果重要性。

3 **所謂的夫妻，就是因為感情好，才會吵架。**

夫婦（ふうふ）［夫妻］というのは、仲（なか）がいいからこそ、喧嘩（けんか）［爭吵］もするものだ。

★「からこそ」強調「正因關係好」才爭吵，顯示良好關係與衝突正向連結。

4 **正因為妳很可愛，才讓我不禁想欺負妳。**

君（きみ）が可愛（かわい）いからこそ、いじめたく［捉弄］なるんだ。

★「からこそ」表達「正因你可愛」，才想捉弄你，突顯原因與行為的聯繫。

5 **正因為盡全力地用功，才能考上第一志願。**

精一杯努力（せいいっぱいどりょく）［竭盡全力］したからこそ、第一志望（だいいちしぼう）［願望］に合格（ごうかく）できたのだ。

★「からこそ」表達「正因全力以赴」，才能實現第一志願，凸顯努力與成就的因果聯繫。

023 ～からして

從…來看…

類義表現

～からすると

從…的立場考慮的話

接續方法 ▸ {名詞}＋からして

【根據】表示判斷的依據。舉出一個最微小的、最基本的、最不可能的例子，接下來對其進行整體的評判。後面多是消極、不利的評價。

依據事物　根據　推論

例1 あの態度（たいど）からして、女房（にょうぼう）はもうその話（はなし）を知（し）っているようだな。

從那個態度來看，我老婆已經知道那件事了。

老婆怒氣沖沖的（判斷）。

「からして」表示從「態度」推測「已知情報」妻子已知那事，突顯由行為看出內心狀態。

☞ 文法應用例句

2 那個人的眼神讓人覺得有點可怕。

あの人（ひと）、目（め）つき〔眼神〕からして何（なん）だかおっかない〔毛骨悚然的〕。

★「からして」強調僅需「眼神」，就感到對方「有點可怕」，突顯眼神的恐怖。

3 從機率來看，要中彩券似乎是很難的。

確率（かくりつ）〔機率〕からして、くじ〔彩券〕に当（あ）たる〔中獎〕のは難（むずか）しそうです。

★「からして」表明從「中獎機率」，就可以看出非常低，凸顯概率對結果的影響。

4 依我看來，關西和關東甚至可以說是兩個不同的國家，打從語言開始就完全不一樣了。

私（わたし）に言（い）わせれば、関西（かんさい）と関東（かんとう）は別（べつ）〔不同〕の国（くに）と言（い）ってもいいくらいだ。言葉（ことば）からして違（ちが）う。

★「からして」強調從「語言」差異，就能感知差異有如不同國家，強調地域間的語言差異。

5 剛力勇？這名字看起來好像很強壯喔。

剛力勇（ごうりきいさむ）。名前（なまえ）〔名字〕からして強（つよ）そうだ。

★「からして」強調從「名字」給人「似乎很強的」感覺，突出名字對印象的影響。

024 ～からすれば、からすると

1. 從…立場來看；2. 根據…來考慮；3. 按…標準來看

類義表現
～からみると
從…來看

接續方法▶ {[名詞・形容動詞詞幹]だ；[形容詞・動詞]普通形}＋からすれば、からすると

1【立場】表示判斷的立場、觀點，如例（1）～（3）。

2【根據】表示判斷的基礎、根據，如例（4）、（5）。

3【基準】表示比較的基準。例如「江戸時代の絵からすると、この絵はかなり高価だ／按江戶時代畫的標準來看，這幅畫是相當昂貴的」。

主體人物　立場表達　觀點述說

例1 親（おや）からすれば、子（こ）どもはみんな宝（たから）です。

對父母而言，小孩個個都是寶。

對父母而言（判斷的依據）。小孩都是寶貝。

「からすれば」表示「從父母的角度看」，孩子都是寶貴的，突顯父母對孩子的珍視和愛護。

文法應用例句

2 這家旅館雖然昂貴，但以日本的物價來看，算是便宜的。

このホテルは高（たか）いということだが、日本（にほん）の感覚（かんかく）［感受］からすると安（やす）い。

★「からすると」表從「日本的物價水平」看來，這家酒店相對便宜，突顯價格相對於日本經濟的觀點。

3 從職業的角度來看，我們的棒球應該很差吧！

プロ［專業］からすると、私（わたし）たちの野球（やきゅう）はとても下手（へた）に見（み）える［看起來］でしょう。

★「からすると」表從「職業球員的視角」看，我們的棒球技術可能相對拙劣，強調業餘和專業之間的技術差距。

4 從他的成績來考慮，大概很難考上吧！

あの人（ひと）の成績（せいせき）［成績］からすれば、合格（ごうかく）は厳（きび）しいでしょう。

★「からすれば」根據「那人的成績」，通過考試可能很難，突顯成績與結果的邏輯關係。

5 根據目擊者的證詞來考慮，嫌犯似乎是個左撇子。

目撃者（もくげきしゃ）［目擊者］の証言（しょうげん）［證詞］からすると、犯人（はんにん）は左利（ひだりき）き［左撇子］らしい。

★「からすると」根據「目擊者證詞」，犯人似乎是左撇子，用證詞提高了推斷的可信度。

025 ～からといって

1.（不能）僅因…就…、即使…，也不能…；3. 說是（因為）…

類義表現
～といっても
雖說…，但實際上…

接續方法 ▸ {[名詞・形容動詞詞幹]だ；[形容詞・動詞]普通形}＋からといって

1【原因】表示不能僅僅因為前面這一點理由，就做後面的動作，後面常接否定的説法，大多用在表達説話人的建議、評價上，或對某實際情況的提醒、訂正上，如例（1）～（3）。

2〖口語ーからって〗口語中常用「～からって」，如例（4）。

3【引用理由】表示引用別人陳述的理由，如例（5）。

原因 ↓ 前提轉折 ↓ 結果論述 ↓

例1 読書（どくしょ）が好（す）きだ からといって、一日中（いちにちじゅう）読（よ）んでいたら体（からだ）に悪（わる）いよ。

即使愛看書，但整天抱著書看對身體也不好呀！

不能僅僅因為喜歡看書，就整天看書。

「からといって」表示「喜歡讀書」不代表可以「整天讀書」，強調行為的適度。

文法應用例句

2 **即使會讀書，不代表就很了不起。**

勉強（べんきょう）ができるからといって、偉（えら）いわけではありません。

（偉：偉大的；わけ：理由）

★「からといって」表示「優秀的學業」不等於「偉大」，強調不應以單一能力來全面評價一個人。

3 **就算是吃了敗仗，也不能總是一直垂頭喪氣的。**

負（ま）けたからといって、いつまでもくよくよしてはいけない。

（くよくよ：愁眉不展）

★「からといって」即使「失敗」，不應「長時間沮喪」，強調應有的正面態度。

4 **就算沒有人看見，也不可以擅自帶走喔。**

誰（だれ）も見（み）ていないからって、勝手（かって）に持（も）ってっちゃだめだよ。

（勝手に：任意地；持ってっ：拿取）

★「からって」即使「無人監督」，也不能「隨意拿走東西」，強調正當行為的重要性。

5 **丈夫說他頭痛，先睡了。**

頭（あたま）が痛（いた）いからといって、夫（おっと）は先（さき）に寝（ね）た。

（頭：頭部；夫：丈夫）

★「からといって」用來引述丈夫稱「頭痛」，是提前睡覺的原因，說明行為背後的原因。

026 ～からみると、からみれば、からみて(も)

1. 從…來看、從…來說；2. 根據…來看…的話

類義表現
～からすると
從…來看

接續方法▶ {名詞}＋から見ると、から見れば、から見て(も)

1【立場】 表示判斷的立場、角度，也就是「從某一立場來判斷的話」之意，如例（1）、（2）。

2【根據】 表示判斷的依據、基礎，如例（3）～（5）。

主體人物 ↓ 觀點標示 ↓ 主觀評價 ↓

例1 子どもたちから見れば、お父さんは神様みたいなものよ。

在孩子們的眼中，爸爸就像天上的神唷。

爸爸像天一樣大，保護我們、教育我們。

「から見れば」表「從孩子的角度看」，爸爸像是神一樣偉大。強調某個特定的觀點或立場。

☞ 文法應用例句

2 從日本人來看覺得奇怪的習俗，也未必表示它就是不合常理的。

日本人から見ると変な習慣でも、不合理だとは限らない。

★「から見ると」表特定觀點「從日本人視角」。某習俗雖奇怪，但可能合理，不是日本人普遍觀點。

3 從遺體的情況判斷，應該是在睡著的時候遭到刺殺的。

遺体の状況から見て、眠っているところを刺されたようだ。

★「から見て」表據事實證據「根據遺體狀況」判斷，進行「似乎是睡眠中被刺殺」的推論。

4 從交通壅塞的狀況來看，與其搭計程車，還是搭地鐵比較快吧。

道の混み具合から見て、タクシーよりも地下鉄で行った方が早いだろう。

★「から見て」表據當前信息「從道路擁塞」判斷，作出更佳選擇「乘坐地鐵比計程車快」。

5 從雲的形狀看起來，好像快要下雨了。

雲の様子から見ると、もうじき雨が降りそうです。

★「から見ると」指基於觀察「從雲的外觀」預測，做出預測「可能將下雨」。

Review N3 文法「溫」一下！

★ 精選 N2 考題中，常考的 N3 文法，復習一下吧！

～から～にかけて ／從…到…

この辺りからあの辺りにかけて、畑が多いです。

這頭到那頭，有很多田地。

～からいうと、からいえば、からいって ／從…來說、從…來看、就…而言

専門家の立場からいうと、この家の構造はよくない。

從專家的角度來看，這個房子的結構不好。

～からには、からは ／既然…、既然…，就…

教師になったからには、生徒一人一人をしっかり指導したい。

既然當了老師，當然就想要把學生一個個都確實教好。

～かわりに ／雖然…但是…

正月は海外旅行に行くかわりに、近くの温泉に行った。

過年不去國外旅行，改到附近洗溫泉。

～ぎみ ／有點…、稍微…、…趨勢

ちょっと風邪ぎみで、熱が出る。

有點感冒，發了燒。

～きる、きれる、きれない ／充分、完全、到極限

何時の間にか、お金を使いきってしまった。

不知不覺，錢就花光了。

～くせに ／雖然…，可是…、…，卻…

芸術もわからないくせに、偉そうなことを言うな。

明明不懂藝術，別在那裡說得像真的一樣。

～くらい、ぐらいだ ／幾乎…、簡直…、甚至…

田中さんは美人になって、本当にびっくりするくらいでした。

田中小姐變得那麼漂亮，簡直叫人大吃一驚。

027 ～きり～ない

…之後，再也沒有…、…之後就…

類義表現
～まま
一直沒…

接續方法▶ {動詞た形}＋きり～ない

【無變化】後面接否定的形式，表示前項的動作完成之後，應該進展的事，就再也沒有下文了。含有出乎意料地，那之後再沒有進展的意外的語感。

經歷述說 ↓　動作停止 ↓　狀態持續 ↓

例1 彼女(かのじょ)とは一度(いちど)会(あ)ったきり、その後(ご)会(あ)ってない。

跟她見過一次面以後，就再也沒碰過面了。

想到去年夏天在沙灘上遇到的那女孩，感覺明明很不錯的。

「きり～ない」表示自從「一度會面」後就再也沒見過，強調見面次數的有限。

文法應用例句

2 他錢借了後，就沒還過。

彼(かれ)は金(かね)を借(か)りたきり、返(かえ)してくれない。
（借(入)）（歸還）

★「きり～ない」表自「借了錢」後，就一直沒有還錢，強調自借錢以來持續未還狀態。

3 孩子出去玩了之後，直到天都黑了都還沒有回家。

子(こ)どもが遊(あそ)びに行(い)ったきり、暗(くら)くなっても帰(かえ)って来(こ)ない。
（暗黑的）

★「きり～ない」指「孩子外出玩耍」後，直到天黑都未歸，強調自外出以來持續未見。

4 今天早上，只喝了咖啡，什麼都沒吃。

今朝(けさ)コーヒーを飲(の)んだきりで、その後(ご)何(なに)も食(た)べていない。
（今天早上）

★「きり～ない」用於「今早喝咖啡」，後未進食，強調除咖啡外全天未吃。

5 這附近很少下雪，只曾經在11年前下過一點小雪而已。

この辺(あた)りでは雪(ゆき)は珍(めずら)しく、11年前(ねんまえ)に少(すこ)し降(ふ)ったきりだ（≒降(ふ)ったきり、その後(ご)降(ふ)っていない）。
（周遭）

★「きり～ない」表「11年前降雪」，後未再下，強調此地降雪之罕見。

028 ～くせして

只不過是…、明明只是…、卻…

類義表現
くせに
明明…卻…

接續方法▶ {名詞の；形容動詞詞幹な；[形容詞・動詞] 普通形} ＋くせして

【不符意料】表示逆接。表示後項出現了從前項無法預測到的結果，或是不與前項身分相符的事態。帶有輕蔑、嘲諷的語氣。也用在開玩笑時。相當於「くせに」。

負面特徵 ↓　對比逆接 ↓　不合理期待 ↓

例1 ブスで頭（あたま）も悪（わる）いくせして、かっこうよくて金持（かねも）ちの男（おとこ）と付（つ）き合（あ）いたがっている。

明明又醜又笨，卻想和帥氣多金的男人交往。

妄想也該有個限度，她又笨又不漂亮，還想要一個有錢的帥哥當男朋友？

「くせして」表示雖有缺點「不好看且不聰明」，卻想和「帥氣有錢的男人」交往，突顯矛盾。

☞ 文法應用例句

2 **只不過還是個孩子，少說些狂妄的話。**

まだ子（こ）どものくせして、生意気（なまいき）（放肆的）なことを言（い）うな。

★「くせして」表儘管「還是個孩子」，卻說出「傲慢的話」，突顯身分與言行矛盾。

3 **橋本小姐的琴藝那麼差，卻用比我還貴的小提琴。**

橋本（はしもと）さん、下手（へた）なくせして、私（わたし）より高（たか）いバイオリン（小提琴）使（つか）ってる。

★「くせして」指即使「技差」，卻用「更貴的小提琴」，凸顯技能與器材不相稱。

4 **明明就老是在跟別人借錢，卻能搭那種高級轎車。**

いつも人（ひと）に金（かね）を借（か）りているくせして、あんな高級車（こうきゅうしゃ）（豪華車）に乗（の）るなんて。

★「くせして」表儘管「經常借錢」，卻「駕駛豪華車輛」，強調行為與現實不協調。

5 **你自己根本辦不到，還好意思發牢騷！**

自分（じぶん）ではできないくせして、文句（もんく）（抱怨）言（い）うんじゃない。

★「くせして」表雖然「自己做不到」，卻「總是抱怨」，突出能力與行為矛盾。

Track029

029 ～げ

…的感覺、好像…的樣子

類義表現
～そう
好像…的樣子

接續方法 ▶ {[形容詞・形容動詞]詞幹；動詞ます形}＋げ

【樣子】表示帶有某種樣子、傾向、心情及感覺。書寫語氣息較濃。但要注意「かわいげ」(討人喜愛)與「かわいそう」(令人憐憫的)兩者意思完全不同。

特質說明 樣子 特質缺失者 情感結論

例1 可愛(かわい)げのない女(おんな)は嫌(きら)いだ。

我討厭不可愛的女人。

「げ」用來表示某種特質「可愛」,「可愛げのない女」表示沒有可愛氣質的女性,「嫌いだ」表示不喜歡。

孤僻、不修邊幅，總之樣子就是不可愛！

☞ 文法應用例句

2 **弟弟大表不滿地說：「這本小說差不多看到中間，就知道凶手是誰了！」**

弟(おとうと)は、「この小説(しょうせつ)、半分(はんぶん)[一半]くらい読(よ)んだところで犯人(はんにん)[兇手]分(わ)かった。」と不満(ふまん)[抱怨]げに言(い)った。

★「げ」表示情緒，此處表達弟弟對小說不滿或失望的態度。

3 **老人寂寞地笑著。**

老人(ろうじん)[老年人]は寂(さび)しげに笑(わら)った。

★「げ」描繪感覺，如「寂しげに笑った」透露笑容中的寂寞。

4 **對女友說「我們結婚吧」，她開心地「嗯」了一聲，點頭答應了。**

「結婚(けっこん)しよう」と言(い)うと、彼女(かのじょ)は嬉(うれ)[喜悅的]しげに「うん」とうなずいた。

★「げ」描述情感，如「嬉しげに『うん』とうなずいた」顯示回答時的喜悅。

5 **伊藤露出自信滿滿的神情，舉起了手。**

伊藤(いとう)くんが、自信(じしん)[自信]ありげな表情(ひょうじょう)[表情]で手(て)を上(あ)げました。

★「げ」表現心境，如「自信ありげな表情」展示舉手時的自信。

Practice・2

[第二回練習問題]

問題一

次の文の（　　）に入る最も適当な言葉を１・２・３・４から選びなさい。

1 あの方がＡ国の王様？やはり雰囲気（　　）違うわね。

1．よって　2．からして　3．ところで　4．とおりに

2 この町は買い物が不便な（　　）、人々はみな親切です。

1．とおりに　2．しだいに　3．むきに　4．かわりに

3 彼の態度（　　）、全然、みんなに協力する気持ちはないらしい。

1．にしたら　2．からみると　3．というより　4．において

4 日本は１２月（　　）２月（　　）とても寒くなります。

1．から、へ　2．と、まで

3．や、や　4．から、にかけて

5 中国で料理の修業をするって？彼なら本当に実行（　　）ね。

1．しかねる　2．しだいに

3．しかねない　4．できません

6 ベルが鳴るか（　　）、子どもは玄関にとんで行った。

1．鳴るかのところに　2．鳴らないかの上に

3．鳴るかのまでに　4．鳴らないかのうちに

7 申し訳ありませんが、その取引の話はお受けいたし（　　）。

1．かねます　2．かねません

3．できます　4．できません

8 疲(つか)れた（　　）、途中(とちゅう)で止(や)めてはいけません。

1．からといって　　2．からみると

3．として　　4．において

9 彼(かれ)の実力(じつりょく)（　　）このテストは簡単(かんたん)すぎるだろう。

1．からには　　2．であるから

3．からすると　　4．かかわらず

問題二

文(ぶん)を完成(かんせい)させなさい。

1 （　　　　　　）かねない。

2 （　　　　）か（　　　　）かのうちに（　　　　）。

3 （　　　　　　）気味(ぎみ)です。

4 （　　　　　　）くせに（　　　　）。

5 （　　　　　　）からといって（　　　　）。

6 （　　　　　　）かねる。

7 （　　　　　　）からいうと（　　　　）。

8 （　　　　　　）からすれば（　　　　）。

9 （　　　　　　）きった。

10 （　　　　　　）のかわりに（　　　　）。

11 （　　　　　　）からこそ（　　　　）。

030 ～ことから

1.…是由於…；2.從…來看、因為…；根據…來看

類義表現
～ことで
關於…

接續方法▶ {名詞である；形容動詞詞幹な；[形容詞・動詞]普通形}＋ことから

1【由來】用於說明命名的由來，如例（1）、（2）。

2【理由】表示後項事件因前項而起的因果關係，也指根據前項的情況，來判斷出後面的結果或結論，如例（3）～（5）。

主語　命名來源　由來　命名結果

例1 日本（にほん）は、東（ひがし）の端（はし）に位置（いち）することから「日（ひ）の本（もと）」という名前（なまえ）が付（つ）きました。

日本是由於位於東邊，所以才將國號命名為「日之本」。（譯注：意指太陽出來的地方。）

為什麼日本叫日本呢？原來因為是位處東邊的太陽之國，所以才有這個國名啊！

「ことから」表示因為位置在東邊，所以名為「日の本」，突顯地理位置與國名的關係。

文法應用例句

2 菇類因為長在木頭上，所以在日文裡被稱做「木之子」。

きのこは、木（き）に生（は）える（生長）ことから「木（き）の子（こ）」とよばれるようになった。

★「ことから」表因「生長於樹上」，而被稱「木之子」，顯示命名與生長環境的關聯。

3 從雞毛蒜皮小事演變成了一場大爭吵。

つまらないことから大喧嘩（おおげんか）（大吵一架）になってしまいました。

★「ことから」由於「小事」導致「大爭吵」，凸顯小事與後果間的因果關係。

4 根據長得很像來看，知道是雙胞胎。

顔（かお）がそっくり（酷似的）なことから、双子（ふたご）（雙胞胎）だと分（わ）かった。

★「ことから」表因「臉很像」的理由，判斷是「雙胞胎」，強調這種推斷依據。

5 自從電車通車了以後，房地產的價格就上漲了。

電車（でんしゃ）が通（とお）った（開通）ことから、不動産（ふどうさん）（房地產）の値段（ねだん）が上（あ）がった。

★「ことから」指由於「電車通過」，導致「房價上漲」，突出開通與價格漲幅因果關係。

031 ～ことだから

1. 因為是…，所以…；2. 由於

類義表現
～ことだし
因為…

接續方法 ▸ {名詞の}＋ことだから

1【根據】表示自己判斷的依據。主要接表示人物的詞後面，前項是根據說話雙方都熟知的人物的性格、行為習慣等，做出後項相應的判斷，如例（1）～（3）。

2【理由】表示理由，由於前項狀況、事態，後項也做與其對應的行為，如例（4）、（5）。

行為主體　推測根據　推測結果

例1 主人（しゅじん）のことだから、また釣（つ）りに行（い）っているのだと思（おも）います。

我想我老公一定又去釣魚了吧！

平常一到假期，老公習慣到河邊釣魚，今天是假日，所以他一定是釣魚去了。

「ことだから」根據已知的「丈夫」喜歡釣魚的個人特點，推測「他又去釣魚了」，強調推測的合理性。

文法應用例句

2 因為是責任感強的他，所以一定能完成使命吧！

責任感（せきにんかん）の強（つよ）い彼（かれ）のことだから、役目（やくめ）をしっかり果（は）たすだろう。

★「ことだから」基於已知的「責任感強」，推斷「肯定完成任務」，強調推測合理性。

3 因為是你，所以一定可以讓夢想實現吧！

あなたのことだから、きっと夢（ゆめ）を実現（じつげん）させるでしょう。

★「ことだから」根據已知的「你的特質」，預測「定能實現夢想」，凸顯預測的說服力。

4 畢竟當時正值戰亂，發生什麼樣的情況都是有可能的。

戦争中（せんそうちゅう）のことだから、何（なに）が起（お）こるか分（わ）からない。

★「ことだから」由於「戰爭中」狀態，判斷「什麼都可能」，突出因果關係的連貫。

5 今年我們公司的產品賣了不少，想必會發很多獎金吧。

今年（ことし）はうちの商品（しょうひん）ずいぶん売（う）れたことだから、きっとボーナスもたくさん出（で）るだろう。

★「ことだから」依「產品大銷」狀況，推測會有「獎金豐厚」相應行為，強調相應的邏輯性。

032 ～ことに(は)

令人感到…的是…

類義表現
～ことか
非常…

接續方法 ▶ {形容詞辭書形；形容動詞詞幹な；動詞た形}＋ことに(は)

【感想】 接在表示感情的形容詞或動詞後面，表示說話人在敘述某事之前的感想、心情。先說出以後，後項再敘述其具體內容。書面語的色彩濃厚。

情感描述 ↓ 感想強調 ↓ 具體狀況 ↓

例1 嬉(うれ)しい ことに、仕事(しごと)はどんどん進(すす)みました。
高興的是，工作進行得很順利。

是什麼事讓人如此高興呢？

「ことに」用於突顯前項的喜悅情緒，並明確指出喜悅的原因是「工作的順利進展」。強調符合期待的情況。

☞ 文法應用例句

2 **說來其實是家醜……我和妻子吵架，已經整整３天都沒講過話了。**

お恥(は)ずかしいことに、妻(つま)と喧嘩(けんか)〔吵架〕して、もう三日(みっか)も口(くち)〔說話〕をきいていないんです。

★「ことに」強調「尷尬」情緒，因「與妻吵架３天未講話」，突出因果。

3 **可惜的是，這個區域不能使用手機。**

残念(ざんねん)〔遺憾的〕なことに、この区域(くいき)〔地區〕では携帯電話(けいたいでんわ)が使(つか)えない。

★「ことに」表達「遺憾」的情感，因「區域無法用手機」，凸顯邏輯連貫。

4 **令人驚訝的是，城鎮蓬勃地發展了起來。**

驚(おどろ)いたことに、町(まち)〔小鎮〕はたいへん発展(はってん)〔發展〕していました。

★「ことに」強調「驚奇」的情感，因「發現城鎮發展好」，凸顯合理性。

5 **令人震撼的是，聽說甚至有大學教的數學是中學程度。**

あきれた〔震驚〕ことには、中学(ちゅうがく)レベル〔水準〕の数学(すうがく)を教(おし)えている大学(だいがく)もあるそうだ。

★「ことには」表「震驚」的情緒，因「有大學教國程度中數學」，強調因果關係。

033 ～こと（も）なく

不…、不…（就）…、不…地…

類義表現
～ず、～ないで
不…

接續方法 ▸ {動詞辭書形} ＋こと（も）なく

【附帶】表示「沒做…，而做…」，如例（１）～（４）；也表示從來沒有發生過某事，如例（５）。書面語感強烈。

避免行動 繼續連接 目標提案

例1 立ち止まることなく、未来に向かって歩いていこう。

不要停下腳步，朝向未來邁進吧！

時間寶貴，不要虛度光陰，往前走吧！

「ことなく」表示不做Ａ「停步」，就直接做Ｂ「勇往未來」，用於表示達成目標過程的連續性。

文法應用例句

2 這個工廠，可以24小時無休地提供產品。

この工場は、24時間休むことなく製品を供給できます。

★「ことなく」表不做Ａ「休息」，直接做Ｂ「全天供應」，強調工廠生產的不間斷性。

3 如果是你的話，工作可以不依賴任何人吧！

あなたなら、誰にも頼ることなく仕事をやっていけるでしょう。

★「ことなく」用於不Ａ「依賴他人」，獨立完成Ｂ「工作」，突顯個人工作的自立性。

4 梵谷即使作品賣不掉，依舊毫不洩氣地持續作畫。

ゴッホは、売れなくても諦めることなく絵を描き続けた。

★「ことなく」即使面臨Ａ「作品不受歡迎」，也持續Ｂ「繪畫創作」，凸顯藝術創作的毅力。

5 這趟旅行既沒遇到下雨，身體也沒有出狀況，一切順利。

旅行は、雨が降ったり体調を崩したりすることもなく、順調でした。

★「こともなく」表旅行中，沒有發生特定事件「下雨或身體問題」，強調旅程的順暢。

Track034

034 ～ざるをえない

1. 不得不…、只好…、被迫…；2. 不…也不行

類義表現

～しなければならない

不得不…

接續方法▸ {動詞否定形(去ない)}＋ざるを得ない

1 **【強制】**「ざる」是「ず」的連體形。「得ない」是「得る」的否定形。表示除此之外，沒有其他的選擇。有時也表示迫於某壓力或情況，而違背良心地做某事，如例（1）～（3）。

2 **〖自然而然〗**表示自然而然產生後項的心情或狀態，如例（4）。

3 **〖サ變動詞－せざるを得ない〗**前接サ行變格動詞要用「～せざるを得ない」，如例（5）（但也有例外，譬如前接「愛する」，要用「愛さざるを得ない」）。

強制原因 ↓　動作指示 ↓　無奈結論 ↓

上司の命令だから、やらざるを得ない。

既然是上司的命令，也就不得不遵從了。

沒辦法，那是上司的命令，只好做了。

「やらざるを得ない」因上司命令，不得不執行，無其他選擇。常用於某壓力下不得不採取行動。

☞ 文法應用例句

2 **由於不景氣，公司不得不裁員。**

不景気でリストラを実施せざるを得ない。

★「実施せざるを得ない」用於「因不景氣必須裁員」，強調經濟壓力下的必要行動。

3 **既然是大家共同決定的規則，就非遵守不可。**

みんなで決めたルールだから、守らざるを得ない。

★「守らざるを得ない」指「共議規則必須遵守」，突出集體決策下的義務。

4 **都解釋這麼多了，叫人不信也不行了。**

これだけ説明されたら、信じざるを得ない。

★「信じざるを得ない」表示「被充分解釋後不得不信」，凸顯被說服不由自主之情的過程。

5 **既然是由香川雅人和上戶遙擔綱主演，這部戲必定精采可期！**

香川雅人と上戸はるかが主役となれば、これは期待せざるを得ませんね。

★サ變動詞「期待」＋せざるを得ない，表「因名演員主演而期待」，強調名氣帶來的影響。

035 ～しだい

馬上…、一…立即、…後立即…

類義表現
～たとたん（に）
就在做…的那一瞬間

接續方法 ▸ {動詞ます形}＋次第

1 **【時間的前後】** 表示某動作剛一做完，就立即採取下一步的行動，也就是一旦實現了前項，就立刻進行後項，前項為期待實現的事情。

2 **〖×後項過去式〗** 後項不用過去式、而是用委託或願望等表達方式。

條件提出　時機表明　行動承諾
↓　↓　↓

例1 **バリ島（とう）に着（つ）き 次第（しだい）、電話（でんわ）します。**

一到巴里島，馬上打電話給你。

一到巴里島這個動作剛一做完。句型「しだい」前面接先做的動作。

「着き次第」表示一個動作「一到巴里島」後，接著就會發生另一個動作「打電話」。

☞ 文法應用例句

2 **（對主管說）等對方來電聯繫了，會立刻向您報告。**

（上司（じょうし）に向（む）かって）先方（せんぽう）から電話（でんわ）が来（き）次第（しだい）、ご報告（ほうこく）いたします。

（上司＝上司；先方＝客戶；報告＝通報）

★「次第」動作「接電話」後，立刻做另一行動「立即報告」，強調行動的順序。

3 **等全體人員到齊之後，才開始舉行會議。**

全員（ぜんいん）が集（あつ）まり次第（しだい）、会議（かいぎ）を始（はじ）めます。

（全員＝所有人；会議＝會議）

★「次第」達成條件「人到齊」後，即進行下一動作「開會」，突出活動的連續性。

4 **雨一停就馬上出發吧！**

雨（あめ）が止（や）み次第（しだい）、出発（しゅっぱつ）しましょう。

（止み＝停止；出発＝啟程）

★「次第」當情況「雨停」發生後，即執行下一動作「出發」，凸顯情況與行動的依賴性。

036 ～しだいだ、しだいで(は)

全憑…、要看…而定、決定於…

類義表現
～しまつだ
…（不好的）後果

接續方法 ▸ {名詞}＋次第だ、次第で(は)

1【經由】表示行為動作要實現，全憑「次第だ」前面的名詞的情況而定，也就是必須完成「しだい」前的事項，才能夠成立。「しだい」前的事項是左右事情的要素，因此而產生不同的結果，如例（1）～（4）。

2〔諺語〕「地獄の沙汰も金次第／有錢能使鬼推磨。」為相關諺語，如例（5）。

目標設定 ↓ 實現與否 ↓ 成功因素 ↓ 決定關鍵 ↓

例1 一流（いちりゅう）の音楽家（おんがくか）になれるかどうかは、才能（さいのう）次第（しだい）だ。

能否成為頂尖的音樂家，端看才華如何。

要實現成為一流音樂家這個動作。

「才能次第だ」即成為一流音樂家的可能性，取決於前項的「才能」。強調某因素對結果的影響。

☞ 文法應用例句

2 **依照搭襯不同的配飾，這件衣服可以穿去上班，也可以穿去約會，相當實穿。**

合（あ）わせる小物（こもの／小配件）次第（しだい）でオフィス（辦公室）にもデートにも着回（きまわ／多種搭配）せる便利（べんり）な１着（ちゃく）です。

★「次第で」表衣服適用多種場合，取決於「配件搭配」，強調搭配變化的重要性。

3 **這次假期是否要去溫泉旅遊，一切都看爸爸的心情。**

今度（こんど）の休（やす）みに温泉（おんせん／溫泉）に行（い）けるかどうかは、お父（とう）さんの気分（きぶん／心情）次第（しだい）だ。

★「次第だ」指溫泉之行能否成行，取決於「父親心情」，突出某因素對決定的影響。

4 **在不同的氣溫環境下，作物的生長情況完全不同。**

気温（きおん）次第（しだい）で、作物（さくもつ／農作物）の生長（せいちょう／生長）は全然（ぜんぜん）違（ちが）う。

★「次第で」意味農作物生長受「氣溫影響」，強調改變因素導致不同結果。

5 **「什麼？凶手交保了？」「這就是所謂的『有錢能使鬼推磨』啊！」**

「犯人（はんにん／罪犯）が保釈（ほしゃく／暫時釋放）されたんだって。」「『地獄（じごく／冥府）の沙汰（さた／處分）も金（かね）次第（しだい）』ってことだよ。」

★「次第」表犯人釋放，由前提的「金錢」決定，凸顯特定因素對結果的顯著作用。

037 ～しだいです

由於…、才…、所以…

類義表現

～ということだ
由於…

接續方法 ▶ {動詞普通形；動詞た形；動詞ている}＋次第です

【原因】解釋事情之所以會演變成如此的原由。是書面用語，語氣生硬。

原因 ↓　經歷敘述 ↓　結果表達 ↓

例1 **そういうわけで、今の仕事に就いた次第です。**（いま しごと つ しだい）

因為有這樣的原因，才從事現在的工作。

年輕時因為一位廚師的菜讓我浪子回頭，所以我才想當個廚師，用料理療癒大家的身心。

「就いた次第です」解釋因某原因所以「就職於現職」。常用於說明結果的緣由。

文法應用例句

2 **由於急著想向您道謝，所以寄電子郵件給您。**

取り急ぎ御礼申し上げたく、メール差し上げた次第です。（と いそ おんれいもう あ／さ あ／しだい）
［取り急ぎ：匆忙之中；差し上げた：奉上（敬語）］

★「次第です」說明急需表達感謝，而「發送電子郵件」的原因，突顯行動背後的急切性。

3 **我是剛剛接任本地區的負責人，特此前來拜會。**

このたび、この地区の担当になりましたので、ご挨拶に伺った次第です。（ちく／たんとう／あいさつ／うかが／しだい）
［このたび：此次；地区：區域；担当：負責人；伺った：拜訪］

★「次第です」解釋剛成為該區負責人，故「前去拜訪」的緣由，強調新任務引發的行動。

4 **想向您借100萬圓左右，拜託您了。**

100万円ほど貸していただきたく、お願いする次第です。（まんえん／か／ねが／しだい）
［貸して：借（出）］

★「次第です」表明因需要約 100 萬圓借款，而「提出請求」的原因，顯示緊迫的財務需求。

5 **因為找不到自己想要的商品，心想既然如此，不如自己來做。**

自分の欲しい商品がなかったので、それなら自分で作ろうと思った次第です。（じぶん／ほ／しょうひん／じぶん／つく／おも／しだい）
［自分：自己；商品：產品］

★「次第です」解釋未找到所需商品故「決定自行製作」的動機，凸顯自我解決問題的決定。

038 ～じょう（は／では／の／も）

從…來看、出於…、鑑於…上

類義表現
～うえで
在…基礎上

接續方法▶ {名詞} ＋上（は／では／の／も）

【觀點】表示就此觀點而言，就某範圍來說。「じょう」前面直接接名詞，如「立場上、仕事上、ルール上、教育上、歴史上、法律上、健康上」等。

知識來源　根據　現象說明

例1 経験（けいけん）上（じょう）、練習（れんしゅう）を三日（みっか）休（やす）むと体（からだ）がついていかなくなる。

根據經驗，只要3天不練習，身體就會跟不上。

從「上」前面接的「經驗」這一觀點來看。

「上」表後項判斷「身體會跟不上」，是基於前項的經驗「休息3天不練習」得出。強調因素對結果的影響。

☞ 文法應用例句

2 那件事，在網路上從很早以前就鬧得沸沸揚揚了。

その話（はなし）は、ネット〔網路〕上（じょう）では随分前（ずいぶんまえ）〔非常〕から騒（さわ）〔引起話題〕がれていた。

★「上では」指情形「議論紛紛」，發生範圍在「網絡上」，特定發生範圍。

3 依照預算額度，那部分只好勉強湊合了。

予算（よさん）〔預算〕の都合上（つごうじょう）〔考量〕、そこは我慢（がまん）〔忍耐〕しよう。

★「上」說明因「預算限制」情況，而「節約」的決策，強調預算對決定的影響。

4 香菸對健康會造成很大的傷害。

煙草（たばこ）〔香菸〕は、健康上（けんこうじょう）の害（がい）〔害處〕が大（おお）きいです。

★「上の」指問題「造成傷害」，是發生在範圍「健康」上的，明確指出問題發生在健康範疇。

5 文件上寫的是因病而亡，但人們私下傳言或許是被殺死的。

記録上（きろくじょう）〔紀錄〕は病死（びょうし）〔病逝〕だが、殺（ころ）されたのではという噂（うわさ）〔謠言〕がささやかれている。

★「上は」指「病死」判斷，僅基於「記錄資料」，強調記錄的說服力有限。

039 ～すえ（に／の）

經過…最後、結果…、結局最後…

類義表現
～あげくに
結果…

接續方法 ▸ {名詞の}＋末（に／の）；{動詞た形}＋末（に／の）

1【結果】表示「經過一段時間，做了各種艱難跟反覆的嘗試，最後成為…結果」之意，是動作、行為等的結果，意味著「某一期間的結束」，為書面語，如例（1）～（4）。

2〖末の＋名詞〗後接名詞時，用「～末の＋名詞」，如例（5）。

3〖すえ～結局〗語含說話人的印象跟心情，因此後項大多使用「結局、とうとう、ついに、色々、さんざん」等猶豫、思考、反覆等意思的副詞。

主題 ↓ 過程說明 ↓ 終點標示 ↓ 結果發表 ↓

例1 工事（こうじ）は、長期間（ちょうきかん）の作業（さぎょう）の末（すえ）、完了（かんりょう）しました。

經過了長時間的作業，這項工程終於完工了。

文法應用例句

2 經過了一步步的積極籌備，本店將於下個月開幕。

着々（ちゃくちゃく）［穩步］と準備（じゅんび）を進（すす）め［進行］ていた末（すえ）、来月（らいげつ）にお店（みせ）を開（ひら）きます。

★「末」經過「持續準備」後，達到最終結果「下月開業」，強調過程後的正面結果。

3 煩惱了好久，到最後決定辭去工作了。

悩（なや）んだ［煩惱］末（すえ）に、会社（かいしゃ）を辞（や）める［辭職］ことにした。

★「末に」經過「深思」後，最終決定「辭職」，突出經長時間考慮的決策。

4 一下要分手，一下不分手的鬧了老半天，結果他們又和好如初了。

別（わか）れる［分手］別（わか）れないと大騒（おおさわ）ぎ［大吵大鬧］をした末（すえ）、結局（けっきょく）彼（かれ）らは仲良（なかよ）く［感情良好］やっている。

★「末」指經過「激烈爭吵」後，最終結果是「他們和解」，強調經過困難後的積極結局。

5 畢竟是在多年的努力下才成功的，真的很開心。

長年（ながねん）［多年］の努力（どりょく）の末（すえ）の成功（せいこう）ですから、本当（ほんとう）に嬉（うれ）しいです。

★「末の」經過「長年努力」後，最終獲得「成功」，突顯長期勤奮後的成就。

040 ～ずにはいられない

不得不…、不由得…、禁不住…

類義表現
～ずにはおかない
一定要…

接續方法▸ {動詞否定形(去ない)}＋ずにはいられない

1【強制】表示自己的意志無法克制，情不自禁地做某事，為書面用語，如例（1）。

2〔反詰語氣去は〕用於反詰語氣（以問句形式表示肯定或否定），不能插入「は」，如例（2）。

3〔自然而然〕表示動作行為者無法控制所呈現自然產生的情感或反應等，如例（3）～（5）。

動機條件 ↓　衝動行為 ↓　情不自禁 ↓

例1 素晴（すば）らしい風景（ふうけい）を見（み）ると、写真（しゃしん）を撮（と）らずにはいられません。

一看到美麗的風景，就禁不住想拍照。

看到京都的清水寺，真的美得讓人情不自禁地想拍下紀念。

「ずにはいられない」表達說話人看見美麗風景後，情不自禁地想要拍照，無法抑制自己不去拍照的衝動。

文法應用例句

2 已經過了那麼久景氣還沒復甦，政府到底在幹什麼啊！這讓人怎麼不生氣呢！

いつまで経（た）っても景気（けいき）が回復（かいふく）しない。政府（せいふ）は何（なに）をやってるんだ。これが怒（おこ）らずにいられるか。

★「ずにはいられるか」表「長期景氣不佳引發憤怒」，質疑如何能不生氣。

3 這部漫畫任誰看了都會大笑。

この漫画（まんが）は、読（よ）むと笑（わら）わずにはいられない。

★「ずにはいられない」指「讀此漫畫必然不自禁大笑」，顯示無法抑制的笑意。

4 看到妳那雙閃亮的眼眸，教人怎能不愛呢？

君（きみ）のその輝（かがや）く瞳（ひとみ）を見（み）ると、愛（あい）さずにはいられないんだ。

★「ずにはいられない」用於「見其雙眸，必然不自主愛上」，表達無法控制的愛慕。

5 那慘絕人寰的狀態，實在讓人目不忍視。

あまりにも無残（むざん）な姿（すがた）に、目（め）をそむけずにはいられなかった。

★「ずにはいられない」表示「見慘狀不得不轉移視線」，強調無法忍受的衝動。

041 ～そうにない、そうもない

不可能…、根本不會…

類義表現
～わけにはいかない
不能…

接續方法 ▶ {動詞ます形；動詞可能形詞幹}＋そうにない、そうもない

【可能性】表示說話者判斷某件事情發生的機率很低，可能性極小，或是沒有發生的跡象。

事件預告 ↓ ／ 感情描寫 ↓ ／ 可能行為 ↓ ／ 否定推測 ↓

例1 明日(あした)はいよいよ出発(しゅっぱつ)だ。今夜(こんや)はドキドキして眠(ねむ)れそうにない。

明天終於要出發了。今晚興奮到睡不著。

明天我要去美國玩一個禮拜，開心到根本睡不著啦！！！

「そうにない」表示明天終於出發，今晚因緊張興奮，恐怕難入眠。強調推測某事不會發生。

☞ 文法應用例句

2 從昨天開始就一直在下雨，這雨看來還不會停。

昨日(きのう)からずっと雨(あめ)が降(ふ)［下（雨）］っているが、まだやみ［停止］そうにない。

★「そうにない」表「從昨天起持續下雨」，據經驗判斷「不似將停」，強調雨停可能性低。

3 這麼困難的工作，我根本就辦不到。

こんなに難(むずか)［困難的］しい仕事(しごと)は、私(わたし)にはできそうもありません。

★「そうもない」用於「面對困難工作，無法完成」的判斷，顯示完成概率低。

4 我是不可能對那麼出色的人說「我喜歡你」的。

あんなに素敵(すてき)［優秀的］な人(ひと)に、「好(す)きです」なんて言(い)えそうにないわ。

★「そうにない」表示似乎很難「向優秀之人表白」，突出某事發生概率低。

5 工作還剩下那麼多，看來今天晚上沒辦法回家了。

まだこんなに仕事(しごと)が残(のこ)［剩餘］っている。今夜(こんや)は帰(かえ)れそうもない。

★「そうもない」指「工作仍多」，今晚似乎難以「返家」，表達完成並離開的可能性低。

N3 文法「溫」一下！

★ 精選 N2 考題中，常考的 N3 文法，復習一下吧！

～こそ ／正（因為）…才

こちらこそよろしくお願(ねが)いします。

彼此彼此，請多多關照。

～ことになっている、こととなっている ／按規定…、預定…、將…

夏休(なつやす)みのあいだ、家事(かじ)は子(こ)どもたちがすることになっている。

暑假期間，說好家事是小孩們要做的。

～ことはない ／不要…、用不著…

部長(ぶちょう)の評価(ひょうか)なんて、気(き)にすることはありません。

用不著去在意部長的評價。

～際(さい)、際(さい)は、際(さい)に ／時候、在…時、當…之際

仕事(しごと)の際(さい)には、コミュニケーションを大切(たいせつ)にしよう。

在工作時，要重視溝通。

～最中(さいちゅう)に、最中(さいちゅう)だ ／正在…

例(れい)の件(けん)について、今検討(いまけんとう)している最中(さいちゅう)だ。

那個案子，現在正在檢討中。

さえ～ば、さえ～たら ／只要…（就）…

手続(てつづ)きさえすれば、誰(だれ)でも入学(にゅうがく)できます。

只要辦手續，任何人都能入學。

～しかない　／只能…、只好…、只有…

病気になったので、しばらく休業するしかない。

因為生病，只好暫時歇業了。

～せいか　／可能是（因為）…、或許是（由於）…的緣故吧

年のせいか、からだの調子が悪い。

也許是年紀大了，身體的情況不太好。

たとえ～ても　／即使…也…、無論…也…

たとえ明日雨が降っても、試合は行なわれます。

明天即使下雨，比賽還是照常舉行。

～たところ　／…結果（或是不翻譯）

事件に関する記事を載せたところ、たいへんな反響がありました。

去刊登事件相關的報導，結果得到熱烈的回響。

～たとたん、たとたんに　／剛…就…、剛一…，立刻…、剎那

二人は、出会ったとたんに恋に落ちた。

兩人一見鍾情。

～たび、たびに　／每次…、每當…就…、每逢…就…

あいつは、会うたびに皮肉を言う。

每次跟那傢伙碰面，他就冷嘲熱諷的。

～だらけ　／全是…、滿是…、到處是…

子どもは泥だらけになるまで遊んでいた。

孩子們玩到全身都是泥巴。

～ついでに　／順便…、順手…、就便…

知人を訪ねて京都に行ったついでに、観光をしました。

到京都拜訪朋友，順便觀光了一下。

～っけ　／是不是…來著、是不是…呢

ところで、あなたは誰だっけ。

話說回來，請問您是哪位來著？

～っぽい　／看起來好像…、感覺像…

君は、浴衣を着ていると女っぽいね。

你一穿上浴衣，就很有女人味唷！

～て以来　／自從…以來，就一直…、…之後

手術をして以来、ずっと調子がいい。

手術完後，身體狀況一直很好。

～てからでないと、てからでなければ　／不…就不能…、不等…之後，不能…

準備体操をしてからでないと、プールには入れません。

不先做暖身運動，就不能進游泳池。

～て（で）たまらない　／非常…、…得受不了、…得不行、十分…

勉強が辛くてたまらない。

書唸得痛苦不堪。

Practice・3

［第三回練習問題］

問題一 **次の文の（　　）に入る最も適当な言葉を1・2・3・4から選びなさい。**

1 成功するか失敗するか、すべては君のやる気（　　）だ。

1．しだい　2．とおり　3．こと　4．よう

2 この施設は会員しか利用できない（　　）。

1．ことだ　2．ものだ

3．ことになっている　4．ものになっている

3 この地域はなんと住みやすい（　　）。

1．ものだ　2．ことだ　3．ことか　4．もの

4 これ（　　）私が長い間探し続けていたものです。

1．こそ　2．だけ　3．さえ　4．もの

5 部長がいない（　　）話は進められません。

1．ものの　2．ことで　3．ことには　4．としても

6 面接の（　　）には、言葉遣いに気をつけなさい。

1．際　2．うち　3．場面　4．ついで

7 本人（　　）勝てるとは思わなかったのに、勝てたなんてまさに奇蹟だ。

1．こそ　2．だけ　3．さえ　4．もの

8 I can't help falling love with you. は「(　　)いられない」という意味です。

1. 愛しては　2. 愛さずには　3. 愛されては　4. 愛しすぎては

9 休みの日だったのに熱が出た（　　）どこにも行けなかった。

1. もので　2. せいで　3. ところで　4. とおりで

10 運のいい（　　）、あんなひどい事故でもけがひとつしなかったらしい。

1. にしたら　2. からみると　3. というより　4. ことに

11 他の人はともかく、山田部長（　　）賛成してくだされば、大丈夫です。

1. まで　2. もの　3. さえ　4. しか

12 会議の結論が（　　）、すぐ社長に報告してください。

1. 出まで　2. 出もの　3. 出次第　4. 出こと

13 財政建て直しのためには、まず無駄な予算を減らす（　　）。

1. ことはありません　2. しかありません

3. にちがいありません　4. わけがない

14 彼は休む（　　）走り続けた。

1. きって　2. ことなく　3. までに　4. つつ

15 あの二人は、同じ職場でアルバイトしていた（　　）、交際が始まった。

1. ことから　2. からして　3. ものから　4. せいで

16 会議（　　）、家から電話がかかってきた。

1．ところに　2．のうちに　3．のに　4．の最中に

問題二

文を完成させなさい。

1 （　　　　　　　　）ことか。

2 （　　　　　　　　）さえ（　　　　　　　　）。

3 （　　　　　　　　）せいで（　　　　　　　　）。

4 （　　　　　　　　）最中に、（　　　　　　　　）。

5 （　　　　　　　　）こそ（　　　　　　　　）。

6 （　　　　　　　　）のことだから（　　　　　　　　）。

7 （　　　　　　　　）ざるをえない。

8 彼は（　　　　　　　　）ことなく（　　　　　　　　）。

9 （　　　　　　　　）次第、（　　　　　　　　）。

10 （　　　　　　　　）ことになっている。

042 ～だけあって

不愧是…、也難怪…

> **類義表現**
> ～だけに
> 不愧是…

接續方法▶ {名詞；形容動詞詞幹な；[形容詞・動詞]普通形}＋だけあって

1【**符合期待**】表示名實相符，後項結果跟自己所期待或預料的一樣，一般用在積極讚美的時候。含有佩服、理解的心情。副助詞「だけ」在這裡表示與之名實相符。

2〔**重點在後項**〕前項接表示地位、職業、評價、特徵等詞語，著重點在後項，後項不用未來或推測等表達方式。

場所指示 ↓ 特性說明 ↓ 符合期待 ↓ 狀態描述 ↓

例1 **この辺(へん)は、商業地域(しょうぎょうちいき)だけあって、とてもにぎやかだ。**

這附近不愧是商業區，相當熱鬧。

哇！車水馬龍、熙來人往的紐約第五大道，不愧是商業區，真是熱鬧！

「だけあって」表示因為前項是「商業區」，所以理所當然「很熱鬧」，強調商業區特性是導致熱鬧的原因。

文法應用例句

2 **不愧是作家，文章寫得真精采！**

さすが作家(さっか)〔作家〕だけあって、文章(ぶんしょう)〔文章〕がうまい。

★「だけあって」指因為身為「作家」，「文章」自然流暢，強調作家身分對寫作影響。

3 **到底是價格高昂，裡面完全不含任何食品添加物或防腐劑。**

高(たか)いだけあって、食品添加物(しょくひんてんかぶつ)〔添加成分〕や防腐剤(ぼうふざい)〔防腐劑〕は一切(いっさい)〔一概〕含(ふく)〔含有〕まれていません。

★「だけあって」因為「價格高」，理所當然「不含防腐劑」，突顯高價與品質關係。

4 **由於國際交流頻繁，因此這所大學裡有許多外國人。**

国際交流(こくさいこうりゅう)〔交流〕が盛(さか)〔盛行的〕んなだけあって、この大学(だいがく)には外国人(がいこくじん)が多(おお)い。

★「だけあって」由於「國際交流多」，自然「大學有眾多外國人」，強調交流吸引外國生。

5 **不愧是立志成為專業歌手的人，歌唱得真好！**

プロ〔專業人士〕を目指(めざ)〔鎖定目標〕しているだけあって、歌(うた)がうまい。

★「だけあって」指因「立志成專業歌手」，理所當然「歌聲出色」，突出目標對歌技影響。

043 ～だけでなく

不只是…也…、不光是…也…

類義表現
～おまけに
再加上…

接續方法 ▸ {名詞；形容動詞詞幹な；[形容詞・動詞]普通形}＋だけでなく

【附加】 表示前項和後項兩者皆是，或是兩者都要。

話題主題 ↓ 對象1 ↓ 範圍擴展 ↓ 對象2 ↓ 共同特質 ↓

例1 **あの番組（ばんぐみ）は ゲスト だけでなく、司会者（しかいしゃ）も大物（おおもの）です。**

那個節目不只是來賓，連主持人都是大牌人物。

哇…來賓都是當紅歌手、人氣演員或名模，主持人也是名氣響叮噹！這陣容也太豪華了吧？

「だけでなく」表示節目不僅「嘉賓」，就連「主持人」也大有來頭，強調兩個並列事物的重要性。

☞ 文法應用例句

2 **責任不只在幹部身上，也在一般員工身上。**

責任（せきにん）は幹部（かんぶ）［領導層］だけでなく、従業員（じゅうぎょういん）［職員］にもある。

★「だけでなく」表責任不僅「幹部」有，「員工」也有，強調職位不影響責任。

3 **不但頭腦聰明，也擅長運動。**

頭（あたま）がいいだけでなく、スポーツ［運動］も得意（とくい）［擅長的］だ。

★「だけでなく」指出不僅「聰明」，「體育」也強，突顯兩方面能力的並存。

4 **我不但討厭花生，而且只要吃了就會冒出紅疹子。**

僕（ぼく）はピーナッツ［花生］が嫌（きら）いなだけでなく、食（た）べると赤（あか）いブツブツ［紅疹］が出（で）るんです。

★「だけでなく」不僅「討厭花生」，且吃了還出現「過敏反應」，強化避免食用的理由。

5 **我先生不但會打我，還把生活費都花光了。**

夫（おっと）は、殴（なぐ）る［毆打］だけでなくお金（かね）も全部（ぜんぶ）使（つか）ってしまうんです。

★「だけでなく」用於丈夫既「施暴」又「揮霍」，凸顯丈夫行為的負面影響。

～だけに

1. 到底是…、正因為…，所以更加…；2. 由於…，所以特別…

類義表現
～ばかりに
正是由於…

接續方法▶ {名詞；形容動詞詞幹な；[形容詞・動詞]普通形}＋だけに

1【原因】表示原因。表示正因為前項，理所當然地有相應的結果，或有比一般程度更深的後項的狀況，如例（1）～（4）。

2【反預料】表示結果與預料相反、事與願違。大多用在結果不好的情況，如例（5），但也可以用在結果好的情況。

理由前提 ↓　期待相符 ↓　合理結果 ↓

例1 役者(やくしゃ)としての経験(けいけん)が長(なが)い だけに、演技(えんぎ)がとてもうまい。

正因為有長期的演員經驗，所以演技真棒！

到底是演藝圈的老經驗，演技當然好得沒話説！

「だけに」表示因有前項「多年的演員經驗」，自然產生後面結果「演技自然優秀」。強調因果之間的緊密連接。

☞ 文法應用例句

2 正因為是著名的大學，所以特別難進。

有名(ゆうめい)な大学(だいがく)だけに、入(はい)るのは難(むずか)しい。
［入學］

★「だけに」表示因「著名大學」，自然導致「難入學」，突出了名聲與入學難度的因果關係。

3 不愧是大明星，一出現在舞台上，全場的氣氛就倏然一變。

大(だい)スターだけに、舞台(ぶたい)に出(で)てきただけで何(なん)だか空気(くうき)が変(か)わる。
［明星］［舞台］［氛圍］

★「だけに」用於「大明星」，自然帶來「特殊氣氛」，強調明星效應與場景變化的合理性。

4 由於從小就練鋼琴，所以彈得很好。

小(ちい)さいころからやっているだけに、ピアノが上手(じょうず)だ。
［年幼的］［鋼琴］

★「だけに」由於「從小練琴」，理所當然「鋼琴好」，凸顯長期練習與技能成果的關聯。

5 正因為他是一名優秀的政治家，所以這次的貪污事件更加令人遺憾。

彼(かれ)は政治家(せいじか)としては優秀(ゆうしゅう)なだけに、今回(こんかい)の汚職(おしょく)は大変残念(たいへんざんねん)です。
［政治人物］［出色的］［貪污］

★「だけに」表「優秀政治家」，竟然「貪污」太叫人失望，強調能力與行為不符的對比。

045 だけのことはある、～だけある

到底沒白白…、值得…、不愧是…、也難怪…

類義表現
～さすがに
不愧是…

接續方法 ▶ {名詞；形容動詞詞幹な；[形容詞・動詞]普通形}＋だけのことはある、だけある

1【符合期待】表示與其做的努力、所處的地位、所經歷的事情等名實相符，對其後項的結果、能力等給予高度的讚美，如例（1）～（4）。

2〔負面〕可用於對事物的負面評價，表示理解前項事態，如例（5）。

主體 → あの子(こ)は、
活動經歷 → 習字(しゅうじ)を習(なら)っている
合理解釋 → だけのことはあって、
能力評價 → 字(じ)がうまい。

例1 あの子(こ)は、習字(しゅうじ)を習(なら)っているだけのことはあって、字(じ)がうまい。

那孩子到底沒白學書法，字真漂亮。

小時候就熱衷於書法，而且很有天分。也因此書法寫得真漂亮！

「だけのことはある」表示「學書法」是原因，所以「漂亮字跡」是自然而然的結果。這是預期之內的。

☞ 文法應用例句

2 雖然是簡單的曲子，但是由我彈起來卻完全不是同一回事。專家果然不同凡響！

簡単(かんたん)な曲(きょく)だけど、私(わたし)が弾(ひ)くのと全然違(ぜんぜんちが)う［完全］。プロ［專家］だけのことはある。

★「だけのことはある」正因為「專業人士」，因此「彈奏不同」，顯示專業與業餘的明顯區別。

3 你怎麼都不會膩啊？那果真是你打從心底喜歡的事。

よく飽(あ)き［厭煩］ないね。好(す)きなだけのことはある。

★「だけのことはある」因為「喜愛」，而預期「不厭倦」，合乎對持續興趣的預期。

4 不但聰明而且幹勁十足，不愧是總經理心目中的女婿人選。

頭(あたま)がいいしやる気(き)［鬥志］もある。社長(しゃちょう)が娘(むすめ)の婿(むこ)［女婿］にと考(かんが)えるだけある。

★「だけある」作為「理想女婿」，符合特質「既聰明又積極」，合乎社長的期望與標準。

5 只不過洗了5次就破洞了，果然是便宜貨！

5回洗濯(かいせんたく)しただけで穴(あな)［孔洞］が開(あ)く［破洞］なんて、安(やす)かっただけあるよ。

★「だけある」因為「價低」，「易破損」是合理的負面結果，顯示價格與質量的合理關係。

046 ～だけましだ

幸好、還好、好在…

類義表現
～だけで
光…就…

接續方法▸ {形容動詞詞幹な；[形容詞・動詞] 普通形} ＋だけましだ

1【程度】 表示情況雖然不是很理想，或是遇上了不好的事情，但也沒有差到什麼地步，或是有「不幸中的大幸」。有安慰人的感覺。

2〘まし→還算好〙「まし」有雖然談不上是好的，但比糟糕透頂的那個比起來，算是好的之意。

情況比較 ↓　相對優位 ↓　對照事例 ↓

例1 たとえ第三志望でも、君は行く大学があるだけましだよ。僕は全部落ちちゃったよ。

就算是第三志願，你有大學能唸已經很幸運了。我全部落榜了呢。

唉，有總比沒有好！真羨慕你，哪像我要當「浪人」（重考生）重考了！

「だけましだ」表示比起更糟的情況還好。強調「第三志望學校」都比「全部落榜」好，呈現兩者的對比。

☞ 文法應用例句

2　這家店雖然稱不上好吃，但還算便宜。

この店は、おいしいというほどではないけれど、安いだけましだ。

★「だけましだ」用於「不美味但便宜」，表示比起更糟狀況，這還算是一種安慰。

3　雖然房子被海嘯捲走了，但還好全家人都平安無事。

津波に家を流されたけれど、家族みんな無事なだけましだった。

★「だけましだ」表示「家被津波沖走但家人安全」，強調在不幸中尋找安慰。

4　今年剛進公司的福山先生雖然工作效率不高，不過為人還算忠厚。

今年入社した福山さんは、仕事は遅いけれど、素直なだけましだ。

★「だけましだ」用於「工作慢但誠實」，表明在不理想情況中仍有可取之處。

5　雖然咳嗽和流鼻水的情形很嚴重，但還好沒有發燒。

咳と鼻水がひどいけど、熱がないだけましだ。

★「だけましだ」表示「咳嗽鼻塞但無發燒」，突出相較更壞情況還算是好的。

047 ～たところが

可是…、然而…、沒想到…

類義表現
～のに
卻…

接續方法 ▸ {動詞た形} ＋たところが

【期待】這是一種逆接的用法。表示因某種目的作了某一動作，但結果與期待相反之意。後項經常是出乎意料之外的客觀事實。

意圖表明 ↓　轉折提示 ↓　意外結果 ↓

例1 **彼（かれ）のために言（い）った ところが、かえって恨（うら）まれてしまった。**

為了他好才這麼説的，誰知卻被他記恨。

「たところが」前接為了對方好而規勸對方「彼のために言った」這一動作。

「たところが」表示好心「為他著想提醒」，卻遭遇意外的「被記恨」的結果。表做某事後的結果與預期相反。

文法應用例句

2 **隨便找一家店進去吃，沒想到居然出奇好吃。**

適当（てきとう）［隨便的］な店（みせ）に入（はい）ったところが、びっくりする［吃驚］ほどおいしかった。

★「たところが」無特別期待的「進入餐廳」，卻意外驚喜「美味」的結果，突出反預期結果。

3 **原本以為那地方天氣涼爽，去到那裡居然天天都超過30度。**

涼（すず）しい［涼爽的］と思（おも）って行（い）ったところが、毎日（まいにち）30度（ど）以上（いじょう）だった。

★「たところが」期待「涼爽」，卻遇意外的「高溫」，顯示出行後的意外。

4 **寫了信給喜歡的明星，沒想到居然收到了親筆回信。**

憧（あこが）れ［仰慕］のスター［明星］に手紙（てがみ）を書（か）いたところが、手書（てが）き［親筆］の返事（へんじ）［回信］が来（き）た。

★「たところが」無所求地「給明星寫信」，竟收到「親筆回信」，反映預期與實際對比。

5 **雖然沒有使力唸書，但是成績並非想像的差。**

大（たい）して［(不) 特別地］勉強（べんきょう）しなかったところが、成績（せいせき）［學業成果］は思（おも）ったより悪（わる）くなかった。

★「たところが」指「未認真學習」，卻出乎意料「成績不錯」，展現反預期結果。

Track048

048 ～っこない

不可能…、決不…

類義表現
～わけはない、～はずがない、絶対に～ない
不可能…

接續方法▸ {動詞ます形}＋っこない

1【可能性】表示強烈否定，某事發生的可能性。表示說話人的判斷。一般用於口語，用在關係比較親近的人之間。

2〖なんて～っこない〗常與「なんか、なんて」、「こんな、そんな、あんな（に）」前後呼應使用。

困難情境 ↓ 試圖行為 ↓ 不可能 ↓

例1 こんな長い文章、すぐには暗記できっこないです。

這麼長的文章，根本沒辦法馬上背起來呀！

天啊！長達5000字的英文，要我一個晚上就背下來，不可能吧！

「っこない」表示「這麼長的文章，馬上背下」是不可能的。強調「強烈的不可能」。

☞ 文法應用例句

2 不管再怎麼努力學習英語，也不可能和美國人講得一樣流利。

どんなに勉強しても、アメリカ人と同じには英語をしゃべれっこない。

★「っこない」表即使努力「英語說得像母語」，也是不可能的，凸顯絕對不可能性。

3 就算寫信給明星，也不可能會收到他本人的回信。

スターに手紙を書いても、本人からの返事なんて来っこないよ。

★「っこない」即使「寫明給星信」，也不會「收到本人的回覆」，強調極低可能性。

4 不管怎麼趕，都不可能趕上的。

どんなに急いだって、間に合いっこないよ。

★「っこない」指不論如何「急也趕不上行程」，突出幾乎無可能。

5 高達3億圓的彩金，怎麼可能會中獎呢。

3億円の宝くじなんて、当たりっこないよ。

★「っこない」表「中3億彩票」幾乎不可能，強調極低可能性。

049 ～つつ（も）

1. 儘管…、雖然…；2. 一邊…一邊…

類義表現
～のに、～にもかかわらず、～ながらも
卻…；儘管…但是…

接續方法 {動詞ます形}＋つつ（も）

1【反預料】表示逆接，用於連接兩個相反的事物，大多用在說話人後悔、告白的場合，如例（1）～（3）。

2【同時】表示同一主體，在進行某一動作的同時，也進行另一個動作，這時只用「つつ」，不用「つつも」，如例（4）、（5）。

認識狀況 儘管如此 矛盾感情

例1 身分（みぶん）が違（ちが）うと知（し）りつつも、好（す）きになってしまいました。
雖然知道彼此的家世背景有落差，但還是愛上他了。

雖然他很窮，但他不屈服，有拼搏精神，讓我不顧一切的愛上了他。

「つつも」表知悉事實卻仍行相反動作。雖然知道「身分有異」，卻仍無法阻止自己喜歡上對方。

文法應用例句

2 我一面說只嚐一點點就好，卻還是吃了一大堆。

ちょっとだけと言（い）いつつ、たくさん（大量地）食（た）べてしまった。

★「つつ」了解事實還是反其道而行「說只吃一點卻大吃」，強調知行不一。

3 儘管知道得要做，但今天還是沒做。

やらなければならないと思（おも）（思考）いつつ、今日（きょう）もできなかった。

★「つつ」明白必須做仍採相反行動「知應做卻未做」，反映無法克服懶惰或忙碌。

4 他一邊喝酒，一邊賞月。

彼（かれ）は酒（さけ）を飲（の）みつつ、月（つき）を眺（なが）（眺望）めていた。

★「つつ」表兩動作同時進行「邊喝酒邊賞月」，突出兩動作的同時進行。

5 由於還沒到發薪日，因此買東西時必須掂一掂錢包裡的鈔票才行。

給料日前（きゅうりょうびまえ）（發薪日）なので、買（か）い物（もの）は財布（さいふ）（錢包）の中身（なかみ）（裡面）を考（かんが）えつつしないといけない。

★「つつ」同時考慮兩動作「購物時考慮預算」，顯示平衡兩者的同步進行。

～つつある

正在…

類義表現

～ている

正在…

接續方法 ▶ {動詞ます形}＋つつある

1 **【繼續】**接繼續動詞後面，表示某一動作或作用正向著某一方向持續發展，為書面用語。相較於「～ている」表示某動作做到一半，「～つつある」則表示正處於某種變化中，因此，前面不可接「食べる、書く、生きる」等動詞。

2 **〖どんどん～つつある〗**常與副詞「どんどん、だんだん、しだいに、少しずつ、ようやく」一起使用。

主題 ↓ 主要動作 ↓ 進行狀態 ↓

例1 **経済（けいざい）は、回復（かいふく）しつつあります。**

經濟正在復甦中。

「つつある」表示逐漸進行或發生。句中「しつつあります」表示經濟正在逐漸回復的過程中。

長期低迷的景氣，由於大家的努力，終於復甦了！

☞ 文法應用例句

2 **一輩子不結婚的人數正持續增加當中。**

一生結婚（いっしょうけっこん）〔終身〕しない人（ひと）が増（ふ）え〔增多〕つつある。

★「つつある」表事物「不婚人數」，正在逐漸增加中，強調持續變化中。

3 **這個城鎮的生活環境正在持續惡化中。**

この町（まち）の生活環境（せいかつかんきょう）は悪化（あっか）し〔變壞〕つつある。

★「つつある」指事物「城鎮生活環境」，正在逐漸惡化中，突顯持續進行。

4 **方言正逐漸消失中。**

方言（ほうげん）〔方言〕はどんどん〔持續地〕失（うしな）われつつある。

★「つつある」用於事物「方言」，正在被漸漸遺忘中，凸顯逐步改變。

5 **隨著二氧化碳排放量的增加，地球暖化現象持續惡化。**

二酸化炭素（にさんかたんそ）〔二氧化碳〕の排出量（はいしゅつりょう）〔排放量〕の増加（ぞうか）に伴（ともな）って〔伴隨〕、地球温暖化（ちきゅうおんだんか）〔全球暖化〕が進（すす）みつつある。

★「つつある」表明事物「地球暖化」，正隨 CO2 增加而加劇中，顯示進行中的現象。

051 ～て（で）かなわない

…得受不了、…死了

類義表現
～てたまらない
…可受不了…

接續方法▶ {形容詞く形}＋てかなわない；{形容動詞詞幹}＋でかなわない

1【強調】表示情況令人感到困擾或無法忍受。敬體用「～てかなわないです」、「～てかないません」。

2〘かなう的否定形〙「かなわない」是「かなう」的否定形，意思相當於「がまんできない」和「やりきれない」。

狀態說明　感受特性　不滿表達

例1 毎日(まいにち)の生活(せいかつ)が退屈(たいくつ)でかなわないです。

每天的生活都無聊得受不了。

文法應用例句

2 這陣子真受不了爸媽成天把「結婚、結婚」這兩個字掛在嘴邊催我結婚。

このごろ、両親(りょうしん)(雙親)が「ケッコン、ケッコン」(結婚)とうるさくてかなわない。

★「てかなわない」表「父母催婚吵得難忍」，強調難以忍受。

3 牙齒疼得受不了。

歯(は)(牙齒)が痛(いた)くてかなわない。

★「てかなわない」用於「牙痛難以忍受」，強調極端不適感。

4 頭髮長長了實在是很礙事，明天去剪吧。

髪(かみ)が伸(の)びて(變長)邪魔(じゃま)(妨礙的)でかなわないから、明日(あした)切(き)りに行(い)こう。

★「でかなわない」表示「頭髮長造成妨礙」，反映生活困擾。

5 這台電腦跑很慢，實在是很不方便。

このコンピューター(電腦)は、遅(おそ)くて不便(ふべん)(不方便的)でかなわない。

★「でかなわない」用於「電腦慢且不便令人難以忍耐」，強調極端不便。

Track052

～てこそ

只有…才（能）、正因為…才…

類義表現

ばこそ～のだ
正因為…才…

接續方法▸ {動詞て形}＋こそ

【強調】 由接續助詞「て」後接提示強調助詞「こそ」表示由於實現了前項，從而得出後項好的結果。「てこそ」後項一般接表示褒意或可能的內容。是強調正是這個理由的說法。後項是說話人的判斷。

原因 ↓　強調手段 ↓　存在意義 ↓

例1 人(ひと)は助(たす)け合(あ)って こそ、人間(にんげん)として生(い)かされる。

人們必須互助合作才能得到充分的發揮。

人是群體的動物，需要互相協助、依賴才能存活下去，生命才能更圓滿。

「てこそ」用以強調前項動作的重要性。「助け合ってこそ」強調只有互助，才真正地活出人的價值。

☞ 文法應用例句

2 **正因為達成目標，才能得到大大的滿足感。**

目標(もくひょう)を達成(たっせい)してこそ、大(おお)きな満足感(まんぞくかん)が得(え)られる。

（目標／完成／獲得）

★「てこそ」強調只有「達成目標」，才能獲得巨大的滿足感，突顯動作重要性。

3 **不單是動嘴，還要採取行動表現出來，才能受到信賴。**

口先(くちさき)だけでなく、行動(こうどう)で示(しめ)してこそ、信頼(しんらい)してもらえる。

（口頭上／行動／展示／信任）

★「てこそ」用於只有通過「行動展示」，才能真正贏得他人的信任，強調影響力。

4 **要日積月累的努力才會得到好成果。**

努力(どりょく)を積(つ)み重(かさ)ねてこそ、よい結果(けっか)が出(だ)せる。

（累積／成果）

★「てこそ」只有不斷地「堆疊努力」，才有好的結果，凸顯動作必要性。

5 **減重只有持之以恆，才會有成效。**

ダイエットは、継続(けいぞく)してこそ成果(せいか)が得(え)られる。

（減肥／持續）

★「てこそ」指只有持續「減肥」，才能真正看到成果，強調關鍵性。

053 ～て（で）しかたがない、て（で）しょうがない、て（で）しようがない

…得不得了

類義表現

～てならない、～てたまらない

…得不得了

接續方法▸ {形容動詞詞幹；形容詞て形；動詞て形}＋て（で）しかたがない、て（で）しょうがない、て（で）しようがない

1 **【強調心情】** 表示心情或身體，處於難以抑制，不能忍受的狀態，為口語表現。其中「～て（で）しょうがない」使用頻率最高，如例（1）～（4）。形容詞、動詞用「て」接續，形容動詞用「で」接續。

2 **〖發音差異〗** 請注意「～て（で）しようがない」與「～て（で）しょうがない」意思相同，發音不同，如例（5）。

愛慕對象 ↓　強烈情感 ↓　無法自制 ↓

例1 彼女（かのじょ）のことが 好（す）きで好（す）き でしょうがない。

我喜歡她，喜歡到不行。

和她在一起，就情不自禁地產生喜歡的感覺，到了自己實在無法控制的情況。

「でしょうがない」表示無法抑制情感，強調了「對她的喜愛的強烈程度」，到了「難以自控」的地步。

文法應用例句

2 **被蚊子叮到的地方癢得要命。**

蚊（か）【蚊子】に刺（さ）【叮咬】されたところがかゆく【癢的】てしかたがない。

★「てしかたがない」表示「蚊咬癢到無法忍受」，強調極端不適。

3 **非常、非常思念故鄉。**

ふるさと【故鄉】が恋（こい）しく【懷念的】てしょうがない。

★「てしょうがない」用於「思鄉情深難以自控」，表達深切思念。

4 **不知道為什麼，最近心情煩躁得要命。**

何（なん）だか最近（さいきん）いらいら【焦躁】してしょうがない。

★「てしょうがない」表示「心情煩躁難以抑制」，反映情緒不安。

5 **讀著媽媽寫來的信，哭得不能自已。**

母（はは）からの手紙（てがみ）を読（よ）んで、泣（な）け【感動得痛哭】てしようがなかった。

★「てしようがない」表「讀到媽媽的信哭泣難以自持」，顯示深刻感動。

Track054

054 ～てとうぜんだ、てあたりまえだ

難怪…、本來就…、…也是理所當然的

類義表現

～ものだ
本來就是…

接續方法▶ {形容動詞詞幹}＋で当然だ、で当たり前だ；{[動詞・形容詞]て形}＋当然だ、当たり前だ

【理所當然】表示前述事項自然而然地就會導致後面結果的發生，這樣的演變是合乎邏輯的。

理由提出 ↓　極端行動 ↓　造成結果 ↓　結果合理 ↓

例1 やせたいからといって食事(しょくじ)を一日一食(いちにちいっしょく)にするなんて、倒(たお)れて当然(とうぜん)だ。

雖說想減肥，但一天只吃一餐，難怪會病倒。

減肥如果想瘦得健康、漂亮，一定要適當運動和均衡飲食啦！過度節食身體會搞壞的！

「て当然だ」表示因為減少餐食導致身體狀態不佳，因此倒下是理所當然的結果。強調因果及結果的必然。

文法應用例句

2 爸媽都是俊男美女嘛，兒子長得帥也是理所當然的呀。

両親(りょうしん)が美男(びなん)[帥哥]美女(びじょ)[美女]だもの、息子(むすこ)がハンサム[英俊的]で当然(とうぜん)だ。

★「で当然だ」表「父母美貌兒子帥氣是理所當然」，強調因果必然。

3 學習外語本來就要花時間。

外国語(がいこくご)の学習(がくしゅう)[學習]は、時間(じかん)がかかって当然(とうぜん)だ。

★「て当然だ」用於「外語學習耗時正常」，突出學習過程的必然性。

4 實在不太能苟同那種每次聚餐都認為別人請客是天經地義的女孩。

毎回(まいかい)おごって[請客]もらって当(あ)たり前(まえ)だと思(おも)っているような女(おんな)の子(こ)は、ちょっとなあ。

★「て当たり前だ」表示「認為他人請客理所當然」，反映自然結果的觀念。

5 他頭腦很好，考上東大也是理所當然。

彼(かれ)は頭(あたま)がいいから、東大(とうだい)に合格(ごうかく)[通過]できて当然(とうぜん)だ。

★「て当然だ」指「聰明故考上東大合理合情」，強調因果和常態性。

055 ～て(は)いられない、てられない、てらんない

不能再…、哪還能…

類義表現
～てたまらない
…得不得了

接續方法 ▸ {動詞て形}＋(は)いられない、られない、らんない

1 **【強制】** 表示無法維持某個狀態，或急著想做某事，含有緊迫感跟危機感。意思跟「～している場合ではない」一樣，如例（1）～（3）。

2 **〖口語－てられない〗**「～てられない」為口語說法，是由「～ていられない」中的「い」脫落而來的，如例（4）。

3 **〖口語－てらんない〗**「～てらんない」則是語氣更隨便的口語說法，如例（5）。

感情重複 ↓ 行動狀態 ↓ 不能忍受 ↓

例1 **心配で心配で、家でじっとしてはいられない。**

擔心的不得了，在家裡根本待不住。

我的寶貝兒子被綁架了！要是他有什麼萬一我該怎麼辦！？

「てはいられない」表由於極度擔心，所以無法安靜地留在家中。表達說話者的急迫及危機感。

文法應用例句

2 **（夫妻的其中一人）哎，打呼聲吵死人了，這要我怎麼睡嘛！**

（夫婦の片方が）ああっ、いびきがうるさくて寝ていられない。

★「ていられない」表示「因打呼聲過大無法入眠」，反映極度煩躁。

3 **什麼，超市只限今天肉品半價？我可不能在這裡蘑菇了，得趕快去買才行！**

えっ、スーパーで今日だけお肉半額。こうしちゃいられない、買いに行かなくちゃ。

★口語「ちゃいられない」用於「超市肉品半價急於購買」，顯示迫切心情。

4 **這麼忙，哪有時間悠閒地來個家族旅行什麼的。**

忙しくて、ゆっくり家族旅行などしてられない。

★口語「てられない」表「忙碌無法安排家庭旅行」，突出焦急無奈。

5 **等不及5年後要取得冠軍了。**

5年後の優勝なんて待ってらんない。

★口語「てらんない」指「對5年後勝利急切期待」，展現信心與期望。

Track056

056 ～てばかりはいられない、てばかりもいられない

不能一直…、不能老是…

類義表現
～とばかりはいえない
不能全說…

接續方法▸ {動詞て形}＋ばかりはいられない、ばかりもいられない

1【強制】表示不可以過度、持續性地、經常性地做某件事情。表示因對現狀感到不安、不滿、不能大意，而想做改變。

2〔接感情、態度〕常與表示感情或態度的「笑う、泣く、喜ぶ、嘆く、安心する」等詞一起使用。

理由提示 ↓ 具體行動 ↓ 行動限制 ↓

例1 忙（いそが）しいからって、部長（ぶちょう）のお誘（さそ）いを断（ことわ）ってばかりはいられない。

雖說很忙碌，但也不能一直拒絕部長的邀約。

部長數次約我去喝酒都被我擋掉了，再這樣下去，我的升遷就無望了…

「てばかりはいられない」表示即使因忙碌想拒部長的邀請，但不能總是如此。強調了行為的限度。

☞ 文法應用例句

2 明天要考試，不能在這裡一直玩耍。

明日（あした）は試験（しけん）【測驗】があるから、こんなところで遊（あそ）んでばかりはいられない。

★「でばかりはいられない」表「因明天考試不能只遊玩」，突顯行為時限。

3 雖然是星期天，但沒辦法整天睡懶覺，得把積了一整個星期的髒衣服洗一洗才行。

日曜日（にちようび）だけど、寝（ね）てばかりもいられない。1週間分（しゅうかんぶん）たまっている【堆積】洗濯（せんたく）をしなくちゃ。

★「てばかりもいられない」用於「週日也不能只睡覺」，強調自我控制與家務責任。

4 也不能一直依賴父母。

いつまでも親（おや）に甘（あま）えて【撒嬌】ばかりもいられない。

★「てばかりもいられない」表示「不能永遠依賴父母」，體現自立行動的必要。

5 孩子出生雖然開心，但一想到養育費，似乎也無法光顧著高興。

子（こ）どもが生（う）まれて【誕生】嬉（うれ）しいが、お金（かね）のことを考（かんが）えると喜（よろこ）んでばかりもいられない。

★「でばかりもいられない」指「孩子出生雖喜但需面對財務問題」，凸顯節制情感與現實責任。

057 ～てはならない

不能…、不要…、不許、不應該

類義表現
～てはいけない
不能…

接續方法 ▶ {動詞て形}＋はならない

【禁止】為禁止用法。表示有義務或責任，不可以去做某件事情。對象一般非特定的個人，而是作為組織或社會的規則，人們不許或不應該做什麼。敬體用「～てはならないです」、「～てはなりません」。

獨自行為 ↓ 感情反應 ↓ 禁止指令 ↓

例1 人(ひと)と違(ちが)ったことをするのを恐(おそ)れてはならない。

不要害怕去做和別人不一樣的事情。

「てはならない」用來禁止「恐れる」這種行為，意思是「不應該害怕做與他人不同的事情」的觀念。

你想和外星人做生意就去吧！加油！

文法應用例句

2 在比賽結束之前，一刻也不能鬆懈。

試合(しあい)が終(お)わるまで、一瞬(いっしゅん)〔片刻〕でも油断(ゆだん)〔大意〕してはならない。

★「てはならない」禁止賽中「有任何鬆懈」行為，強調比賽中絕不鬆懈。

3 在老故事裡，只要被叮囑「絕對不准看」，就一定會忍不住偷看。

昔話(むかしばなし)〔民間傳說〕では、「見(み)てはならない」と言(い)われたら必(かなら)ず見(み)ることになっている。

★「てはならない」用於禁止「觀看」行為，強調嚴格禁令。

4 在實現夢想之前不要放棄。

夢(ゆめ)がかなう〔成真〕まで諦(あきら)め〔放棄〕てはなりません。

★「てはならない」防止「放棄夢想」行為，表達堅持到底的決心。

5 潘朵拉是指一只據說絕對不能打開的盒子，結果卻被打開了。

パンドラ〔潘朵拉〕は、開(あ)けてはならないと言(い)われていた箱(はこ)を開(あ)けてしまいました。

★「てはならない」嚴禁「打開盒子」行為，指出潘朵拉的禁忌。

N3 文法「溫」一下！

★ 精選 N2 考題中，常考的 N3 文法，復習一下吧！

～て（で）ならない　／…得厲害、…得受不了、非常…

彼女のことが気になってならない。

十分在意她。

～ということだ　／聽說…、據說…

課長は、日帰りで出張に行ってきたということだ。

聽説課長出差，當天就回來。

～とおり、とおりに　／按照…、按照…那樣

医師の言うとおりに、薬を飲んでください。

請按照醫生的指示吃藥。

～どおり、どおりに　／按照…、正如…那樣、像…那樣

荷物を、指示どおりに運搬した。

行李依照指示搬運。

～とか　／好像…、聽說…

当時はまだ新幹線がなかったとか。

聽説當時還沒有新幹線。

～ところへ　／…的時候、正當…時，突然…、正要…時，（…出現了）

植木の世話をしているところへ、友だちが遊びに来ました。

正要修剪盆栽時，朋友就來了。

～ところに　／…的時候、正在…時

出かけようとしたところに、電話が鳴った。

正要出門時，電話鈴就響了。

～ところを　／正…時、之時、正當…時…

煙草を吸っているところを母に見つかった。

抽煙時，被母親撞見了。

～とすれば、としたら　／如果…、如果…的話、假如…的話

資格を取るとしたら、看護士の免許をとりたい。

要拿執照的話，我想拿看護執照。

～として、としては　／以…身分、作為…(或不翻譯)；如果是…的話、對…來說

評論家として、一言意見を述べたいと思います。

我想以評論家的身分，說一下我的意見。

～としても　／即使…，也…、就算…，也…

みんなで力を合わせたとしても、彼に勝つことはできない。

就算大家聯手，也沒辦法贏他。

～とともに　／和…一起、與…同時，也…

仕事をしてお金を得るとともに、沢山のことを学ぶことができる。

工作得到報酬的同時，也學到很多事情。

Practice・4

[第四回練習問題]

問題一 次の文の（　　）に入る最も適当な言葉を1・2・3・4から選びなさい。

1 卒業して（　　）、彼とは全然会っていない。

1．以来　2．ところに　3．上で　4．末に

2 新入社員がいきなり営業なんて（　　）。

1．できっこない　2．できるっけ

3．できかねない　4．できるとか

3 朝から何も食べていないのでお腹がすいて（　　）。

1．たまらない　2．はならない

3．ないではいられない　4．いられない

4 郵便局に行くの？じゃあ、（　　）この手紙も出してきてね。

1．とたんに　2．つつに　3．ついでに　4．最中に

5 会社に着いた（　　）、たくさん電話がかかってきた。

1．とたん　2．かのうちに　3．のところに　4．の最中に

6 山田さんの長男は大学生になってから急に（　　）なったね。

1．大人げに　2．大人ように　3．大人だけに　4．大人っぽく

7 子どもが欲しくて（　　）。

1．ものがある　2．いい

3．たまらない　4．ほしい

8 日本の景気は次第に回復（　　）。

1．しきる　2．してある　3．しつつある　4．しておいた

9 最近、しきりに故郷のことが思い出されて（　　）。

1．ある　　2．なる　　3．あらない　　4．ならない

10 このあたりは、台風がくる（　　）洪水の被害がでる。

1．たびに　　2．うちに　　3．場面に　　4．のに

11 （　　）成績がよくても、人柄が悪ければどうしようもない。

1．たとえ　　2．さいわい　　3．うんよく　　4．いつか

12 歯をみがいて（　　）寝てはいけません。

1．以来　　2．からでないと

3．先立ち　　4．末に

13 この部屋はほこり（　　）だ。

1．だけ　　2．だらけ　　3．だった　　4．だし

14 駅に行く（　　）、友達の家に寄った。

1．のに　　2．ついでに　　3．うちに　　4．際して

問題二

文を完成させなさい。

1 （　　　　　　　　）以来、（　　　　　　　　）。

2 （　　　　　　　　）てたまらない。

3 （　　　　　　　　）たとたん、（　　　　　　　　）。

4 たとえ（　　　　　　　　）でも、（　　　　　　　　）。

5 （　　　　　　　　）つつ（　　　　　　　　）。

6 （　　　　　　　　）てからでないと（　　　　　　　　）。

7 （　　　　　　　　）たびに（　　　　　　　　）。

8 （　　　　　　　　）てなりません。

9 （　　　　　　　　）ついでに（　　　　　　　　）。

10 （　　　　　　　　）だらけだ。

11 （　　　　　　　　）は（　　　　　　　　）つつある。

058 ～てまで、までして

到…的地步、甚至…、不惜…

類義表現
～さえ
甚至連…

1【強調輕重】{動詞て形}＋まで、までして。前接動詞時，用「～てまで」，表示為達到某種目的，而以極大的犧牲為代價，如例（1）～（4）。

2【指責】{名詞}＋までして。表示為了達到某種目的，採取令人震驚的極端行為，或是做出相當大的犧牲，如例（5）。

主體　疑問　疑問情境　程度強調　目的　願望顯示

例1 女(おんな)の人(ひと)はなぜ痛(いた)い思(おも)いをしてまで子(こ)どもを産(う)みたがるのだろう。

女人為何不惜痛苦也想生孩子呢？

聽說分娩的痛像是卡車來回輾過 100 次，又像雷擊一樣，聽來就可怕！媽媽真偉大～

「てまで」表為達某目的「生孩子」，而不惜採取某種行動「甘願忍受痛苦」，強調「為了目的不惜付出」的概念。

文法應用例句

2 那一家店確實好吃，但我可不想為了吃它還得排隊。

あそこの店(みせ)は確(たし)か(的確)においしいが、並(なら)んでまで食(た)べたいとは思(おも)わない。

★「でまで」表不願為達某目的「吃美食」，而採某行動「排隊」，強調不足夠的吸引力。

3 我沒有想變漂亮想到要整形動刀的地步。

整形手術(せいけいしゅじゅつ)(整形・手術)をしてまで、美(うつく)しくなりたいとは思(おも)いません。

★「てまで」用於不願「整形」，以達某目的「求美」，突出不值得付出太多。

4 從事電影相關工作，是他不惜離家出走也想做的事。

映画(えいが)の仕事(しごと)は、彼(かれ)が家出(いえで)(離家出走)をしてまでやりたかったことなのだ。

★「てまで」表「為電影行業願離家」，強調為目的不惜一切。

5 難道不惜殺人，也要把錢拿到手嗎？

人殺(ひとごろ)し(殺人)までして、金(かね)がほしかったのか。

★「までして」為獲得「金錢」，而不惜採震驚行動「殺人」，顯示極端行為的不當。

059 ～といえば、といったら

談到…、提到…就…、說起…、（或不翻譯）

類義表現
というと
提到…

接續方法 ▶ {名詞}＋といえば、といったら

【話題】用在承接某個話題，從這個話題引起自己的聯想，或對這個話題進行說明。口語用「っていえば」。

話題導入 ↓ 代表連結 ↓ 典型例子 ↓

例1 京都の名所といえば、金閣寺と銀閣寺でしょう。
（きょうと めいしょ きんかくじ ぎんかくじ）

提到京都名勝，那就非金閣寺跟銀閣寺莫屬了！

談到京都，當然就聯想到金閣寺跟銀閣寺了。

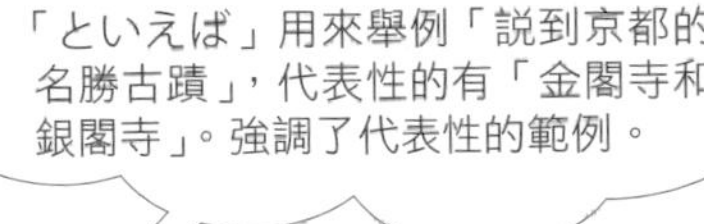

文法應用例句

2 提到台灣的觀光景點，就會想到故宮和台北101吧。

台湾の観光スポットといえば、故宮と台北101でしょう。
（タイワン かんこう こきゅう タイペイいちまるいち）（観光：旅遊；スポット：景點）

★「といえば」舉例「台灣觀光」，即想到具代表的「故宮和 101」，突顯景點的代表性。

3 說到壞心眼的人，就想起高中的數學老師。

意地悪な人といえば、高校の数学の先生を思い出す。
（いじわる ひと こうこう すうがく せんせい おも だ）（意地悪：壞心眼的；数学：數學）

★「といえば」舉例「心眼不好的人」，即想到「數學老師」，強調特殊代表性。

4 談到日本料理，那就非壽司莫屬了。

日本料理といったら、おすしでしょう。
（にほんりょうり）（おすし：壽司）

★「といったら」當提到「日本料理」，即指「壽司」，強調例子的代表性。

5 要說我喜歡的作家，就是川端康成。

好きな作家といったら、川端康成です。
（す さっか かわばたやすなり）（作家：作家）

★「といったら」提及「喜歡作家」，代表是「川端康成」，突出代表性人物。

060 ～というと、っていうと

你說…；提到…、要說…、說到…

類義表現
～といえば
說到…

接續方法▸ {名詞}＋というと、っていうと

1【**確認**】用於確認對方所說的意思，是否跟自己想的一樣。說話人再提出疑問、質疑等，如例（1）～（3）。

2【**話題**】表示承接話題的聯想，從某個話題引起自己的聯想，或對這個話題進行說明，如例（4）、（5）。口語用「っというと」。

主題提及 問詢關聯 具體確認

例1 堺照之（さかいてるゆき）というと、このごろテレビでよく見（み）かけるあの堺照之（さかいてるゆき）ですか。

你說的那個堺照之，是最近常在電視上看到的那個堺照之嗎？

什麼！？你說堺照之在那間店裡！？是最近紅透半邊天的那個演員嗎！？

「というと」用於詢問某人事物「堺照之」，的具體內容「是否就是最近常在電視上看到的那位堺照之」。

☞ 文法應用例句

2 **說到巴士罷工這件事，那麼該怎麼去公司才好呢？**

バスがストライキ（罷工）というと、どうやって会社（かいしゃ）に行（い）ったらいいんだ。

★「というと」用於「面對巴士罷工」情形，詢問如何解決「交通方式」，強調問題探討。

3 **說是沒辦法見面？當真病得那麼嚴重嗎？**

会（あ）えないっていうと。そんなにご病気（びょうき）（疾病）重（おも）（嚴重的）いんですか。

★「っていうと」詢問無法見面是否因「病情嚴重」，突出原因推測。

4 **提到古典戲劇，就非歌舞伎莫屬了。**

古典芸能（こてんげいのう）（古典表演藝術）というと、やはり歌舞伎（かぶき）（歌舞伎）でしょう。

★「というと」承接「古典藝能」，即提出個人看法想到「歌舞伎」，表達個人觀點。

5 **說到擅長英文，據說山崎小姐的多益成績是850分喔。**

英語（えいご）（英文）ができるっていうと、山崎（やまざき）さん、TOEIC（トーイック）850なんだってよ。

★「っていうと」提及「擅長英語」時，會聯想到「山崎 TOEIC 分數」，凸顯分享相關信息。

061 ～というものだ

也就是…、就是…

類義表現

～なのだ
就是…

接續方法 ▸ {名詞；形容動詞詞幹；動詞辭書形}＋というものだ

1 【說明】表示對事物做出看法或批判，表達「真的是這樣，的確是這樣」的意思。是一種斷定説法，不會有過去式或否定形的活用變化，如例（1）～（4）。

2 〖口語－ってもん〗「ってもん」是種較草率、粗魯的口語説法，是先將「という」變成「って」，再接上「もの」轉變的「もん」，如例（5）。

事件述說 ↓　結果評價 ↓　斷定説明 ↓

例 1

この事故(じこ)で助(たす)かるとは、幸運(こううん)というものです。

能在這事故裡得救，算是幸運的了。

大難不死必有後福，重大事故還能平安無事，這只能說是太幸運啦！

「というものだ」用於定義或説明「幸運」，表示在這次事故中能夠生還是一種幸運。

☞ 文法應用例句

2 有困難的時候互相幫助，這才叫做真正的夫妻。

困(こま)った時(とき)には助(たす)け合(あ)ってこそ、真(しん)の夫婦(ふうふ)というものだ。
（助け合って：互相扶持；真：真正）

★「というものだ」界定「真正夫妻」，困難時互相幫助，強調特定情況下的期望行為。

3 透過走後門找到工作，實在是太狡猾了。

コネで採用(さいよう)されるなんて、ずるいというものだ。
（コネ：門路；採用：錄取）

★「というものだ」認為「利用關係獲得工作」，是不公不義，批判不公平行為。

4 在18歲時結婚，這樣實在太早了。

18歳(さい)で結婚(けっこん)なんて、早過(はやす)ぎるというものだ。
（過ぎる：過於…）

★「というものだ」指「18 歲結婚」過於倉促，強調行為的不成熟。

5 他以為地球是繞著他轉的啊？真是大錯特錯啦！

地球(ちきゅう)は自分(じぶん)を中心(ちゅうしん)に回(まわ)っているとでも思(おも)ってるの。大間違(おおまちが)いってもんよ。
（中心：核心；回って：旋轉；大間違い：大錯特錯）

★口語「ってもん」表「自我中心觀點」大錯特錯，批評錯誤想法。

062 ～というものではない、というものでもない

…可不是…、並不是…、並非…

類義表現
～というわけではない
並不是…

接續方法▶ {[名詞・形容詞・形容動詞・動詞] 假定形} ／ {[名詞・形容動詞詞幹]（だ）；形容詞辭書形} ＋というものではない、というものでもない

【部分否定】 委婉地對某想法或主張，表示不能說是非常恰當、十分正確，不完全贊成，或部分否定該主張。

普遍認知 ↓　否定說明 ↓　委婉反問 ↓

例 1 結婚(けっこん)すれば幸(しあわ)せ というものではない でしょう。

結婚並不代表獲得幸福吧！

結婚就能得到幸福嗎？其實那要靠雙方婚後的用心經營啦！

「というものではない」用於委婉否定「結婚就一定會帶來幸福」這種觀念，表示結婚不一定就等於幸福。

☞ 文法應用例句

2 警察並非永遠都是正義的一方。

警察(けいさつ)は常(つね)に正義(せいぎ)の味方(みかた)だというものでもない。
（常に：總是；正義：正義；味方：盟友）

★「というものでもない」委婉否定「警察總代表正義」，挑戰固有觀念。

3 並不是稍長個幾歲，就可以對人頤指氣使的！

年上(としうえ)だからといって、いばってよいというものではない。
（年上：年長者；いばる：自以為是）

★「というものではない」表反駁「年長就可以傲慢對待晚輩」，反駁不當優越感。

4 有才能並非就能成功。

才能(さいのう)があれば成功(せいこう)するというものではない。
（才能：才華）

★「というものではない」否定「才能直接等於成功」這一想法，強調成功不唯才。

5 這可不是道歉就能了事的！一定要賠償才行！

謝(あやま)れば済(す)むってもんじゃない。弁償(べんしょう)しないと。
（済む：了結；弁償：賠償）

★口語「ってもんじゃない」指「道歉等於解決」並非總是適用的，暗示需進一步行動如賠償。

063 ～どうにか（なんとか、もうすこし）～ないもの（だろう）か

能不能…

類義表現
～ないかしら
沒…嗎？

接續方法 ▶ どうにか（なんとか、もう少し）＋{動詞否定形；動詞可能形詞幹}＋ないもの（だろう）か

【願望】表示說話者有某個問題或困擾，希望能得到解決辦法。

問題狀況 ↓　解決願望 ↓　困難狀態 ↓　疑問強調 ↓

例1 最近（さいきん）よく変（へん）な電話（でんわ）がかかってくる。どうにかならないものか。

最近常有奇怪的電話打來。有沒有什麼辦法啊？

又是「いたずら電話」（騷擾電話），打來都不出聲，我真是受夠了！

「どうにかならないものか」用於表達對於頻繁接到奇怪的電話的不滿，並希望能夠找到解決的方法。

文法應用例句

2 **附近的小孩老是在惡作劇，真令人困擾。能不能讓他們停止這種行為啊？**

近所（きんじょ）〔附近〕の子（こ）どもがいたずら〔惡作劇〕ばかりして困（こま）る。どうにかやめさせられないものだろうか。

★「どうにか～ないものだろうか」表尋求阻止孩子惡作劇的方法。表達了對解決困擾的渴望。

3 **這是非常珍貴的東西。能不能想辦法修好呢？**

とても大切（たいせつ）〔重要的〕なものなんです。なんとか直（なお）〔修復〕らないものでしょうか。

★「なんとか～ないものでしょうか」表珍視並希求修復物品的可能性。表示對重要事物的關切。

4 **也難怪對方會生氣，就不能把話講得好聽一點嗎？**

それは相手（あいて）が怒（おこ）るのも無理（むり）〔不合理〕はない。もう少（すこ）し言（い）いようがなかったものか。

★「もう少し～なかったものか」反思避免激怒對方的表達方式。強調反悔的意圖。

5 **「真的沒有辦法再多待一下下嗎？」「真拿你沒辦法，那麼，就留到這個星期五囉！」**

「なんとか、もう少（すこ）し待（ま）っていただけないものでしょうか。」「しょうがない〔看在情分上〕なあ、じゃあ、今週（こんしゅう）の金曜日（きんようび）までだよ。」

★「なんとか、～ないものでしょうか」請求對方體諒延長時間。強調對方的協助或配合。

Track064

064 ～とおもうと、とおもったら

1. 原以為…，誰知是…；2. 覺得是…，結果果然…

類義表現
～かと思うと
剛一…就

接續方法▶ {動詞た形}＋と思うと、と思ったら；{名詞の；動詞普通形；引用文句}＋と思うと、と思ったら

1【反預料】表示本來預料會有某種情況，下文的結果有兩種：較常用於出乎意外地出現了相反的結果，如例（1）～（4）。

2【符合預料】用在結果與本來預料是一致的，只能使用「とおもったら」，如例（5）。此句型無法用於說話人本身。

期待情景　假定轉折　實際狀態

例1 太郎(たろう)は勉強(べんきょう)している と思(おも)ったら、漫画(まんが)を読(よ)んでいた。

原以為太郎在看書，誰知道是在看漫畫。

原以為太郎在書桌前認真看書（本來預料有某種情況）。

「と思ったら」用來表示說話者原本以為「太郎在讀書」，但實際上卻「在看漫畫」，與最初的預想相反。

文法應用例句

2 原以為他的辦公室在３樓，誰知是４樓。

彼(かれ)のオフィス(辦公室)は、３階(がい)だと思(おも)ったら４階(かい)でした。

★「と思ったら」表原以為「在３樓」，結果卻發現「在４樓」，顯示預期與事實不合。

3 原以為起床了，結果又倒頭睡著了。

起(お)きてきた(起床)と思(おも)ったら、また寝(ね)てしまった。

★「と思ったら」描述原本認為「已經起床」，但其實他「又睡著」，反映事態迅速變化。

4 還以為太郎開始用功了，誰知道才５分鐘就呼呼大睡了。

太郎(たろう)は勉強(べんきょう)を始(はじ)め(開始)たと思(おも)うと、５分(ふん)で眠(ねむ)って(睡覺)しまいました。

★「と思うと」表剛「學習」，沒多久就「睡著」，顯示事情發展的迅速性。

5 覺得好像打雷了，結果果然就下起雨來了。

雷(かみなり)(雷電)が鳴(な)っているなと思(おも)ったら、やはり(果然)雨(あめ)が降(ふ)ってきました。

★「と思ったら」用於「雷聲後果然下雨」，反映預感迅速成真。

065 ～どころか

1. 哪裡還…、非但…、簡直…；2. 不但…反而…

類義表現
～はもちろん～さえ
別說是…就連…也是

接續方法 ▶ {名詞；形容動詞詞幹な；[形容詞・動詞]普通形}＋どころか

1 **【程度的比較】** 表示從根本上推翻前項，並且在後項提出跟前項程度相差很遠，表示程度不止是這樣，而是更糟，如例（1）～（3）。

2 **【反預料】** 表示事實結果與預想內容相反，強調這種反差，如例（4）、（5）。

較輕程度 ↓ 更甚連接 ↓ 更糟事實 ↓

例1 お金(かね)が足(た)りないどころか、財布(さいふ)は空(から)っぽだよ。

哪裡是不夠錢，錢包裡就連一毛錢也沒有。

文法應用例句

2 腰實在痛得受不了，別說唸書了，就連躺著休息都覺得痛苦。

腰(こし)［腰部］が痛(いた)くて、勉強(べんきょう)どころか、横(よこ)［橫躺］になるのも辛(つら)［難受的］いんだ。

★「どころか」表不僅是「學習困難」，甚至「躺也痛」，強調情況之嚴重。

3 他不僅是從名校畢業，還擁有博士學位。

一流大学(いちりゅうだいがく)［頂尖］を出(で)ているどころか、博士号(はかせごう)［博士學位］まで持(も)っている。

★「どころか」指不止「一流大學畢業」，甚至還擁有「博士學位」，強調超出預期。

4 聽到這句「加油」，別說高興，根本成了壓力。

「頑張(がんば)れ」と言(い)われて、嬉(うれ)しいどころかストレス［心理壓迫］になった。

★「どころか」強調「鼓勵」反而變「壓力」，凸顯實際感覺與預期相反。

5 雖然失敗了，可是不但沒有沮喪，反而激發出十足幹勁。

失敗(しっぱい)はしたが、落(お)ち込(こ)む［沮喪］どころかますます［越來越有］やる気(き)［鬥志］が出(で)てきた。

★「どころか」表示「失敗」後，更有「動力」，反映出逆境激發鬥志。

066 ～どころではない

1. 哪裡還能…、不是…的時候；2. 何止…、哪裡是…根本是…

類義表現
どころか
哪裡還…

接續方法▶ {名詞；動詞辭書形}＋どころではない

1 **【否定】** 表示沒有餘裕做某事，強調目前處於緊張、困難的狀態，沒有金錢、時間或精力去進行某事，如例（1）、（2）。

2 **【程度】** 表示事態大大超出某種程度，事態與其説是前項，實際為後項，如例（3）～（5）。

原因情況 ↓　本應行動 ↓　無法著手 ↓

例 1 **先々週(せんせんしゅう)は風邪(かぜ)を引(ひ)いて、勉強(べんきょう)どころではなかった。**

上上星期感冒了，哪裡還能唸書啊。

由於上星期感冒了，所以不能進行「どころではない」前面期待的行為的「勉強」（學習）。

「どころではない」用來表示因為生病的原因，學習是無法進行的。強調特定情境下某事的不可能。

文法應用例句

2 **各種各樣的工作堆在一塊，哪裡還有時間讓我慢慢休息。**

いろいろ［各種各樣的］仕事(しごと)が重(かさ)［重疊］なって、休(やす)むどころではありません。

★「どころではない」由於「工作累積」，「休息」已經變得不可能，強調無法實現。

3 **這已經不只是暖和，根本是熱到教人吃不消了耶！**

あったかかったどころじゃない、暑(あつ)くて暑(あつ)くてたまら［忍受］なかったよ。

★「どころじゃない」不只「溫暖」，實際是「極度炎熱」的狀況，顯示超出預期。

4 **電腦對我而言不僅僅是使用便利，而是生活必需品。**

パソコンは、私(わたし)にとって便利(べんり)［方便的］どころではなく、生活必需品(せいかつひつじゅひん)［必需品］です。

★「どころではない」指電腦非僅「便利」，更是「必需品」，超越基本用途。

5 **哪裡是涼爽的天氣，根本連作夢都沒想到那地方會冷成那樣耶！**

涼(すず)しかったどころじゃない、あんな寒(さむ)いところだとは思(おも)［思考］わなかったよ。

★「どころじゃない」不是單純的「涼爽」，而是遠比預期的「寒冷」，實際情況超預期。

067 ～とはかぎらない

也不一定…、未必…

類義表現
～ものではない
不是…的

接續方法 ▶ {[名詞・形容詞・形容動詞・動詞]普通形}＋とは限らない

1【部分否定】表示事情不是絕對如此，也是有例外或是其他可能性。

2〔必ず～とはかぎらない〕有時會跟句型「～からといって」，或副詞「必ず、必ずしも、どれでも、どこでも、何でも、いつも、常に」前後呼應使用。

普遍觀念 ↓　　部分否定 ↓

例1 お金持ちが必ず幸せだ とは限らない。

有錢人不一定就能幸福。

豪門深似海！她自從嫁給富二代後，不但沒有開心當貴婦，反而成天鬱鬱寡歡。

「とは限らない」表示某事「有錢人是幸福的」，不一定總是成立。強調「不是絕對的」的觀念。

文法應用例句

2　雖說逃走了，並不代表他就是凶手。

逃げたからといって、犯人（だ）とは限らない。

★「とは限らない」表「逃跑必定犯人」論點並非必然正確，突出非絕對性觀念。

3　寫在書上的文字不一定就是正確的。

本に書いてあることが必ず正しいとは限らない。

★「とは限らない」用於「書上內容必定正確」想法並不總是對的，強調非絕對正確性。

4　即使是提出告訴，也不一定能打贏官司。

訴えたところで、勝訴するとは限らない。

★「とは限らない」表「提訴就能勝訴」觀點並不總是成立，強調無絕對勝算。

5　即使是機械化，也不一定能提高效率。

機械化したところで、必ずしも効率が上がるとは限らない。

★「とは限らない」指「機械化就能提升效率」看法不一定正確，顯示預期外可能性。

Track068

068 ～ないうちに

在未…之前，…、趁沒…

類義表現
～前に
在…之前

接續方法 ▸ {動詞否定形}＋ないうちに

【期間】這也是表示在前面的環境、狀態還沒有產生變化的情況下，做後面的動作。

事件發生　時機把握　行動建議

例1 **嵐(あらし)が来(こ)ないうちに、家(いえ)に帰(かえ)りましょう。**

趁暴風雨還沒來之前，回家吧！

哇！天色轉陰了，好像要下雨了呢！

「ないうちに」提議在某事「暴風雨」發生之前，採取動作「回家」。強調時機的緊迫感。

☞ 文法應用例句

2 **趁還沒有下雨，回家吧！**

雨(あめ)が降(ふ)〔下(雨)〕らないうちに、帰(かえ)りましょう。

★「ないうちに」建議特定時機「下雨」前，採取行動「回家」，強調抓住時機。

3 **在房價還沒有上漲之前，買了公寓。**

値(ね)〔價格〕が上(あ)〔上漲〕がらないうちに、マンション〔大廈〕を買(か)った。

★「ないうちに」抓住良好時機「房價未漲」前，採相應行動「購屋」，突出及時行動。

4 **不知不覺中，隔壁的客人就回去了。**

知(し)らないうちに、隣(となり)〔隔壁〕の客(きゃく)は帰(かえ)っていた。

★「ないうちに」某事在不知不覺中「察覺到」，就發生了「隔壁客離開」，顯示悄然變化。

5 **上床不到一分鐘就「呼嚕」打起鼾來了。**

1分(ぷん)もたたないうちに、「ゴーッ」といびき〔鼾聲〕をかき〔打(呼)〕始(はじ)めた。

★「ないうちに」指在一定時間前「一分鐘內」，已發生其他事「鼾聲大作」，強調迅速進展。

Track069

069 ～ないかぎり

除非…，否則就…、只要不…，就…

類義表現
～ないなら、～なければ
只要不…

接續方法 ▸ {動詞否定形}＋ないかぎり

【無變化】 表示只要某狀態不發生變化，結果就不會有變化。含有如果狀態發生變化了，結果也會有變化的可能性。

條件設定 ↓ 無變化 ↓ 結果論述 ↓

例1 犯人（はんにん）が逮捕（たいほ）されないかぎり、私（わたし）たちは安心（あんしん）できない。

只要沒有逮捕到犯人，我們就無法安心。

最近常聽到有人惡意縱火，但縱火的犯人沒有被逮捕，弄得人心惶惶。

「ないかぎり」表示只要前項「犯人沒被逮捕」不變，結果「無法安心」也不會改變。強調條件對結果的影響。

文法應用例句

2 **要是沒紮實做練習，就沒辦法獲勝。**

しっかり（認真）練習（れんしゅう・練習）しないかぎり、優勝（ゆうしょう・冠軍）はできません。

★「ないかぎり」表未滿足條件「足夠練習」，則發生結果「無法獲勝」，突出條件對結果的重要性。

3 **除非遇到大地震或是颱風，否則活動依然照常舉行。**

大地震（おおじしん）や台風（たいふう）でも来（こ）ない限（かぎ）り、イベント（活動）は予定（よてい）通（どお）り（依照）行（おこな）う（舉行）。

★「ないかぎり」指非遇特定情況「地震」則活動照常，強調特定條件對結果的影響。

4 **除非拿到了書面許可，否則禁止錄音攝影。**

文書（ぶんしょ・文件）で許可（きょか・許可）を得（え・得到）ない限（かぎ）り、撮影（さつえい）・録音（ろくおん）などは禁止（きんし・禁止）です。

★「ないかぎり」表不符條件「許可」，規定「禁攝錄」繼續有效，突顯條件與規定的影響。

5 **只要社長沒改變心意就沒問題。**

社長（しゃちょう）の気（き）（意願）が変（か）わらないかぎりは、大丈夫（だいじょうぶ）です。

★「ないかぎり」表情況「社長意見」不變，「安全」也保持不變，強調條件對結果的重要影響。

Practice・5

［第五回練習問題］

問題一　**次の文の（　　）に入る最も適当な言葉を１・２・３・４から選びなさい。**

1　若ければ体力がある（　　）。

1．どころではない　2．というはずではない
3．というものでもない　4．というほかでもない

2　勉強している（　　）、友だちが遊びに来た。

1．ところに　2．どころか　3．場面に　4．場面を

3　天気予報によると、来週、大型の台風が上陸する（　　）。

1．わけがない　2．ということだ
3．ことになっている　4．のです

4　彼は教師である（　　）、すぐれた研究者でもある。

1．とのことで　2．というのに
3．とともに　4．といっしょに

5　フランス料理（　　）まずシチューを思い出します。

1．にかんして　2．にかけては
3．というと　4．のような

6　この地図（　　）行けば、店はすぐ見つかるはずです。

1．にこたえて　2．のとおりに
3．にして　4．のような

7　あの子は勉強ができない（　　）なまけものなのよ。

1．とおりに　2．というより　3．といって　4．として

8 仕事が忙しくて、休みを取る（　　）。

1．わけではない　　2．ものではない

3．ようではないか　　4．どころではない

9 もし外国語を習う（　　）、何を習いたいですか。

1．かぎりは　2．としたら　3．ばかりか　4．ので

10 彼は学校の代表（　　）コンクールに参加した。

1．とかわり　　2．とうちに

3．として　　4．とおうじて

11 先生の言う（　　）書いてください。

1．とたんに　2．うちに　3．ところに　4．とおりに

12 会社の代表（　　）参りました。

1．ときに　2．として　3．とって　4．とり

13 われわれは全員一致で、彼を委員長（　　）推薦します。

1．よって　2．そって　3．として　4．おいて

問題二

文を完成させなさい。

1 （　　　　　　　　）というものではない。

2 今日は（　　　　　　　　）として（　　　　　　　　）。

3 （　　　　　　　　）ということだ。

4 （　　　　　　　　）ところへ（に）、急に（　　　　　　　　）。

5 （　　　　　　　　）としたら（　　　　　　　　）。

070 ～ないことには

要是不…、如果不…的話，就…

類義表現

～なければ、～ないと

如果不…的話

接續方法▶ {動詞否定形}＋ないことには

【條件】表示如果不實現前項，也就不能實現後項，後項的成立以前項的成立為第一要件。後項一般是消極的、否定的結果。

必要行動 → 保護し　條件限定 → ないことには　嚴重後果 → この動物は絶滅してしまいます

例1 **保護し（ほご）ないことには、この動物（どうぶつ）は絶滅（ぜつめつ）してしまいます。**

如果不加以保護，這種動物將會瀕臨絶種。

環境劇烈的變化，讓許多動物頻臨絕種的危機！

「ないことには」表示如果不進行某動作「保護」，則會導致某結果「絶滅」。強調必要條件與結果之間的關聯。

文法應用例句

2 **如果不通過考試，就拿不到資格。**

試験（しけん）にパス（通過）しないことには、資格（しかく）はもらえない。

★「ないことには」不達條件「通過考試」，結果「獲資格」無法實現，強調條件重要性。

3 **如果不下點功夫，就沒辦法解決問題。**

工夫（くふう）（巧思）しないことには、問題（もんだい）を解決（かいけつ）（處理）できない。

★「ないことには」不採行動「努力思考」，結果「解決問題」無法達成，突顯行動與結果的關聯。

4 **外觀看起來雖然美味，但沒有實際吃過還是難保絕對可口。**

見た目（みため）（外觀）はおいしそうだが、実際（じっさい）（親自）食（た）べてみないことには分（わ）からない。

★「ないことには」表除非進行「親嚐」，否則無法確定「食物美味」，凸顯親身體驗的必要。

5 **趙小姐怎麼還沒來呀？這可是她的生日派對，連主角都沒到，怎麼開始呢！**

趙（チョウ）さん、遅（おそ）いな。誕生日（たんじょうび）パーティーなのに、主役（しゅやく）（主角）が来（こ）ないことには始（はじ）められないよ。

★「ないことには」表未達條件「主角到達」，預定活動「派對開始」無法進行，突顯特定條件的重要性。

071 ～ないではいられない

不能不…、忍不住要…、不禁要…、不…不行、不由自主地…

類義表現
～ざるをえない
不得不…

接續方法 ▸ {動詞否定形} ＋ないではいられない

1【強制】表示意志力無法控制，自然而然地內心衝動想做某事。傾向於口語用法。

2〔第三人稱－らしい〕此句型用在說話人表達自己的心情或身體感覺時，如果用在第三人稱，句尾就必須加上「らしい、ようだ、のだ」等詞。

原因狀況 ↓　主要動作 ↓　感情反應 ↓

例1 紅葉(こうよう)がとてもきれいで、歓声(かんせい)を上(あ)げないではいられなかった。

楓葉真是太美了，不禁歡呼了起來。

滿山遍野的紅葉，真是美不勝收！

「ないではいられない」表因某情況「紅葉非常漂亮」，不得不做某事「發出歡呼聲」。強調了「不可抑制的反應」。

文法應用例句

2 特賣活動一開始，就忍不住想去買。

特売(とくばい)〔限時特價〕が始(はじ)まると、買(か)い物(もの)に行(い)かないではいられない。

★「ないではいられない」表特定情況「特賣開始」時，人們會自然「前去購物」，突出不自控行為。

3 因為稅金太高了，忍不住就想抱怨幾句。

税金(ぜいきん)〔稅金〕が高(たか)すぎるので、文句(もんく)〔抱怨〕を言(い)わないではいられない。

★「ないではいられない」指情況「稅金過高」，導致人們自然「抱怨」，強調難抑制情緒。

4 聽了她的際遇後，教人不禁同情了起來。

彼女(かのじょ)の身(み)の上話(うえばなし)〔個人的〕を聞(き)いて、同情(どうじょう)〔憐憫〕しないではいられなかった。

★「ないではいられない」在情況「聽際遇」後，自然會「感到同情」，突出不自控情感反應。

5 看到人家有困難時，實在無法不伸出援手。

困(こま)っている人(ひと)を見(み)て、助(たす)け〔援助〕ないではいられなかった。

★「ないではいられない」在情況「見困難」時，自然會「伸出援手」，突出自發性行動。

072 ～ながら（も）

雖然…，但是…、儘管…、明明…卻…

類義表現
～のに、～つつも
卻…；雖然…

接續方法▸ {名詞；形容動詞詞幹；形容詞辭書形；動詞ます形}＋ながら（も）

【逆接】連接兩個矛盾的事物，表示後項與前項所預想的不同。

主題對象　特質描述　轉折連接　相反評價

例1 この服(ふく)は地味(じみ)ながらも、とてもセンスがいい。

這件衣服雖然樸素，卻很有品味。

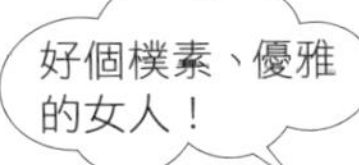

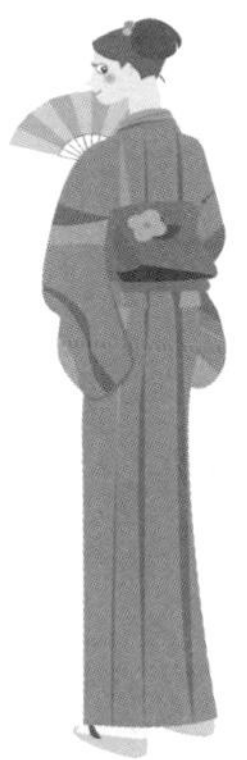

「ながらも」用來連接「衣服低調」、「有品味」兩相反事物。強調「服裝簡單但品味佳」的對比。

文法應用例句

2 雖然很小，但也是我快樂的家。

狭(せま)いながらも、楽(たの)しい我(わ)が家(や)〔我家〕だ。

★「ながらも」連接「空間狹小」與「生活愉快」，強調「空間小但家溫馨」正反情況的共存。

3 很遺憾，目前無法提供適合您的職務。

残念(ざんねん)〔可惜的〕ながら、今回(こんかい)はご希望(きぼう)〔期望〕に添(そ)〔滿足〕えないことになりました。

★「ながら」連接「感到遺憾」與「無法滿足」，強調「遺憾與不能滿足」的對比，凸顯無奈。

4 雖然覺得對不起先生，但對情夫的愛意卻越來越濃。

夫(おっと)に悪(わる)いと思(おも)いながらも、彼(かれ)への思(おも)いがどんどん〔越發〕募(つの)〔加深〕っていきました。

★「ながらも」連接「對夫愧疚」與「他人情深」，突出「愧對丈夫但愛他人增長」的情感對比。

5 儘管取得了資訊，卻沒有辦法活用。

情報(じょうほう)〔消息〕を入手(にゅうしゅ)していながらも、活(い)〔活用〕かせなかった。

★「ながらも」連接「獲得資訊」與「未能應用」，強調獲得與應用對比差異。

073 ～にあたって、にあたり

在…的時候、當…之時、當…之際

類義表現
～に際して
在…的時候

接續方法 ▸ {名詞；動詞辭書形}＋にあたって、にあたり

1【時點】表示某一行動，已經到了事情重要的階段。它有複合格助詞的作用。一般用在致詞或感謝致意的書信中。

2〖積極態度〗一般用在新事態將要開始的情況。含有說話人對這一行動下定決心、積極的態度。

特殊時機 ↓ 時點表示 ↓ 採取行動 ↓

例1 このおめでたい時（とき）にあたって、一言（ひとこと）お祝（いわ）いを言（い）いたい。

在這可喜可賀的時候，我想說幾句祝福的話。

新郎新娘好登對喔！

「にあたって」表在某特定的時刻「這喜慶的之際」，要做某事「說幾句祝賀的話」。強調「特定的時刻或場合」。

文法應用例句

2 請先閱讀「使用之相關注意事項」之後，再提出申請。

「ご利用（りよう）［使用］にあたっての注意事項（ちゅういじこう）［事項］」をお読（よ）みになってから、お申（もう）し込（こ）み［申請］ください。

★「にあたって」表特定時刻「使用」前，要先「閱讀注意事項」，突顯特定場合的行動。

3 在進行這個實驗的時候，有幾點要注意的。

この実験（じっけん）［實驗］をするにあたり、いくつか注意（ちゅうい）しなければならないことがある。

★「にあたり」指特定時刻「進行實驗」時，需特別留意「相關注意事項」，強調注意點。

4 說服社長的時候，說話要很慎重。

社長（しゃちょう）を説得（せっとく）［說服］するにあたって、慎重（しんちょう）［謹慎的］に言葉（ことば）を選（えら）［挑選］んだ。

★「にあたって」指特定時刻「說服社長」時，需特別注意「謹慎選詞」，強調策略性。

5 為了推展計畫而進用了新員工。

プロジェクト［計畫］を展開（てんかい）［開展］するにあたって、新（あら）たに職員（しょくいん）［員工］を採用（さいよう）した。

★「にあたって」特定時刻「展開項目時」採取「招聘新員工」相應行動，凸顯策略性行為。

074 ～におうじて

根據…、按照…、隨著…

類義表現
～に基づいて、～にこたえて
根據…；響應…

接續方法▶ {名詞}＋に応じて

1【相應】表示按照、根據。前項作為依據，後項根據前項的情況而發生變化，如例句（1）～（3）。

2〖に応じたN〗後接名詞時，變成「に応じたN」的形式，如例句（4）、（5）。

參照條件 根據表示 提議內容

例1 働き（はたら）に応じて（おう）、報酬（ほうしゅう）をプラスしてあげよう。

依工作的情況來加薪！

現在日本論功行賞，注重實力的公司越來越多了！

「に応じて」表根據某條件「工作表現」來進行相應的行動「給予額外報酬」。強調相應關係，即報酬與表現成正比。

☞ 文法應用例句

2 保險給付是依災害程度支付的。

保険金（ほけんきん）〔保險給付〕は被害状況（ひがいじょうきょう）〔受害〕に応じて（おう）支払（しはら）われます。

★「に応じて」表根據「損害程度」，支付相應「保險金」，突出賠付與受損成正比關係。

3 改變生活水準以配合收入。

収入（しゅうにゅう）〔所得〕に応じて（おう）、生活（せいかつ）のレベル〔水平〕を変（か）える。

★「に応じて」用於依「收入」，調整相應「生活水平」，強調生活標準與收入匹配。

4 在手扶梯附近陳列當季商品。

エスカレーター〔電扶梯〕の近（ちか）くに、季節（きせつ）に応（おう）じた商品（しょうひん）を並（なら）〔陳列〕べる。

★「に応じた」描述隨「季節」變化，擺放「商品」，突出商品與季節的相應關係。

5 根據當天的心情穿上相對應色彩的服裝。

その日（ひ）の気分（きぶん）〔心情〕に応（おう）じた色（いろ）の服（ふく）を着（き）る。

★「に応じた」表依「心情」，選擇相應「服裝顏色」，強調服裝選擇與心情的對應。

075 ～にかかわって、にかかわり、にかかわる

關於…、涉及…

類義表現
～にかんして
關於…

接續方法▶ {名詞} ＋にかかわって、にかかわり、にかかわる

1 **【關連】** 表示後面的事物受到前項影響，或是和前項是有關聯的，而且不只有關連，還給予重大的影響。大多為重要或重大的內容。「にかかわって」可以放在句中，也可以放在句尾。

2 **〖前接受影響詞〗** 前面常接「評判、命、名誉、信用、存続」等表示受影響的名詞。

關聯對象 影響程度 重傷 發生行為

例1 命（いのち）にかかわる大（おお）けがをした。

受到攸關性命的重傷。

「にかかわる」描述傷勢「嚴重傷害」與生命直接相關，突出了傷害的致命嚴重性。

爸爸在工地發生工安意外受了重傷，現在正在動手術，真希望他能平安！

文法應用例句

2 **新產品開發了10年，終於能完成了。**

新製品（しんせいひん）の開発（かいはつ）［研發］にかかわって10年（ねん）、とうとう［終於］完成（かんせい）させることができた。

★「にかかわって」表「新產品開發」與「耗時 10 年」的直接關聯，強調研發過程的時間投入。

3 **我要多讀點日語，將來想從事台日友好相關工作。**

日本語（にほんご）をもっと勉強（べんきょう）して、将来（しょうらい）［未來］は台日友好（たいにちゆうこう）［台日友好］にかかわる仕事（しごと）がしたい。

★「にかかわる」表目標「從事台日友好」，與技能「日語學習」的直接關聯，突顯語言技能重要性。

4 **別理他了啦！要是和那傢伙牽扯下去，可不會有好下場的哩！**

やめとけよ、あいつにかかわる［有瓜葛］とろくな［有益的］ことがないぜ。

★「にかかわる」預警「與某人交往」可能帶來「負面後果」，強調交往的潛在風險。

5 **此事關乎我國威信。**

これは我（わ）が国（くに）の信用（しんよう）［信譽］にかかわる。

★「にかかわる」表「這件事」與「國家信譽」的直接關聯，突出事件對國家信譽的影響。

076 ～にかかわらず

無論…與否…、不管…都…、儘管…也…

類義表現
～にもかかわらず、を問わず～
儘管…；無論…

接續方法▸ {名詞；[形容詞・動詞]辭書形；[形容詞・動詞]否定形}＋にかかわらず

1【無關】表示前項不是後項事態成立的阻礙。接兩個表示對立的事物，表示跟這些無關，都不是問題，前接的詞多為意義相反的二字熟語，或同一用言的肯定與否定形式，如例（1）～（4）。

2〖類語－にかかわりなく〗「～にかかわりなく」跟「～にかかわらず」意思、用法幾乎相同，表示「不管…都…」之意，如例（5）。

兩對立情況 ↓ 無關條件 ↓ 規定內容 ↓

例1 お酒を飲む飲まないにかかわらず、一人当たり2,000円を払っていただきます。

不管有沒有喝酒，每人都要付2000圓。

「にかかわらず」接兩個對立的事物。

「にかかわらず」表每人須繳費 2000 圓，不受條件「喝酒與否」的影響。強調支付費用的必要性。

文法應用例句

2 不論金額多寡，非常歡迎踴躍捐贈。

金額の多少にかかわらず、寄附は大歓迎です。

★「にかかわらず」表示「捐贈」不受「捐款金額多少」影響，強調任何數額捐款都重要。

3 這種冰淇淋一年四季都賣得很好。

このアイスは、季節にかかわらず、よく売れている。

★「にかかわらず」用於「冰淇淋銷售」不受「季節」限制，強調全年熱銷。

4 不論是優勝或落敗，參與的本身就具有意義。

勝敗にかかわらず、参加することに意義がある。

★「にかかわらず」指「參加比賽」的意義不受「勝負結果」影響，強調參與重於勝負。

5 不管以前的經驗如何，以業績來決定薪水。

以前の経験にかかわりなく、実績で給料は決められます。

★「にかかわりなく」表「薪水決定」不因「過去經驗」而變，突出基於實績的薪資決策。

～にかぎって、にかぎり

只有…、唯獨…是…的、獨獨…

類義表現

～だけは
唯獨…

接續方法 ▸ {名詞} ＋に限って、に限り

1 **【限定】** 表示特殊限定的事物或範圍，說明唯獨某事物特別不一樣，如例（1）～（4）。

2 **〖否定形－にかぎらず〗**「～に限らず」為否定形，如例（5）。

3 **〖中頓、句尾〗**「にかぎって」、「にかぎり」用在句中表示中頓；「～にかぎる」用在句尾。

特殊時機 ↓　特定條件 ↓　遭遇困境 ↓

時間に空きがあるとき に限って、誰も誘ってくれない。

獨獨在空閒的時候，沒有一個人來約我。

人生不如意十之八九啦！偏偏在我有空的時候，都沒人約！真是無聊！

「に限って」表示特定時機「在有空時」的，意外情況「沒人約」。限定特殊情況。

文法應用例句

2 **每次都是前一晚沒有用功讀書的時候，隔天就會抽考。**

前の晩、よく勉強しなかったときに限って、抜き打ち（不定期）テストがある。

★「に限って」特定時刻「不學習的前夜」出現意外「突然測驗」，突顯特殊時機的巧合。

3 **僅限尚未使用並保有收據的狀況，才能受理退貨。**

未使用（尚未）でレシート（收據）がある場合に限り、返品（退貨）を受け付け（接受）ます。

★「に限り」表僅在條件「有收據且未使用」，「接受退貨」，突顯特定條件的限制。

4 **限５點至６點來店的顧客可享免費啤酒一杯。**

５時から６時のご来店（光顧）に限り、グラスビール（杯裝啤酒）１杯サービス（免費提供）します。

★「に限り」指特定條件「５至６點來店」，提供「免費啤酒」，強調限時優惠。

5 **這家店不分週末或平日，總是客滿。**

この店は、週末に限らずいつも混ん（人潮擁擠）でいます。

★「に限らず」表示店內不僅「週末」，「平常」也很擁擠，強調狀況的普遍性。

Track078

078 ～にかけては

在…方面、關於…、在…這一點上

類義表現
～に関して、について
關於…

接續方法▶ {名詞} ＋にかけては

1【話題】表示「其它姑且不論，僅就那一件事情來說」的意思。後項多接對別人的技術或能力好的評價。

2〖誇耀、讚美〗用在誇耀自己的能力，也用在讚美他人的能力時。

專門領域 ↓ 專長表現 ↓ 自評陳述 ↓

例1 パソコンのトラブル解決（かいけつ）にかけては、自信（じしん）があります。

在解決電腦問題方面，我有十足的把握。

有適當的自信是件好事喔！

「にかけては」表示不論其他，只論前項「修理電腦」領域或事物上時，説話人十分有信心。突顯這種特殊的技能。

☞ 文法應用例句

2 **就種稻來說，我還寶刀未老，不輸兒子。**

米作り（こめづく）〔種植稻米〕にかけては、まだまだ〔依然〕息子（むすこ）には負（ま）けない。

★「にかけては」表在特定領域「種稻」上，自信滿滿，凸顯專長領域的自信。

3 **在汽車運送方面，本公司堪稱一流。**

自動車（じどうしゃ）の輸送（ゆそう）〔運輸〕にかけては、うちは一流（いちりゅう）〔頂尖〕です。

★「にかけては」用於特定領域「汽車運送」，展現對公司信心，強調特定技能優勢。

4 **在數學科目方面，關本同學是全班最厲害的。**

数学（すうがく）〔數學〕にかけては関本（せきもと）さんがクラスで一番（いちばん）だ。

★「にかけては」指特定領域「數學」，認為關本同學最優秀，彰顯特殊領域的才能。

5 **以逗人發笑的絕活來說，沒有人比他更高明。**

人（ひと）を笑（わら）わせることにかけては、彼（かれ）の右（みぎ）に出（で）る〔能出其右〕ものはいない。

★「にかけては」用於特定領域「逗人發笑」，表示他無人能及，凸顯特殊領域的卓越。

079 ～にこたえて、にこたえ、にこたえる

應…、響應…、回答、回應

類義表現
～に応じて
響應…

接續方法 ▸ {名詞} ＋にこたえて、にこたえ、にこたえる

【對象】接「期待」、「要求」、「意見」、「好意」等名詞後面，表示為了使前項能夠實現，後項是為此而採取行動或措施。也就是響應這些要求，使其實現。

動機來源 ↓ 回應行動 ↓ 結果行動 ↓

例1 農村(のうそん)の人々(ひとびと)の期待(きたい)にこたえて、選挙(せんきょ)に出馬(しゅつば)した。

為了回應農村的鄉親們的期待而出來參選。

文法應用例句

2 中村在聽到球迷的聲援之後，揮出了一支三分全壘打。

中村(なかむら)は、ファン(粉絲)の声援(せいえん)(加油)にこたえ、満塁(まんるい)ホームラン(三分全壘打)を打(う)った。

★「にこたえ」表示回應「球迷聲援」而採取行動「打全壘打」，強調對外界情感的回應。

3 應消費者的要求，擴大了銷售的範圍。

消費者(しょうひしゃ)の要望(ようぼう)(期望)にこたえて、販売(はんばい)(販售)地域(ちいき)の範囲(はんい)(範圍)を広(ひろ)げた(擴大)。

★「にこたえて」表示回應「消費者要求」而擴大「銷售範圍」，突顯對需求的回應。

4 應員工的要求，改善了工作的環境。

社員(しゃいん)の要求(ようきゅう)(請求)にこたえ、職場(しょくば)環境(かんきょう)(工作場所)を改善(かいぜん)(改進)しました。

★「にこたえ」表回應「員工要求」而「改善工作環境」，強調對內部需求的滿足。

5 不是要回應需求，而是要創造需求！

需要(じゅよう)(需求)にこたえるのではない。需要(じゅよう)を作(つく)り出(だ)す(製造出)のだ。

★「にこたえる」指不僅滿足「需求」，而是要創造「新需求」，強調創新與超越。

Track080

080 ～にさいし（て／ては／ての）

在…之際、當…的時候

類義表現
～おり（に）
值此…之際

接續方法▸ {名詞；動詞辭書形}＋に際し（て／ては／ての）

【時點】表示以某事為契機，也就是動作的時間或場合。有複合詞的作用。是書面語。

加入動作 ↓ 時點表示 ↓ 行為要求 ↓ 請求表達 ↓

例1 チームに入る（はい）に際して（さい）、自己紹介（じこしょうかい）をしてください。

入隊時請先自我介紹。

「に際して」表示「加入團隊」的時刻或前後，需採取的行動「自我介紹」。強調時點。

文法應用例句

2 **在您使用的時候，必須先製作會員證。**

ご利用（りよう）に際（さい）しては、まず会員証（かいいんしょう）〔會員證〕を作る（つく）必要（ひつよう）〔必須〕がございます。

★「に際しては」用於「使用」前，必須進行「製作會員證」行動，突顯特定時間前行動。

3 **考試時手機請關機。**

試験（しけん）に際（さい）し、携帯電話（けいたいでんわ）の電源（でんげん）〔電源〕は切（き）〔關閉〕ってください。

★「に際し」指特定時刻「考試」時，需採行動「關閉手機」，強調特定情況下必要行為。

4 **我代表所有的新進職員，在進用典禮當中闡述了來到公司時的抱負。**

新入社員（しんにゅうしゃいん）を代表（だいひょう）〔代表〕して、入社（にゅうしゃ）〔加入公司〕に際（さい）しての抱負（ほうふ）〔抱負〕を入社式（にゅうしゃしき）で述（の）〔表述〕べた。

★「に際しての」描述重要時刻「入職」時的「抱負」，強調特定時點的思考或感受。

5 **這種商品是易碎品，因此使用時請特別留意。**

この商品（しょうひん）は割れ物（われもの）〔易碎物品〕なので、扱（あつか）〔處理〕うに際（さい）しては、十分（じゅうぶん）気（き）をつけてください。

★「に際しては」處理特定物品「易碎品」時，預防措施是「格外小心」，突出特定情況下的應對。

081 ～にさきだち、にさきだつ、にさきだって

在…之前，先…、預先…、事先…

類義表現
～おり（に）
值此…之際

接續方法 ▸ {名詞；動詞辭書形}＋に先立ち、に先立つ、に先立って

1【前後關係】用在述說做某一較重大的工作或動作前應做的事情，後項是做前項之前，所做的準備或預告。大多用於述說在進入正題或重大事情之前，應該做某一附加程序的時候。

2〖強調順序〗「にさきだち」強調順序，而類似句型「にあたって」強調狀態。

事件對象　前提條件　必要行動

例1 旅行（りょこう）に先立（さきだ）ち、パスポートが有効（ゆうこう）かどうか確認（かくにん）する。

在出遊之前，要先確認護照期限是否還有效。

要旅行去了！真好！

「に先立ち」意指在旅行之前，需要先進行「確認護照是否有效」的確認動作。表先行動作。

文法應用例句

2 在面試前先舉行了公司說明會。

面接（めんせつ）［面試］に先立（さきだ）ち、会社説明会（かいしゃせつめいかい）が行（おこな）［舉行］われた。

★「に先立ち」突顯「公司說明會」為「面試」前的重要預備活動，強調先行準備與說明。

3 在修改法律之前，將於下週先召開公聽會。

法律改正（ほうりつかいせい）［法律修正］に先立（さきだ）つ公聴会（こうちょうかい）［公聽會］が来週開（らいしゅうひら）かれる予定（よてい）です。

★「に先立つ」在主要事件「法改」前的步驟「召開公聽會」，強調主要事件前的預備步驟。

4 在引進新機器之前，先舉行了說明會。

新（あたら）しい機器（きき）［機器］を導入（どうにゅう）［引進］するに先立（さきだ）って、説明会（せつめいかい）が開（ひら）かれた。

★「に先立って」在主要行動「導入新機器」前，先行準備工作「舉辦說明會」，明確先後順序。

5 在開演之前，先由主辦單位向各位致意。

上演（じょうえん）［開演］に先立（さきだ）ちまして、主催者（しゅさいしゃ）［主辦方］から一言（ひとこと）［簡單幾句］ご挨拶（あいさつ）を申（もう）し上（あ）げます［致以（敬語）］。

★「に先立ちまして」表在主要活動「演出」前的，行動「致辭」，突出活動的順序。

N3 文法「溫」一下！

★ 精選 N2 考題中，常考的 N3 文法，復習一下吧！

～ないこともない、ないことはない ／並不是不…、不是不…

彼女は病気がちだが、出かけられないこともない。

她雖然多病，但並不是不能出門的。

～など ／怎麼會…、才（不）…

そんな馬鹿なことなど、信じるもんか。

我才不相信那麼扯的事呢！

～なんか、なんて ／…等等、…那一類的、…什麼的

庭に、芝生なんかあるといいですね。

如果庭院有個草坪之類的東西就好了。

～において、においては、においても、における／在…、在…時候、在…方面

我が社においては、有能な社員はどんどん出世します。

在本公司，有才能的職員都會順利升遷的。

～に関して（は）、に関しても、に関する ／關於…、關於…的…

フランスの絵画に関して、研究しようと思います。

我想研究法國畫。

～にきまっている ／肯定是…、一定是…

今ごろ東北は、紅葉が美しいにきまっている。

現在東北的楓葉一定很漂亮的。

～に比べて、に比べ　／與…相比、跟…比較起來、比較…

今年は去年に比べ、雨の量が多い。

今年比去年雨量豐沛。

～に加えて、に加え　／而且…、加上…、添加…

書道に加えて、華道も習っている。

學習書法以外，也學習插花。

MEMO

Practice・6

［第六回練習問題］

問題一

次の文の（　　）に入る最も適当な言葉を１・２・３・４から選びなさい。

1 この会社は若い方（　　）40歳以上の方でも社員として採用しています。

1．にかぎり　2．にかぎる　3．にかぎらず　4．にかぎって

2 兄は弟（　　）背が低い。

1．にくらべて　2．において　3．によって　4．におうじて

3 父（　　）息子が新しい社長になった。

1．にくらべ　2．につれて　3．にかわり　4．にから

4 時がたつに（　　）悲しみを忘れていった。

1．ときに　2．したがい　3．よると　4．おいて

5 暑い日はカキ氷（　　）ね。

1．なかぎり　2．にかぎる　3．のかぎり　4．にかぎらず

6 開会式（　　）、校長先生からのご挨拶があります。

1．ついでに　2．にあたり　3．にまでに　4．つつに

7 確かに難しい試験だけれど、頑張れば合格できない（　　）。

1．ことではない　2．ことはない　3．ほかはない　4．にちがいない

8 こんな簡単な仕事（　　）誰にでもできる。

1．なか　2．なぜ　3．など　4．なに

9 彼はサッカーの知識（　　）誰にも負けません。

1．にかけては　2．によっては

3．してみれば　4．にたいしては

10 留学する（　　）何を準備すればいいですか。

1．についで　2．につけ　3．に際して　4．における

11 試験開始に（　　）まず注意事項を説明します。

1．先立ち　2．ところ　3．際　4．おいて

12 卒業式は体育館（　　）行われます。

1．のうえで　2．ところに　3．につけ　4．において

13 この件（　　）、なにかご質問はありませんか。

1．になど　2．に中心に　3．に関して　4．において

14 病気の母（　　）私が参りました。

1．により　2．に関して　3．に限り　4．にかわり

15 熱がある（　　）会社を休まなかった。

1．にもかかわらず　2．によって

3．から　4．として

問題二

文を完成させなさい。

1（　　　　）に先立ち（　　　　）。

2（　　　　）に関して（　　　　）。

3（　　　　）ないことには（　　　　）。

4（　　　　）ないことはない。

5（　　　　）に加えて（　　　　）。

6（　　　　）に際して（　　　　）。

7（　　　　）は（　　　　）において（　　　　）。

8（　　　　）ないではいられない。

9（　　　　）に比べて（　　　　）。

10（　　　　）にかぎらず（　　　　）。

11（　　　　）に応じて（　　　　）。

12（　　　　）にもかかわらず（　　　　）。

Track082

082 ～にしたがって、にしたがい

1. 隨著…，逐漸…；2. 依照…、按照…、隨著…

類義表現
～に基づいて
基於…

接續方法▶ {名詞；動詞辭書形}＋にしたがって、にしたがい

1【跟隨】表示跟前項的變化相呼應，而發生後項，如例（1）～（3）。

2【基準】前面接表示人、規則、指示、根據、基準等的名詞，表示按照、依照的意思。後項一般是陳述對方的指示、忠告或自己的意志，如例（4）、（5）。

變化因素 ↓　隨著關係 ↓　景觀變遷 ↓

例 1 季節（きせつ）の変化（へんか）にしたがって、町（まち）の色（いろ）も変（か）わってゆく。

隨著季節的變化，街景也逐漸改變了。

日本四季分明，特別是街景的變化，更是各具特色。

「にしたがって」表隨著前項「季節」的變換，後項也跟著變化「街景也變得不同了」。強調跟隨的變化。

☞ 文法應用例句

2 隨著孩子長大，自己的時間變多了。

子（こ）どもが大（おお）きくなるにしたがって、自分（じぶん）の時間（じかん）が増（ふ）えた。〔增加〕

★「にしたがって」強調隨「孩子成長」，「私人時間增加」的相應變化。

3 隨著治療方法的研究進步，死於這種疾病的人逐漸減少。

治療法（ちりょうほう）の研究（けんきゅう）が進（すす）むにしたがい、この病気（びょうき）で死亡（しぼう）する人（ひと）は減（へ）っている。〔治療方法〕〔死亡〕〔減少〕

★「にしたがい」隨著「治療研究進展」，結果也跟著變化「病死率下降」，突顯因果連續性。

4 聽從父親的囑咐，大學進入工學院就讀。

父（ちち）の言（い）いつけにしたがって、大学（だいがく）は工学部（こうがくぶ）に進（すす）んだ。〔吩咐〕〔理工科〕

★「にしたがって」遵循「父親的指令」，選擇「工學部」，強調按指令或期望行動。

5 請依照箭頭前進。

矢印（やじるし）にしたがって、進（すす）んでください。〔指示箭頭〕

★「にしたがって」根據「箭頭指示」，做「前進」動作，強調依循指示的行動。

083 ～にしたら、にすれば、にしてみたら、にしてみれば

對…來說、對…而言

類義表現
～にとって（は／も）
對於…來說

接續方法 ▸ {名詞}＋にしたら、にすれば、にしてみたら、にしてみれば

1【觀點】前面接人物，表示站在這個人物的立場來對後面的事物提出觀點、評判、感受。

2〖人＋にしたら＋推量詞〗前項一般接表示人的名詞，後項常接「可能、大概」等推量詞。

主體對象 觀點表示 感受描述

例1 彼（かれ）にしてみれば、私（わたし）のことなんて遊（あそ）びだったんです。

對他來說，我只不過是玩玩罷了。

原來他早就有老婆了，真傷心，他怎能欺騙我的感情呢！

「にしてみれば」表從某人的立場「他」，來看待某事物「視我為遊戲」。強調換位思考的觀點。

文法應用例句

2 對祖母來說，高中生化妝是很不可取的行為吧？

祖母（そぼ）にしたら、高校生（こうこうせい）が化粧（けしょう）［化妝］するなんてとんでもない［荒唐］ことなのだろう。

★「にしたら」強調從「祖母」的觀點看，「高中生化妝」被視為不妥，突顯特定人物的視角。

3 學英文對我來說是很簡單，但是對頭腦不好的人們而言就很難了吧？

英語（えいご）の勉強（べんきょう）は、私（わたし）にすれば簡単（かんたん）なのだが、できの［能力］悪（わる）い人達（ひとたち）には難（むずか）しいのだろう。

★「にすれば」表「我」覺得「學英語」簡單，但對「學習困難者」可能較難。強調觀點的差異。

4 1000圓對小朋友來說是一筆大數字。

1,000円（えん）は、子（こ）どもにしてみたら相当（そうとう）［十足的］なお金（かね）だ。

★「にしてみたら」強調從「小孩」觀點看，「1000 圓」可能是一大筆錢，突顯他人角度的感受和評價。

5 不管我長到幾歲，在父母的眼裡大概還是個小孩。

私（わたし）がいくつになっても、両親（りょうしん）［父母］にしたら子（こ）どもらしい。

★「にしたら」從「父母」的視角看，不論「我年紀多大」始終是孩子。強調特定視角的思考。

Track084

084 ～にしろ

無論…都…、就算…，也…、即使…，也…

類義表現
～にせよ
即使…

接續方法▸ {名詞；形容動詞詞幹；[形容詞・動詞]普通形}＋にしろ

1 **【無關】**表示逆接條件。表示退一步承認前項，並在後項中提出跟前面相反或相矛盾的意見。常和副詞「いくら、仮に」前後呼應使用。是「～にしても」的鄭重的書面語言。也可以說「～にせよ」。

2 **〖後接判斷等〗**後接說話人的判斷、評價、主張、無法認同、責備等表達方式。

改善情況↓　轉折無關↓　現狀限制↓

例1 **体調(たいちょう)は幾分(いくぶん)よくなってきたにしろ、まだ出勤(しゅっきん)はできません。**

即使身體好了些，也還沒辦法去上班。

身體看似好些了，但還沒有完全好。

「にしろ」表即使有該事實「健康好轉」，也不改變結果「還不能去工作」，前後對立，強調讓步無關。

☞ 文法應用例句

2 **即將出生的孩子不管是男孩也好、女孩也罷，哪一種性別都同樣高興。**

生(う)まれてくる(誕生)子(こ)が男(おとこ)にしろ女(おんな)にしろ、どちらでも嬉(うれ)しい。

★「にしろ」無論孩子「男女」，情感反應「都一樣高興」，強調無論條件結果感受相同。

3 **無論再怎麼忙，不吃飯是不行的喔！**

いくら忙(いそが)しいにしろ、食事(しょくじ)(進食)をしないのはよくないですよ。

★「にしろ」即使「忙碌」，也不應影響「正常進食」，強調承認事實不影響必要行動。

4 **即便是多麼能幹的人，假如不懂得為人著想，也是枉然吧！**

いくら有能(ゆうのう)(有才幹)にしろ、人(ひと)のことを思(おも)いやれない(體恤)ようなら、ダメ(不可取)でしょう。

★「にしろ」即使「能幹」，若缺「體諒他人」則無用。強調承認事實與態度獨立性。

5 **要做也好、不做也罷，在明天之前都必須做出決定才行。**

やるにしろやめる(放棄)にしろ、明日(あす)までに決(き)めなければならない。

★「にしろ」不論決定「進行」或「放棄」，必須在「明天之前決定」，強調時間相關的決策。

085 ～にすぎない

只是…、只不過…、不過是…而已、僅僅是…

類義表現
～にほかならない
不是別的，而是…

接續方法 ▶ {名詞; 形容動詞詞幹である; [形容詞・動詞]普通形} ＋にすぎない

【主張】表示某微不足道的事態，指程度有限，有著並不重要的沒什麼大不了的輕蔑、消極的評價語氣。

指示對象 ↓　實例說明 ↓　斷定表達 ↓

例1 これは少年犯罪(しょうねんはんざい)の一例(いちれい)にすぎない。
這只不過是青少年犯案中的一個案例而已。

少年犯罪案年年增加。

「にすぎない」表某一事物「少年犯罪案例中」，只是其中「一個例子」，不足以代表整體。主張範圍有限。

文法應用例句

2 他只不過是代罪羔羊，背地裡另有幕後操縱者。

彼(かれ)はとかげ(蜥蜴)のしっぽ(尾巴)にすぎない。陰(かげ)(暗中)に黒幕(くろまく)(幕後黑手)がいる。

★「にすぎない」在案中某人是「小角色」，被抓也不代表整體。強調重要性有限。

3 這一次只不過是運氣好而已。

今回(こんかい)は運(うん)(運氣)がよかったにすぎません。

★「にすぎない」此次「成功」是「運氣好」，不代表真正成就。強調單一事件非整體能力。

4 那不過是他的任性妄為罷了，不必理會。

そんなの彼(かれ)のわがまま(肆意妄為)にすぎないから、放(ほお)って(不予理會)おきなさい。

★「にすぎない」某人的「行為」只是「一時任性」，不需特別關注。強調輕微性。

5 我不是知道答案，只不過是憑直覺回答而已。

答(こた)えを知(し)っていたのではなく、勘(かん)(直覺)で言(い)ったにすぎません。

★「にすぎない」某人「答對問題」只是「憑直覺」，不代表真了解答案。強調非真正能力。

Track086

086 ～にせよ、にもせよ

無論…都…、就算…，也…、即使…，也…、…也好…也好

類義表現
～にしろ
無論…都…

接續方法▶ {名詞; 形容動詞詞幹である; [形容詞・動詞]普通形}＋にせよ、にもせよ

1【讓步】表示退一步承認前項，並在後項中提出跟前面相反或相矛盾的意見。是「～にしても」的鄭重的書面語言。也可以說「～にしろ」。

2〔後接判斷等〕後接說話人的判斷、評價、主張、無法認同、責備等表達方式。

存在狀況 ↓　讓步假設 ↓　義務表述 ↓

困難(こんなん)がある にせよ、引(ひ)き受(う)けた仕事(しごと)はやりとげるべきだ。

即使有困難，一旦接下來的工作就得完成。

工作量多，給的時間又太少。

「にせよ」表即使有某情況「存在困難」，也要堅持做某事「完成已經承接的工作」。起轉折讓步作用。

☞ 文法應用例句

2 即使只喝一杯啤酒，只要喝了酒，就不可以開車。

ビール1杯(ぱい)にせよ、飲(の)んだら運転(うんてん)〔駕駛〕してはいけない。

★「にせよ」即使在情況「只喝一杯啤酒」，仍應堅持「飲酒後不開車」。強調不應忽視原則。

3 不管如何，集會是一定得出席的。

いずれにもせよ〔哪方面〕、集会(しゅうかい)〔集會〕には出席(しゅっせき)〔參加〕しなければなりません。

★「にもせよ」無論情況如何「各種不便」，必須堅守義務「參加會議」，強調不可放棄義務。

4 不管再怎麼厚臉皮，竟然把剩下的東西全都帶回去，未免太過分了。

いくらずうずうしい〔厚顏無恥的〕にせよ、残(のこ)り物(もの)〔剩餘物品〕を全部(ぜんぶ)持(も)って帰(かえ)るなんてねえ。

★「にせよ」即使在極端情況下「臉皮極厚」，不該「全帶剩食」，突出不可超越常理。

5 即使最後一幕有些動人，但整體而言很無趣。

最後(さいご)の場面(ばめん)〔情景〕はいくらか感動(かんどう)したにせよ、全体的(ぜんたいてき)〔整體上〕には面白(おもしろ)くなかった。

★「にせよ」即使部分評價正面「最後一幕感動」，整難改全體評價「不精彩」。強調局部亮點難救整體。

087 ～にそういない

一定是…、肯定是…

類義表現
～に違いない
一定是…

接續方法 ▸ {名詞；形容動詞詞幹；[形容詞・動詞] 普通形} ＋に相違ない

【判斷】表示說話人根據經驗或直覺，做出非常肯定的判斷。跟「だろう」相比，確定的程度更強。跟「～に違いない」意思相同，只是「～に相違ない」比較書面語。

預測對象　狀態說明　確信表達

例1 明日(あす)の天気(てんき)は、快晴(かいせい)に相違(そうい)ない。
明天的天氣，肯定是晴天。

「に相違ない」表根據經驗等，極強的肯定。相信「明天天氣絕對會是晴朗無誤」。強調確信的判斷。

文法應用例句

2 這肯定和上星期那起案件是同一個凶手幹的好事。

これは先週(せんしゅう)の事件(じけん)と同(おな)じ犯人(はんにん)【兇手】のしわざ【勾當】に相違(そうい)ない。

★「に相違ない」基於經驗或直覺堅信「此案與上週同一犯人」。強調對判斷的堅定確信。

3 她們的合唱，肯定很棒的。

彼女(かのじょ)たちのコーラス【合唱】は、素晴(すば)らしいに相違(そうい)ない。

★「に相違ない」基於經驗或評價確信「她們合唱非凡」，強調對評價的絕對自信。

4 打官司的手續想必很繁瑣。

裁判(さいばん)【打官司】の手続(てつづ)き【程序】は、面倒(めんどう)【費事的】に相違(そうい)ない。

★「に相違ない」基於經驗或常識肯定「法律訴訟很麻煩」。突出對事情的高度確信。

5 要是告訴太太我想辭掉公司改去務農，肯定會遭到反對。

会社(かいしゃ)をやめて農業(のうぎょう)【農業】をやりたいと妻(つま)に言(い)ったら、反対(はんたい)【反對】するに相違(そうい)ない。

★「に相違ない」基於經驗或預期確信「告訴妻子，她勢必反對」。強調對預期反應的堅定判斷。

Track088

088 ～にそって、にそい、にそう、にそった

1. 沿著…、順著…；2. 按照…

類義表現
～にしたがって
按照…

接續方法▸ {名詞}＋に沿って、に沿い、に沿う、に沿った

1【順著】接在河川或道路等長長延續的東西後，表示沿著河流、街道，如例（1）。

2【基準】表示按照某程序、方針，也就是前項提出一個基準性的想法或計畫，表示為了不違背、為了符合的意思，如例（2）～（5）。

位置基準 ↓ 方向指示 ↓ 延續狀態 ↓

例1 道に沿って、クリスマスの飾りが続いている。

沿著道路滿是聖誕節的點綴。

沿路都是漂亮的聖誕樹。

「に沿って」表事物「聖誕裝飾」，沿某個軌跡「道路」一直鋪展開來。強調順著某一線條或方向。

文法應用例句

2 這棟大廈符合最新規定的耐震標準。

このビルは最新の耐震基準に沿っている。

★「に沿って」表示「大樓」按「最新耐震規範」建造，強調遵守特定規定或程序。

3 按照計畫，進行沙盤演練。

計画に沿い、演習が行われた。

★「に沿い」指「演習」按「計劃」進行，突顯按計劃行動的重要性。

4 每天都努力用功以達到父母的期望。

両親の期待に沿えるよう、毎日しっかり勉強している。

★「に沿える」表達「努力學習」為符合「父母期望」而盡力，反映遵循他人期待的意圖。

5 依契約做買賣。

契約に沿った商売をする。

★「に沿った」商業行為「進行交易」依「契約」條款，強調嚴格遵守約定重要性。

089 ～につけ（て）、につけても

1. 一…就…、每當…就…；2. 不管…或是…

類義表現
～にしろ
就算是…也…

接續方法 ▸ {[形容詞・動詞]辭書形} ＋につけ（て）、につけても

1【關連】每當碰到前項事態，總會引導出後項結論，表示前項事態總會帶出後項結論，後項一般為自然產生的情感或狀態，不接表示意志的詞語。常跟動詞「聞く、見る、考える」等搭配使用，如例（1）～（4）。

2【無關】也可用「～につけ～につけ」來表達，這時兩個「につけ」的前面要接成對的或對立的詞，表示「不管什麼情況都…」的意思，如例（5）。

行為動作 ↓ 原因連接 ↓ 結果反應 ↓

例1 この音楽(おんがく)を聞(き)くにつけて、楽(たの)しかった月日(つきひ)を思(おも)い出(だ)します。

每當聽到這個音樂，就會回想起過去美好的時光。

每當聽見這首歌，就想起學生時代的回憶。

「につけて」表每當特定情況發生時「聽到這首音樂」，就會觸動後項跟感情有關反應「想起歡樂時光」。強調前後關聯。

文法應用例句

2 福田小姐不論任何事總是視我為眼中釘，實在很難和她相處。

福田(ふくだ)さんは何(なに)かにつけて私(わたし)を目(め)の敵(かたき)にするから、付(つ)き合(あ)いにくい。

（目の敵：仇敵；付き合い：交往相處）

★「につけて」每當出現情況「任何事」，總引起情感反應「視我為眼中釘」，強調相處的困難。

3 關於那件事，能夠想起的只有小學同班同學的矢部而已。

それにつけても、思(おも)い出(だ)すのは小学校(しょうがっこう)で同級(どうきゅう)だった矢部(やべ)さんです。

（同級：同班）

★「につけても」每當提到「那件事」，總會想起「矢部同學」，表特定內容引發記憶。

4 每當聽到爺爺的往事，總能感到和平的可貴。

祖父(そふ)の話(はなし)を聞(き)くにつけ、平和(へいわ)のありがたみを感(かん)じる。

（平和：和平；ありがたみ：珍貴性）

★「につけ」每當聽「祖父的故事」，總會感受到「和平的珍貴」，強調故事對情感的觸動。

5 不管是看到電視節目也好，或是讀到書裡的段落也好，總會讓我想上太空。

テレビで見(み)るにつけ、本(ほん)で読(よ)むにつけ、宇宙(うちゅう)に行(い)きたいなあと思(おも)う。

（宇宙：太空）

★「につけ」每當「看電視或讀書」，總會有「渴望去太空」的願望，突顯體驗對想法影響。

090 ～にて、でもって

Track090

1. …為止；2. 以…、用…；3. 因…

類義表現
～によって
由於…

接續方法▸ {名詞}＋にて、でもって

1【時點】「にて」相當於「で」，表示時間、年齡跟地點，如例（1）、（2）。

2【手段】也可接手段、方法、原因、限度、資格或指示詞，宣佈、告知的語氣強，如例（3）。

3【強調手段】「でもって」是由格助詞「で」跟「もって」所構成，用來加強「で」的詞意，表示方法、手段跟原因，主要用在文章上，如例（4）、（5）。

時間提示　話題指示　時點表示　告辭語句

例1 もう時間（じかん）なので本日（ほんじつ）はこれにて失礼（しつれい）いたします。

時間已經很晚了，所以我就此告辭了。

社長，跟您相談甚歡，希望我們今後合作愉快，那我就告辭了。

「にて」特指「今天聚會的結束」時點，並引導轉向接下來的動作「告辭」。標示了一個轉折點。

☞ 文法應用例句

2 演講將於市民會館舉行。

講演会（こうえんかい）【演講】は市民（しみん）ホール【大廳】にて執（と）り【辦理】行（おこな）います。

★「にて」特指「講演會」在「市民會館」舉行，明確指出活動地點。

3 以書面回覆之相關手續如下所述。

書面（しょめん）【書面】にてご対応（たいおう）【回覆】させていただく場合（ばあい）の手続（てつづ）き【手續】は、次（つぎ）の通（とお）りです。

★「にて」表示處理事情方式為「書面」，表示溝通或回應方法。

4 請問方便用e-mail與您聯繫嗎？

メールでもってご連絡（れんらく）【聯絡】いたしますが、よろしいでしょうか。

★「でもって」在書面語中用於指「以郵件聯繫」，表明溝通工具或手段。

5 現代社會能夠透過網際網路完成很多事情。

現代社会（げんだいしゃかい）【現代】では、インターネットでもって、いろいろなことが事足（ことた）り【滿足需求】るようになった。

★「でもって」在書面語中用於指「透過網路完成事情」，表示了動作的媒介。

091 ～にほかならない

完全是…、不外乎是…、其實是…、無非是…

類義表現
～にすぎない
只不過…

接續方法▸ {名詞}＋にほかならない

1【主張】表示斷定的說事情發生的理由、原因，是對事物的原因、結果的肯定語氣，強調說話人主張「除此之外，沒有其他」的判斷或解釋。亦即「それ以外のなにものでもない（不是別的，就是這個）」的意思，如例（1）～（4）。

2〖ほかならぬ＋N〗相關用法：「ほかならぬ」修飾名詞，表示其他人事物無法取代的特別存在，如例（5）。

結果描述 ↓　原因指出 ↓　唯一理由 ↓

例1 肌（はだ）がきれいになったのは、化粧品（けしょうひん）の美容効果（びようこうか）にほかならない。

肌膚會這麼漂亮，其實是因為化妝品的美容效果。

現代的女性越來越懂得保養了。

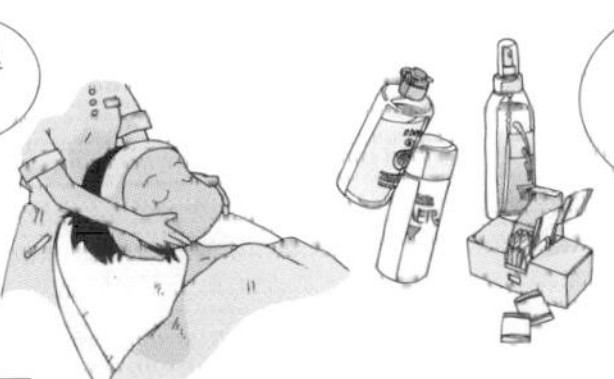

「にほかならない」肯定指出某一結果「肌膚變美」，的唯一理由「化妝品的美容效果」所致，主張唯一原因。

文法應用例句

2 他之所以失敗，唯一的原因就是貪心。

彼（かれ）が失敗（しっぱい）したのは、欲張（よくば）ったせいにほかならない。（欲張＝貪婪）

★「にほかならない」肯定唯一原因是「過於貪心」導致「失敗」，強調單一因素導致的結果。

3 我們的相遇只能歸因於命運。

私達（わたしたち）が出会（であ）ったのは運命（うんめい）にほかなりません。（運命＝命運）

★「にほかならない」肯定「我們相遇」唯一原因「命運」，表唯一解釋。

4 他之所以會說那麼嚴厲的話，完完全全都是為了你著想。

彼（かれ）があんなに厳（きび）しいことを言（い）うのも、君（きみ）のためを思（おも）うからにほかならない。（厳しい＝嚴格的）

★「にほかならない」確認「嚴厲話」由「關心你」驅動，突顯唯一動機。

5 既然是交情匪淺的你前來請託，我當然得大力相助啊！

ほかならぬ君（きみ）の頼（たの）みとあれば、一肌脱（ひとはだぬ）ごうじゃないか。（一肌脱ぐ＝鼎力相助）

★「ほかならぬ」指「你」獨一無二、無可替代，強調人事物特殊性。

092 ～にもかかわらず

雖然…，但是…、儘管…，卻…、雖然…，卻…

類義表現

～にかまわず
不在意…

接續方法▸ {名詞；形容動詞詞幹；[形容詞・動詞]普通形}＋にもかかわらず

1 **【無關】**表示逆接。後項事情常是跟前項相反或相矛盾的事態。也可以做接續詞使用。

2 **〖吃驚等〗**含有説話人吃驚、意外、不滿、責備的心情。

行為內容 ↓　對比轉折 ↓　相反結果 ↓

例1 努力(どりょく)にもかかわらず、全然効果(ぜんぜんこうか)が出(で)ない。

儘管努力了，還是完全沒有看到效果。

「にもかかわらず」連接前面「努力」，和出乎意料的相反結果「沒有任何效果」。強調預期與實際的反差。

人説努力不一定會成功，但是不努力是一定不會成功的啦！

☞ 文法應用例句

2 **雖然是國定假日，卻要上班。**

祝日(しゅくじつ)〔國定假日〕にもかかわらず、会社(かいしゃ)で仕事(しごと)をした。

★「にもかかわらず」表「國定假日」時仍然「上班」，突出預期與實際的落差。

3 **他不顧周圍的反對，辭掉工作了。**

周(まわ)り〔周圍〕の反対(はんたい)〔反對〕にもかかわらず、会社(かいしゃ)をやめた。

★「にもかかわらず」用於儘管遭「周圍反對」，還是「選擇辭職」，強調預期與行動矛盾。

4 **已經警告過他別做，結果他還是執意去做，果然不出所料失敗了。**

やめろと言(い)ったにもかかわらずやって、案の定(あんのじょう)〔不出所料〕失敗(しっぱい)した。

★「にもかかわらず」表示被「勸告不做」後，仍然進行相反行為「執行」，突顯預期與結果的反差。

5 **雖然發燒，但還是去了學校。**

熱(ねつ)〔發燒〕があるにもかかわらず、学校(がっこう)に行(い)った。

★「にもかかわらず」指出即使「發燒」，依然採取相反行為「去學校」，強調預期與行為的不一致。

Review

N3 文法「溫」一下！

★ 精選 N2 考題中，常考的 N3 文法，復習一下吧！

～にしたがって、にしたがい　／伴隨…、隨著…

おみこしが近づくにしたがって、賑やかになってきた。

隨著神轎的接近，變得熱鬧起來了。

～に対して（は）、に対し、に対する　／向…、對（於）…

この問題に対して、意見を述べてください。

請針對這問題提出意見。

～に違いない　／一定是…、准是…

この写真は、ハワイで撮影されたに違いない。

這張照片，肯定是在夏威夷拍的。

～について（は）、につき、についても、についての　／有關…、就…、關於…

江戸時代の商人についての物語を書きました。

撰寫了一個有關江戶時期商人的故事。

～につき　／因…、因為…

台風につき、学校は休みになります。

因為颱風，學校停課。

～につれて、につれ　／伴隨…、隨著…、越…越…

一緒に活動するにつれて、みんな仲良くなりました。

隨著共同參與活動，大家感情變得很融洽。

～にとって（は）、にとっても、にとっての　／對於…來說

チームのメンバーにとって、今度(こんど)の試合(しあい)は重要(じゅうよう)です。

這次的比賽對球隊的球員而言，是很重要的。

～に伴(ともな)って、に伴(ともな)い、に伴(ともな)う　／伴隨著…、隨著…

牧畜業(ぼくちくぎょう)が盛(さか)んになるに伴(ともな)って、村(むら)は豊(ゆた)かになった。

伴隨著畜牧業的興盛，村子也繁榮起來了。

～に反(はん)して、に反(はん)し、に反(はん)する、に反(はん)した　／與…相反…

期待(きたい)に反(はん)して、収穫量(しゅうかくりょう)は少(すく)なかった。

與預期的相反，收穫量少很多。

MEMO

Practice・7

[第七回練習問題]

問題一

次の文の（　　）に入る最も適当な言葉を1・2・3・4から選びなさい。

1 景気の回復（　　）会社の売り上げも伸びてきた。

1．にともなって　　2．にもとづいて
3．にこたえて　　4．にそって

2 お年寄り（　　）親切にしなくてはいけません。

1．にとっては　　2．によっては
3．においては　　4．にたいしては

3 そのチームは最下位になるだろうという予想（　　）、圧倒的な強さを見せた。

1．に反して　　2．にそって
3．にもとづいて　　4．によって

4 どんな悪人に（　　）、どこか人間らしさが残っているものです。

1．せよ　　2．かぎり　　3．では　　4．なかに

5 写真を見る（　　）家族のことを思い出す。

1．ところへ　　2．につけ　　3．ところ　　4．における

6 鍵が壊されている。泥棒が入った（　　）。

1．ことはない　　2．にちがいない
3．やすい　　4．っぽい

7 彼はただのサラリーマンに（　　）。何も力はないよ。

1．がちだ　　2．しかない　　3．すぎない　　4．かぎる

問題二　文を完成させなさい。

1　（　　　　　　　　　）につれて（　　　　　　　　　）。

2　（　　　　　　　　　）に反して（　　　　　　　　　）。

3　いくら（　　　　　　　　　）にしろ、（　　　　　　　　　）。

4　（　　　　　　　　　）にとって（　　　　　　　　　）。

5　（　　　　　　　　　）に伴い、（　　　　　　　　　）。

6　（　　　　　　　　　）について（　　　　　　　　　）。

093 ～ぬきで、ぬきに、ぬきの、ぬきには、ぬきでは

1. 省去…、沒有…；3. 如果沒有…（就無法…）、沒有…的話

類義表現
～なしで
沒有…就…

1【非附帶狀態】{名詞}＋抜きで、抜きに、抜きの。表示除去或省略一般應該有的部分，如例（1）、（2）。

2〘ぬきの＋N〙後接名詞時，用「～抜きの＋名詞」，如例（3）。

3【必要條件】{名詞}＋抜きには、抜きでは。為「如果沒有…（，就無法…）」之意，如例（4）、（5）。

話題範疇　排除表達　行動提議

今日(きょう)は仕事(しごと)の話(はなし)は抜(ぬ)きにして飲(の)みましょう。

今天就別提工作，喝吧！

工作就工作，吃飯就吃飯吧！

「抜きにして」表示故意排除某主題「工作話題」，只專注於後項「暢飲」。強調排除特定要素。

文法應用例句

2 妹妹今天早上沒吃早餐就去上學了。

妹(いもうと)は今朝(けさ)は朝食(ちょうしょく)〔早餐〕抜(ぬ)きで学校(がっこう)に行(い)った。

★「抜きで」省略日常行為「吃早餐」的特殊情況，直接「上學」。強調省略必要部分。

3 目前正在流行沒有任何男性參加的餐會，也就是所謂的「姊妹淘聚會」。

男性(だんせい)抜(ぬ)きの宴会(えんかい)〔聚會〕、「女子会(じょしかい)〔女子聚會〕」がはやっています。

★「抜きの」用於「不含男性的宴會」，專限「女性參加」，強調特定族群的排除。

4 這個洽談沒有社長是不行的。

この商談(しょうだん)〔商業洽談〕は、社長(しゃちょう)抜(ぬ)きにはできないよ。

★「抜きには」排除關鍵人物「社長」，就無法執行「達成洽談」，強調特定人物不可或缺。

5 不吃碳水化合物，就無法順利減肥喔。

炭水化物(たんすいかぶつ)〔碳水化合物〕抜(ぬ)きでは、ダイエット〔減肥〕はうまくいきませんよ。

★「抜きでは」強調某食物類型「碳水化合物」，對達成目標「順利減肥」的必要性。

094 ～ぬく

1. 穿越、超越；2. …做到底

類義表現
～とおす
做…做到底

接續方法▶ {動詞ます形}＋抜く

1【穿越】表示超過、穿越的意思，如例（1）、（2）。

2【行為的意圖】表示把必須做的事，最後徹底做到最後，含有經過痛苦而完成的意思，如例（3）～（5）。

位置說明 ↓ 對比對象 ↓ 行為過程 ↓ 結果表達 ↓

例1 ゴールの５メートル手前(てまえ)で神谷君(かみやくん)を追(お)い抜(ぬ)いて、１位(い)になった。

在終點前５公尺處超越了神谷，得到第一名。

跑馬拉松真要有異於常人的體力跟毅力呢！

「ぬく」表在終點前５公尺超越對方「神谷君」，完成了動作「取得第一」。

文法應用例句

2 遭到槍彈射穿胸部，當場死亡了。

鉄砲(てっぽう)〔槍〕の弾(たま)〔子彈〕が胸(むね)を撃(う)ち抜(ぬ)いて〔射擊〕、即死(そくし)〔當場死亡〕だった。

★「ぬく」表子彈「射穿」胸部，並導致「當場死亡」的結果，強調動作直接導致決定性結果。

3 那孩子在殘酷的戰爭中一個人活了下來。

あの子(こ)は厳(きび)しい戦争(せんそう)〔戰爭〕の中(なか)、一人(ひとり)で生(い)き抜(ぬ)いた〔生存〕。

★「ぬく」表在戰爭中「獨自生存」，成功脫離困境，突顯了克服困難和堅持的意志。

4 無論多麼辛苦，我都要做到底。

どんなに辛(つら)くても、やり抜(ぬ)く〔堅持到底〕つもりだ。

★「ぬく」表無論過程多難，都要「堅持到底」以完成目標，突顯了對目標的堅定承諾。

5 這是我經過深思熟慮後得到的結論。

これは、私(わたし)が考(かんが)え抜(ぬ)いた末(すえ)の結論(けつろん)〔最終決定〕です。

★「ぬく」表示此結論是經過「仔細推敲」得出的，表明決定基於周全考慮。

095 ～ねばならない、ねばならぬ

必須…、不能不…

類義表現
～なければならない
必須…

接續方法 ▸ {動詞否定形}＋ねばならない、ねばならぬ

1【義務】表示有責任或義務應該要做某件事情，大多用在隨著社會道德或責任感的場合，如例（1）～（4）。

2〖文言〗「ねばならぬ」的語感比起「ねばならない」較為生硬、文言，如例（5）。

聽話對象　主要動作　義務表達　事項指稱

例1 実は君に話さねばならないことがある。

其實我有話一定要對你説。

「親愛的，其實我是男兒身。」

「ねばならない」表某件事情「必須告訴你的事」是必做的，不可避免。強調話題的緊急性或重要性。

文法應用例句

2 在責備他人之前，必須要先確定是否屬實。

他人を非難するには、その前に事実を確かめねばならない。

★「ねばならない」表在批評他人之前，「首要確認事實」是必要的，強調行動先後次序的重要性。

3 綁架犯在電話裡說了：「你只能獨自一人把錢帶來」。

犯人は電話で、「金はお前が一人で持って来ねばならない。」と言った。

★「ねばならない」用於指「獨自帶錢」為必要行動，突出行動的重要性和潛在風險。

4 一想到拔牙的疼痛，只好忍受打麻醉針時的不適。

歯を抜く痛みを考えれば、麻酔の注射くらい我慢せねばならない。

★「ねばならない」表「忍受麻醉注射的不適」為必須，強調忍耐的重要性和不適的相對輕微。

5 不能不守信。

約束は守らねばならぬ。

★「ねばならぬ」表「遵守約定」為必要義務，突出遵守諾言的重要性。

096 ～のうえでは

…上

類義表現

～によると
根據…

接續方法▶ {名詞} ＋の上では

【對比】 表示「在某方面上是…」。

規範依據 → 法律
角度指示 → の上では
判定結果 → 無罪
個人感受 → 私には許せない

例1 **法律の上では無罪でも、私には許せない。**

在法律上縱使無罪，我也不能原諒。

斂財明明就是不對的，卻被他鑽了法律漏洞，這種人最要不得了！

「の上では」用來區分客觀標準「法律上無罪」，和個人感情「我卻無法原諒」之間的對比。

文法應用例句

2 今天是立夏，在曆法上已是夏天了。

今日は立夏です。暦の上では夏になりました。

★「の上では」表據客觀標準「曆法已是夏天」，可能不符合實際。強調客觀標準與現實的差異。

3 在數字上雖然景氣已經回復，但沒有實際的感覺。

数字の上では景気は回復しているが、そういう実感はない。

★「の上では」區分客觀數據「景氣復甦」，與個人感受「缺乏實感」。突出數字與實際體驗的對比。

4 我很尊敬父親在工作上的成就，但就人性而言，卻覺得他非常差勁。

父のことは、仕事の上では尊敬しているが、人間としては最低だと思っている。

★「の上では」劃分工作成就「尊敬」，與個人品德「評價不佳」。突顯不同領域中的評價差異。

5 同一個星座裡的星星，表面上看起來很近，但在宇宙空間裡未必相隔不遠。

一つの星座の星々は、見かけの上では近くにあるが、宇宙空間で近くにあるとは限らない。

★「の上では」區分視覺距離「看起來近」，與實際距離「實際可能遠」。突顯視覺與實際的差距。

097 ～のみならず

不僅…，也…、不僅…，而且…、非但…，尚且…

類義表現
～ばかりでなく、～も～
不僅…，也…

接續方法 ▸ {名詞; 形容動詞詞幹である; [形容詞・動詞]普通形} ＋のみならず

1 **【附加】**表示添加，用在不僅限於前接詞的範圍，還有後項更進一層、範圍更為擴大的情況。

2 〖のみならず～も〗後項常用「も、まで、さえ」等詞語。

首要效用 ↓　範圍擴展 ↓　追加效用 ↓　藥效說明 ↓

例 1 **この薬(くすり)は、風邪(かぜ)のみならず、肩(かた)こりにも効果(こうか)がある。**

這個藥不僅對感冒有效，對肩膀酸痛也很有效。

醫學的發展真是日新月異。

「のみならず」表藥效超出特定範圍「治療感冒」，肩頸疼痛也能緩解。強調藥物附加的多效性。

☞ 文法應用例句

2 **不單是平日，連週末也在工作。**

平日(へいじつ)〔平日〕のみならず、週末(しゅうまつ)も働(はたら)く。

★「のみならず」表示工作時間非僅「平日」，還包括「週末」，強調工作量大涵蓋休息時間。

3 **他做的方法不僅不好，連做的意願也低。**

彼(かれ)は要領(ようりょう)〔效率〕が悪(わる)いのみならず、やる気(き)〔幹勁〕もない。

★「のみならず」表達某人的缺點不僅是「要領差」，還缺乏「熱情」，突出其多重不足。

4 **那一帶不只交通不便，治安也不大好。**

あの辺(あた)りは不便(ふべん)〔不便的〕であるのみならず、ちょっと物騒(ぶっそう)〔不安全的〕です。

★「のみならず」指出某地的缺陷不僅「不方便」，還存在「治安問題」，突顯缺陷的嚴重性。

5 **不僅要分析資料，而且應該到現場勘察。**

資料(しりょう)〔資料〕を分析(ぶんせき)〔分析〕するのみならず、現場(げんば)〔實地〕を見(み)てくるべきだ。

★「のみならず」工作複雜度不僅要「分析資料」，還需「現場勘查」，強調工作細緻謹慎。

Track098

098 ～のもとで、のもとに

在…之下

類義表現
～ふまえて
在…基礎上

接續方法▸ {名詞} ＋のもとで、のもとに

1【前提】表示在受到某影響的範圍內，而有後項的情況，如例（1）。

2【基準】表示在某人事物的影響範圍下，或在某條件的制約下做某事，如例（2）～（4）。

3〖星の下に生まれる〗「星の下に生まれる」是「命該如此」、「命中註定」的意思，如例（5）。

成長因素 ↓　環境條件 ↓　狀態結果 ↓

例1 太陽の光のもとで、稲が豊かに実っています。（たいよう、ひかり、いね、ゆた、みの）

稻子在太陽光之下，結實纍纍。

稻穗長得很好呢！

「のもとで」表在某特定環境下「在太陽光下」，事物的狀態「稻穀成熟」。強調太陽光是稻穀成熟的重要條件。

文法應用例句

2 我希望能在坂本教授的門下受教。

坂本教授のもとで勉強したい。（さかもときょうじゅ［教授］、べんきょう）

★「のもとで」表示渴望在「坂本教授的指導下」學習，突顯了指導對學習的關鍵性。

3 法律之下，人人平等。

法のもとに、公平な裁判を受ける。（ほう、こうへい［公正的］、さいばん［審判］、う）

★「のもとに」在特定規範下「法律的庇護下」，接受公平審判，突出法律保障公平作用。

4 在他答應3個月後還錢的前提下，我把錢借給了他。

3ヶ月後に返すという約束のもとに、彼にお金を貸しました。（げつご、かえ［歸還］、やくそく［約定］、かれ、かね、か）

★「のもとに」在特定條件下「承諾3個月歸還」，進行「借錢」行為，強調約定是行為關鍵因素。

5 從小就吃盡了苦頭，難道是我命該如此嗎？

小さいころから苦労ばかり。そういう星のもとに生まれたんだろうか。（ちい、くろう［辛勞］、ほし、う）

★「星のもとに生まれた」表示認為遇困難是因為「命中注定」，反映宿命論觀點。

Track099

～のももっともだ、のはもっともだ

也是應該的、也不是沒有道理的

類義表現
～べきだ
應該…

接續方法 ▸ {形容動詞詞幹な；[形容詞・動詞] 普通形} ＋のももっともだ、のはもっともだ

【推論】 表示依照前述的事情，可以合理地推論出後面的結果，所以這個結果是令人信服的。

意外事件 ↓　反應行為 ↓　合理評價 ↓

例1 **あのきれいな趙（チョウ）さんが失恋（しつれん）するなんて、みんなが驚（おどろ）くのももっともだ。**

那位美麗的趙小姐居然會失戀，也難怪大家都很震驚。

趙小姐追求者眾，是大家心目中的女神，怎麼可能會被甩了呢！？

「のももっともだ」表某情況「漂亮的趙小姐失戀」，某反應是可以理解的「大家覺得驚訝」。強調理所當然。

☞ 文法應用例句

2 **趙小姐為人親切，會被大家喜愛也是應該的。**

趙（チョウ）さんは親切（しんせつ）だから、みんなに好（す）かれる［喜歡］のももっともだ。

★「のももっともだ」指出「趙小姐親切」引致「被喜愛」是合情合理的，凸顯行為特質的合理性。

3 **原來趙先生的母親是日本人喔？難怪他的日文那麼厲害。**

趙（チョウ）さんのお母（かあ）さんは日本人（にほんじん）なのか。日本語（にほんご）が上手（じょうず）［精通的］なのももっともだ。

★「のももっともだ」在「趙母是日本人」這情況下，因此「趙日語流利」顯得理所當然，突出因果的合理性。

4 **葉小姐的爸爸是法國人？既然這樣，她擁有金髮碧眼也是理所當然的呀。**

葉（ヨウ）さんって、お父（とう）さんフランス人（じん）［法國］なの。それなら、金髪（きんぱつ）［金色頭髮］で目（め）が青（あお）いのももっともだ。

★「のももっともだ」闡明「葉父是法國人」，因此「金髮藍眼」合情合理，說明遺傳特徵的合理性。

5 **葉先生是非常溫柔的人，所以趙小姐喜歡上他也不是沒有道理的。**

葉（ヨウ）さんはとても優（やさ）しい［和善的］人（ひと）だから、趙（チョウ）さんが葉（ヨウ）さんを好（す）きになったのはもっともだ。

★「のはもっともだ」在「葉溫柔」情況下，導致「趙小姐產生好感」是合情合理的，強調情感反應合理且可預期。

100 ～ばかりだ

1. 一直…下去、越來越…；2. 只等…、只剩下…就好了

類義表現

～一方だ
越來越…

接續方法▸ {動詞辭書形}＋ばかりだ

1 **【對比】**表示事態越來越惡化，一直持續同樣的行為或狀態，多為對講述對象的負面評價，也就是事態逐漸朝着不好的方向發展之意，如例（1）～（4）。

2 **【限定】**表示準備完畢，只差某個動作而已，或是可以進入下一個階段，或是可以迎接最後階段的狀態。大多和「あとは、もう」等詞前後呼應使用，如例（5）。

負面狀態 ↓　持續加劇 ↓

例1 **暮(く)らしは苦(くる)しくなるばかりだ。**

生活只會越來越辛苦。

油電雙漲，薪水不漲，日子只有一個「苦」字啊！

「ばかりだ」表情況一直往負面方向發展「生活變得越來越困難」，且沒有改善的跡象。強調情況在惡化。

文法應用例句

2 **再這樣下去的話，兩國的關係只會更加惡化。**

このままでは両国(りょうこく)の関係(かんけい)[關係]は悪化(あっか)[惡化]するばかりだ。

★「ばかりだ」指出「兩國關係惡化」的持續狀況，無改善之望，突出無法逆轉的趨勢。

3 **她低頭，只是不停地哭著。**

彼女(かのじょ)はうつむいて[低頭]、ただ泣(な)くばかりだった。

★「ばかりだ」指出「持續哭泣」的狀態正進行，無結束的跡象，強調情緒的持久性。

4 **那傢伙對別人所做的事總是抱怨連連，自己卻什麼也不做。**

あいつは、人(ひと)のやったことに文句(もんく)を言(い)う[抱怨]ばかりで、自分(じぶん)では何(なに)もやらない。

★「ばかりで」描述「不斷抱怨」的行為仍在持續，未見變化，凸顯其持續性與單一性。

5 **晚飯已經準備好了，接下來就等開動了。**

晩(ばん)ご飯(はん)の用意(ようい)[準備]はもうできている。あとは食(た)べるばかりだ。

★「ばかりだ」用於「晚餐準備」幾乎完成，只待「用餐」這一步驟，表達接近完成的期待感。

101 ～ばかりに

1. 就因為…、都是因為…，結果…；2. 就是因為想…

類義表現
～おかげで
託了…的福

接續方法 ▸ {名詞である；形容動詞詞幹な；[形容詞・動詞]普通形}＋ばかりに

1 **【原因】** 表示就是因為某事的緣故，造成後項不良結果或發生不好的事情，説話人含有後悔或遺憾的心情，如例（1）～（4）。口語也常用「ばっかりに」的表現方式。

2 **【願望】** 強調由於説話人的心願，導致極端的行為或事件發生，後項多為不辭辛勞或不願意做也得做的內容。常用「たいばかりに」的表現方式，如例（5）。

主體人物 ↓　原因行動 ↓　負面結果 ↓　悲慘後果 ↓

例1 **彼(かれ)は競馬(けいば)に熱中(ねっちゅう)したばかりに、全財産(ぜんざいさん)を失(うしな)った。**

他只因為沉迷於賭馬，結果傾家蕩產了。

因賭博把所有的財產都賠光了！真叫人遺憾！

「ばかりに」表「熱中賭馬」這單一原因，導致了嚴重的後果「失去全財產」。強調因果直接聯繫。

☞ 文法應用例句

2 **由於忙碌而把約定忘得一乾二淨了。**

忙(いそが)しかったばかりに、約束(やくそく)をうっかり〔不小心地〕忘(わす)れていた。

★「ばかりに」單一原因「極度忙碌」，導致後果「忘記約定」，突出明確的因果關係。

3 **就因為他的個性太過耿直，有時候也會和朋友起衝突。**

性格(せいかく)〔個性〕があまりにまっすぐ〔不拐彎抹角的〕なばかりに、友人(ゆうじん)と衝突(しょうとつ)〔爭執〕することもあります。

★「ばかりに」單一特質「直率」，導致不利結果「衝突」，突顯因特質引發的直接後果。

4 **因為沒有過半數，所以議案被否決了。**

過半数(かはんすう)がとれなかったばかりに、議案(ぎあん)〔提案〕は否決(ひけつ)〔駁回〕された。

★「ばかりに」一關鍵因素「未過半數支持」，而致不良後果「議案否決」，凸顯決定性因果。

5 **只為了在奧運贏得金牌，所以用了藥物。**

オリンピック〔奧運〕で金(きん)メダル〔金牌〕を取(と)りたいばかりに、薬物(やくぶつ)〔(禁用)藥品〕を使(つか)った。

★「ばかりに」為了單一目標「獲得金牌」，採極端手段「使用禁藥」，突出為目的不擇手段。

102 ～はともかく（として）

姑且不管…、…先不管它

類義表現
～はさておき
姑且不管…

接續方法▸ {名詞} ＋はともかく（として）

1【除外】表示提出兩個事項，前項暫且不作為議論的對象，先談後項。暗示後項是更重要的。

2〔先考慮後項〕含有前項的問題雖然也得考慮，但相較之下，現在只能優先考慮後項的想法。

時間範疇 先置免談 特定時間 願望表達

例 1 平日（へいじつ）はともかく、週末（しゅうまつ）はのんびりしたい。

不管平常如何，我週末都想悠哉地休息一下。

休息是為了走更長的路。

「はともかく」把前項的「平日」放置一邊，暫且不論，轉而重視「週末休息」的願望。凸顯對後項的期待。

文法應用例句

2 先別談我的事，你那邊還好嗎？

俺（おれ）の話（はなし）はともかくとして、お前（まえ）の方（ほう）［方面］はどうなんだ。

★「はともかくとして」用於將「自身情況」暫置，轉關注「他人情況」，凸顯後者重要性。

3 那個等一下再說，你先脫掉大衣吧？

それはともかく、まずコート［大衣外套］脱（ぬ）いだら。

★「はともかく」表達將「先前話題」擱置，專注「當下行動」，顯示當前事情重視。

4 暫且不論長相，他的人品很好。

顔（かお）はともかく、人柄（ひとがら）［人品］はよい。

★「はともかく」用以忽略「外貌」，強調「好人品」，突出後者特質肯定。

5 姑且不論外觀，滋味相當好。

見（み）た目（め）［外觀］はともかく、味（あじ）はうまい。

★「はともかく」將「外觀」暫放，重視「美味口味」，凸顯味道正面評價。

103 ～はまだしも、ならまだしも

若是…還說得過去、(可是)…、若是…還算可以…

類義表現
～はおろか
別說…了，就連…

接續方法 ▶ {名詞}＋はまだしも、ならまだしも；{形容動詞詞幹な；[形容詞・動詞]普通形}＋(の)ならまだしも

1 **【對比】**是「まだ（還…、尚且…）」的強調說法。表示反正是不滿意，儘管如此但這個還算是好的，雖然不是很積極地肯定，但也還說得過去。

2 **〔副助詞＋はまだしも＋とは〕**前面可接副助詞「だけ、ぐらい、くらい」，後可跟表示驚訝的「とは、なんて」相呼應。

場合條件 ↓　行為例外 ↓　相對容忍 ↓　禁止行為 ↓　要求表述 ↓

例1 授業中（じゅぎょうちゅう）に、お茶（ちゃ）ぐらいならまだしも、物（もの）を食（た）べるのはやめてほしい。
倘若只是在課堂上喝茶那倒罷了，像吃東西這樣的行為真希望能夠停止。

真不像話！真不像話！我在上課耶！

「ならまだしも」表雖不滿意但可以忍受「喝茶」，「吃東西」則不行。強調可容忍與不可接受。

文法應用例句

2 **如果是真心的也就算了，那種基於禮貌給的人情巧克力我才不要！**

本気（ほんき）［認真的］ならまだしも、義理（ぎり）チョコ［人情巧克力］なんかいらない。

★「ならまだしも」表可以接受「告白巧克力」，「人情巧克力」則不想要。強調可容忍與不可接受。

3 **如果只是無趣的話還好說，但總覺得這件事聽起來很假。**

ただつまらないだけならまだしも、話（はなし）がウソ［謊言］臭（くさ）［感覺］すぎる［過於…］。

★「ならまだしも」表雖然尚可忍受「無趣」，而「說謊」則無法接受。強調忍耐與不容忍差異。

4 **如果董事決定的話還說得過去，主任居然擅自做決定真可惡。**

役員（やくいん）［董事成員］が決（き）めたんならまだしも、主任（しゅにん）［主任］が勝手（かって）［專斷的］に決（き）めちゃうなんてね。

★「ならまだしも」表可以理解「董事擅自決定」，但「主任」的擅決難接受。凸顯可接受情況對比。

5 **只不過稍微提醒一下新進員工，結果對方別說是道歉了，反而還生我的氣。**

新人（しんじん）［公司新人］にちょっと注意（ちゅうい）［告誡］したところ、謝（あやま）るならまだしも、逆（ぎゃく）［反而］に怒（いか）り出（だ）した。

★「ならまだしも」表尚可理解「道歉」，但對「生氣」則無法容忍。強化反應間的容忍對比。

Track104

104 ～べきではない

不應該…

類義表現
～ものではない
不應該…

接續方法▶ {動詞辭書形}＋べきではない

1【禁止】如果動詞是「する」，可以用「すべきではない」或是「するべきではない」。表示禁止，從某種規範（如道德、常識、社會公共理念）來看不能做某件事。

2〔忠告、勸說〕含有忠告、勸説的意味。

條件強調 ↓ 行為選擇 ↓ 否定建議 ↓

例1 **どんなに辛（つら）くても、死（し）ぬべきではない。**

再怎麼辛苦，也不該去尋死。

「べきではない」表據道德規範或社會共識，即便情況再困難，也不應該選擇前項「死亡」。強烈勸阻行為。

只不過是被炒魷魚，人生還有很多美好的事情，關關難過關關過，你又何必想不開呢？

文法應用例句

2 **不應當發動戰爭，而應該透過外交手段來解決才對。**

戦争（せんそう）[戰爭]はすべきではなく、外交（がいこう）[外交]で解決（かいけつ）[化解]すべきだ。

★「べきではない」根據道德規範，應避免「發動戰爭」，選擇外交解決，顯示批判與反對態度。

3 **只不過是考試沒拿100分，不該哭泣。**

テスト[測驗]が100点（てん）[分]でなかったくらいで、泣（な）くべきではない。

★「べきではない」依社會共識，因「分數非滿分」而「哭泣」為不當行為，表達強烈勸誡。

4 **不應該去那麼危險的地方。**

そんな危険（きけん）[危險的]なところに行（い）くべきではない。

★「べきではない」按常識，不應「前往危險地方」，顯示強烈勸阻行為。

5 **不應該打扮成那種樣子到學校來。**

学校（がっこう）にそんな格好（かっこう）[造型]で来（く）るべきではない。

★「べきではない」根據道德規範，不宜選擇「穿著不當來上學」，表達強烈批判與勸阻。

105 ～ぶり、っぷり

1.…的樣子、…的狀態、…的情況；3. 相隔…

類義表現
～げ
…的樣子

1【樣子】{名詞；動詞ます形}＋ぶり、っぷり。前接表示動作的名詞或動詞的ます形，表示前接名詞或動詞的樣子、狀態或情況，如例（1）。

2〘っぷり〙有時也可以說成「っぷり」，如例（2）、（3）。

3【時間】{時間；期間}＋ぶり，表示時間相隔多久的意思，含有說話人感到時間相隔很久的語意，如例（4）、（5）。

情報來源 說明方式 行為態度 推測基礎 結論推定

例1 夫(おっと)の話(はな)しぶりからすると、正月(しょうがつ)もほとんど休(やす)みが取(と)れないようだ。

從丈夫講話的樣子判斷，過年期間也大概幾乎沒辦法休假了。

老公唉聲嘆氣地說，原本就棘手的新案子，又得重做了。看來老公過年也沒辦法好好休息了。

「ぶり」指通過某人樣態「丈夫言行」，判斷「正月幾乎無法休假」的情況。強調從行為判斷情況。

文法應用例句

2 **這個人喝起酒來十分豪爽，看起來非常有氣魄。**

あの人(ひと)の豪快(ごうかい)[豪邁的]な飲(の)みっぷりはかっこうよかった。

★「っぷり」描述某人「喝酒」方式，形容為「豪爽有氣魄」的樣子。強調行為給人的印象。

3 **攝取黃豆以提升女性魅力！**

大豆(だいず)[黃豆]を食(た)べて、女(おんな)っぷりを上(あ)げる[提高]。

★「っぷり」涉及透過攝取黃豆提升「女性魅力」的樣態。強調飲食對外在形象的影響。

4 **隔了半年再見到朋友的小寶寶，已經變得會走路了。**

友人(ゆうじん)の赤(あか)ちゃん[寶寶]に半年(はんとし)ぶりに会(あ)ったら、もう歩(ある)けるようになっていました。

★「ぶり」用於表達經過「半年」後再次「見面」的情況。強調長時間的間隔。

5 **相隔一年沒見，完全都沒有變呢。**

1年(ねん)ぶりに会(あ)ったけど、全然(ぜんぜん)[完全地]変(か)わっていなかった。

★「ぶり」描述在「一年」之後的「重逢」，並讚賞對方外貌未變。突出長時間不變。

Track106

106 ～ほどだ、ほどの

幾乎…、簡直…

類義表現
～ぐらいだ
簡直…

1 **【程度】**｛名詞；形容動詞詞幹な；［形容詞・動詞］辭書形｝＋ほどだ。表示對事態舉出具體的狀況或事例。為了説明前項達到什麼程度，在後項舉出具體的事例來，也就是具體的表達狀態或動作的程度有多高的意思，如例（1）～（4）。

2 **〖ほどの＋N〗**後接名詞，用「～ほどの＋名詞」，如例（5）。

主題能力↓　比較基準↓　程度強調↓

例1 彼(かれ)の実力(じつりょく)は、世界(せかい)チャンピオンに次(つ)ぐほどだ。

他的實力好到幾乎僅次於世界冠軍了。

這個人的實力幾乎是超職業水準的。

「ほどだ」表該人物的實力很強「僅次於世界冠軍」，雖尚未超越。強調接近程度。

文法應用例句

2 **最討厭數學了！甚至連看到數字都討厭！**

数学(すうがく)［數學］は大嫌(だいきら)いだ。数字(すうじ)［數字］を見(み)るのも嫌(いや)なほどだ。

★「ほどだ」表達厭惡數學到「見數字即厭」，強調感情強烈程度。

3 **我對他恨之入骨，恨不得殺了他！**

憎(にく)くて［憎恨的］憎(にく)くて、殺(ころ)したい［殺死］ほどだ。

★「ほどだ」描述對某人憎恨至極到「欲殺之為快」，突出感情極端程度。

4 **今天早上冷到池塘的水面上結了一層冰。**

今朝(けさ)は寒(さむ)くて、池(いけ)に氷(こおり)［冰］が張(は)る［凍了一層］ほどだった。

★「ほどだ」用於描述寒冷程度「池塘水結冰」，具體說明寒冷的程度。

5 **山頂上的美麗奇景令人幾乎屏息。**

山(やま)の頂上(ちょうじょう)［頂部］は、息(いき)も止(と)まるほどの絶景(ぜっけい)［壯景］でした。

★「ほどの」形容山頂「美景」極致「令人屏息」，透過具體反應強調抽象之美。

107 ～ほど～はない

1. 沒有比…更…；2. 用不著…

類義表現
くらい～はない
沒有比…更…

1【比較】{名詞；形容動詞詞幹な；[形容詞・動詞]辭書形}＋ほど～はない。表示在同類事物中是最高的，除了這個之外，沒有可以相比的，強調說話人主觀地進行評價的情況，如例（1）～（3）。

2【程度】{動詞辭書形}＋ほどのことではない。表示程度很輕，沒什麼大不了的「用不著…」之意，如例（4）、（5）。

時間指示　程度比較　經歷內容　否定表達

今日（きょう）ほど悔（くや）しい思（おも）いをしたことはありません。

從沒有像今天這麼不甘心過。

今天早上遇到電車癡漢，整天心情大受影響。真不甘心～

「ほど～はない」表達「今天的遭遇」，是個人經歷中最極端的「感受到的不甘」情境。強調最高級。

文法應用例句

2 辦公室從沒被菸熏得如此烏煙瘴氣過。

オフィス（辦公室）が煙（けむ）い（煙霧瀰漫）ほどいやなことはない。

★「ほど～はない」描述「辦公室燻人程度」，為個人經歷中最極端的「烏煙瘴氣」，強調最差狀況。

3 並沒有痛到會飆淚的程度。

涙（なみだ）（眼淚）が出（で）るほど痛（いた）くはない。

★「ほど～はない」描述「感受到的疼痛」未至「飆淚」級別，強調實際疼痛不嚴重。

4 孩子們的吵架而已，用不著父母插手。

子（こ）どもの喧嘩（けんか）（爭吵）だ。親（おや）が出（で）て（出面）行（い）くほどのことではない。

★「ほどのことではない」用於「孩子爭吵」，無需「父母介入」，突顯爭吵輕微。

5 只是點輕傷，還用不著看醫生。

軽（かる）いけが（受傷）だから、医者（いしゃ）に行（い）くほどのことではない。

★「ほどのことではない」描述「輕微傷勢」，不至於「就醫」。強調傷勢輕微。

Track108

108 ～まい

1. 不打算…；2. 大概不會…；3. 該不會…吧

類義表現
～ものか
絕不…

接續方法▸ {動詞辭書形}＋まい

1【意志】表示説話人不做某事的意志或決心，是一種強烈的否定意志。主語一定是第一人稱。書面語，如例（1）、（2）。

2【推測】表示説話人推測、想像，如例（3）。

3【推測疑問】用「まいか」表示説話人的推測疑問，如例（4）、（5）。

否定目標 ↓ 意志否定 ↓ 決定行動 ↓

例1 **絶対煙草は吸うまいと、決心した。**（ぜったいたばこ、す、けっしん）

下定決心絕對不再抽菸了。

抽煙是有害身體的喔！

「まい」表示決心不做某事「絕不吸煙」的強烈意志。強調否定的意志或決定。

☞ 文法應用例句

2 **我心中發誓，絕對不再犯錯。**

失敗は繰り返すまいと、心に誓った。（しっぱい、く、かえ、こころ、ちか）［繰り返す：重蹈覆轍；誓：立誓］

★「まい」用於表達決心不再「犯錯」的強烈意志，突顯對不做某事的強烈意志。

3 **就算買下那檔股票，大概也不會賠錢。**

その株を買っても、損はするまい。（かぶ、か、そん）［株：股票；損：虧損］

★「まい」用來推測「購買該股」不會「虧損」，體現不確定性判斷。

4 **結果妻子終究還是背叛了我嗎？**

やはり妻は私を裏切っているのではあるまいか。（つま、わたし、うらぎ）［裏切：背叛］

★「まい」推測並質疑「妻子是否背叛」，表達對情況的不確定性。

5 **妻子該不會想和我離婚吧？**

妻は私と別れたいのではあるまいか。（つま、わたし、わか）［別れ：分手］

★「まい」用於推測並質疑「妻子是否想離婚」，反映對情況的不確定與質疑。

Track109

109 ～まま

1. 就這樣…、依舊；2. …著

類義表現
～きりだ
自從…就一直

接續方法 ▶ {名詞の；この／その／あの；形容詞普通形；形容動詞詞幹な；動詞た形；動詞否定形}＋まま

1【樣子】表示原封不動，某種狀態沒有變化，一直持續的樣子，如例（1）～（3）。

2【無變化】在某個不變的狀態下進行某件事情，如例（4）、（5）。

經過情形 ↓　狀態比較 ↓　狀態維持 ↓

例 1 久しぶりにおばさんに会ったが、昔と同じできれいなままだった。
好久沒見到阿姨，她還是和以前一樣美麗。

天啊，和小阿姨 15 年不見，她完全看不出已經 40 歲了。這就是傳說中的美魔女嗎？

25歲

40歲

「まま」表某狀態，經過一段時間，還是維持不變「阿姨依然如同從前一樣美麗」。強調樣態的保持。

☞ 文法應用例句

2 請這樣放著就可以了。

そのまま、置いといてください。

★「まま」表示「保持原狀」，不需要任何改變，強調無需改變當前狀態。

3 雖然把衣服送洗了，卻還是一樣髒。

服をクリーニングに出したのに、汚いままだった。

★「まま」表明經過處理「衣服送洗」後，狀態仍「骯髒」，強調即使處理仍保持原狀。

4 小孩就這樣去玩了，還沒回到家。

子どもが遊びに行ったまま、まだ帰って来ないんです。

★「まま」指經過一段時間後，狀態「孩子未回家」仍然不變，突出狀態的持續性。

5 昨晚沒有刷牙就這樣睡著了。

昨夜は歯磨きをしないまま寝てしまった。

★「まま」用於「未刷牙就睡」，強調未進行特定動作，維持原狀。

110 ～まま（に）

Track110

1. 任人擺佈、唯命是從；2. 隨意、隨心所欲

類義表現

～なり

任憑…

接續方法▸ {動詞辭書形；動詞被動形}＋まま（に）

1【擺佈】表示沒有自己的主觀判斷，被動的任憑他人擺佈的樣子。後項大多是消極的內容。一般用「られるまま（に）」的形式，如例（1）、（2）。

2【隨意】表示順其自然、隨心所欲的樣子，如例（3）～（5）。

影響因子 ↓ 被動接受 ↓ 隨之行動 ↓ 不良後果 ↓

例1 友達（ともだち）に誘（さそ）われるまま、スリをしてしまった。

在朋友的引誘之下順手牽羊。

交到壞朋友，害我也跟著變壞，在超商偷東西。

「まま」表示在他人「朋友引誘」的影響下，未能自主，便隨之做出「偷竊」行為。強調不加抵抗地順從。

文法應用例句

2 依照犯人的指示，在自動櫃員機裡把錢匯出去了。

犯人（はんにん）に言（い）われるまま、ATM（エーティーエム）でお金（かね）を振（ふ）り込（こ）んでしまった。

（犯人：罪犯；振り込む：匯款）

★「まま」描述在「犯人指示」下，無抵抗「匯款」行為，強調完全順從無反抗。

3 我試著把育兒過程中的感受，想到什麼就寫成什麼。

子育（こそだ）てをしていて感（かん）じたことを、思（おも）いつくまま書（か）いてみました。

（子育て：撫養子女）

★「まま」表示「書寫」行為，完全依據「隨心所欲」進行，體現自由無拘束的寫作方式。

4 老後我想隨著時間的流逝，悠閒度日。

老後（ろうご）は、時（とき）の過（す）ぎゆくままに、のんびりと暮（く）らしたい。

（老後：晚年；のんびり：悠閒自在地）

★「ままに」用於描述「自在生活」，是隨著「時間流逝」，強調悠然自得的生活態度。

5 這半年，我隨心所欲地在世界各地旅行。

半年（はんとし）の間（あいだ）、気（き）の向（む）くままに世界（せかい）のあちこちを旅（たび）して来（き）ました。

（気の向く：心所嚮往）

★「ままに」表示「旅行」行為完全根據「當下心情」。突出隨意自由的旅行風格。

Review

N3 文法「溫」一下！

★ 精選 N2 考題中，常考的 N3 文法，復習一下吧！

～に基づいて、に基づき、に基づく、に基づいた／根據…、按照…、基於…

違反者は法律に基づいて処罰されます。

違者依法究辦。

～によって（は）、により　／靠…、通過…；因為…

その村は、漁業によって生活しています。

那個村莊，以漁業為生。

～による　／因…造成的…、由…引起的…

雨による被害は、意外に大きかった。

因大雨引起的災害，大到叫人料想不到。

～にわたって、にわたる、にわたり、にわたった／經歷…、各個…、一直…、持續…；(或不翻譯)

この小説の作者は、60 年代から 70 年代にわたってパリに住んでいた。

這小說的作者，從 60 年代到 70 年代都住在巴黎。

～ば～ほど　／越…越…

話せば話すほど、お互いを理解できる。

雙方越聊彼此越能理解。

～ばかりか、ばかりでなく　／豈止…，連…也…、不僅…而且…

彼は、勉強ばかりでなく、スポーツも得意だ。

他不光只會唸書，就連運動也很行。

～はもちろん、はもとより ／不僅…而且…、…不用說、…自不待說，…也…

病気の治療はもちろん、予防も大事です。

生病的治療自不待說，預防也很重要。

～反面、半面 ／另一面…、另一方面…

産業が発達している反面、公害が深刻です。

產業雖然發達，但另一方面也造成嚴重的公害。

～ほかない、ほかはない ／只有…、只好…、只得…

書類は一部しかないので、複写するほかない。

因為資料只有一份，只好去影印了。

～ほど ／…得、…得令人

お腹が死ぬほど痛い。

肚子痛死了。

～向きの、向きに、向きだ ／朝…；適合…

南向きの部屋は暖かくて明るいです。

朝南的房子不僅暖和，採光也好。

～向けの、向けに、向けだ ／面向…、對…

初心者向けのパソコンは、たちまち売れてしまった。

針對電腦初學者的電腦，馬上就賣光了。

～もの、もん　／因為…嘛

花火(はなび)を見(み)に行(い)きたいわ。だってとてもきれいだもん。

我想去看煙火，因為很美嘛！

～ものか　／哪能…、怎麼會…呢、絕不…、才不…呢

彼(かれ)の味方(みかた)になんか、なるものか。

我才不跟他一個鼻子出氣呢！

MEMO

111 ～も～ば～も、も～なら～も

既…又…、也…也…

類義表現
～も～も
也…也…

接續方法▶ {名詞}＋も＋{[形容詞・動詞]假定形}＋ば{名詞}＋も；{名詞}＋も＋{名詞・形容動詞詞幹}＋なら、{名詞}＋も

【並列】把類似的事物並列起來，用意在強調，如例（1）、（2）。或並列對照性的事物，表示還有很多情況，如例（3）～（5）。

優點1　並列　優點2

例1 あのレストランは、値段(ねだん)も手頃(てごろ)なら味(あじ)もおいしい。

那家餐廳價錢公道，菜色味道也好吃。

又好吃又便宜的餐廳，真的很棒耶！

「も～なら～も」列舉該餐廳的兩個吸引人的特質：「價錢合理」、「食物也美味」。強調正面評價。

☞ 文法應用例句

2 雖然我歌也唱、舞也跳，不過本業是演員。

歌(うた)も歌(うた)えば踊(おど)りも踊(おど)りますが、本業(ほんぎょう)〔主業〕は役者(やくしゃ)〔演員〕です。

★「も～ば～も」列舉技能「會唱歌也會跳舞」，突出與「演員」主職的區別。

3 我們有權力，也有義務。

我々(われわれ)〔咱們〕には、権利(けんり)〔權力〕もあれば義務(ぎむ)〔義務〕もある。

★「も～ば～も」列舉「擁有權力」和「承擔義務」。強調兩者的對比，彼此相依相存。

4 人生時好時壞。

人生(じんせい)〔生命旅程〕には、悪(わる)い時(とき)もあればいい時(とき)もある。

★「も～ば～も」列舉人生的「時好」和「時壞」狀態，突出人生的變幻無常。

5 這間公寓的房間已很陳舊，房租又很貴。

このアパート〔公寓〕は、部屋(へや)も汚(きたな)ければ家賃(やちん)〔房租〕も高(たか)い。

★「も～ば～も」列舉公寓特質「環境老舊」和「房租高昂」。強調其缺點和負面評價。

112 ～も～なら～も

…不…，…也不…、…有…的不對，…有…的不是

類義表現

も～し～も
既…又

接續方法 ▶ {名詞} ＋も＋ {同名詞} ＋なら＋ {名詞} ＋も＋ {同名詞}

【譴責】表示雙方都有缺點，帶有譴責的語氣。

責任主體一　譴責雙方　責任主體二

例1 **最近(さいきん)の子(こ)どもの問題(もんだい)に関(かん)しては、家庭(かてい)も家庭(かてい)なら学校(がっこう)も学校(がっこう)だ。**

最近關於小孩的問題，家庭有家庭的不是，學校也有學校的缺陷。

兒童教育影響到整個國家的未來，非常重要的喔！

「も～なら～も」表某事件「最近兒童問題」，「家庭」和「學校」雙方都有責任該被批評。強調雙方有問題。

☞ 文法應用例句

2 **老爺不對，小姐也不對。**

旦那様(だんなさま)も旦那様(だんなさま)なら、お嬢様(じょうさま)もお嬢様(じょうさま)だ。
（旦那様：先生；お嬢様：閨女）

★「も～なら～も」某事件中「老爺」和「小姐」都有責任且需檢討。強調雙方各有過錯。

3 **政府有政府的問題，百姓也有百姓的不對。**

政府(せいふ)も政府(せいふ)なら、国民(こくみん)も国民(こくみん)だ。
（政府：政府；国民：民眾）

★「も～なら～も」某事件中「政府」和「民眾」皆須改進，突出雙方均有問題。

4 **非但政治家不像政治家，連公務員也不像公務員。**

政治家(せいじか)も政治家(せいじか)なら、官僚(かんりょう)も官僚(かんりょう)だ。
（政治家：政客；官僚：官員）

★「も～なら～も」某事件中「政客」和「官員」雙方均應受譴責。強調雙方各有錯誤。

5 **不但做父親的沒個典範，連做母親的也沒個榜樣。**

父親(ちちおや)も父親(ちちおや)なら、母親(ははおや)も母親(ははおや)だ。

★「も～なら～も」某事件中「父親」和「母親」都應承擔相應責任。突出雙方均有不足之處。

113 ～もかまわず

（連…都）不顧…、不理睬…、不介意…

類義表現
～にもかかわらず
雖然…但是

接續方法▶｛名詞；動詞辭書形の｝＋もかまわず

1【無關】表示對某事不介意，不放在心上。常用在不理睬旁人的感受、眼光等，如例（1）～（4）。

2〖不用顧慮〗「～にかまわず」表示不用顧慮前項事物的現況，請以後項為優先的意思，如例（5）。

警告來源 ↓ 無視連接 ↓ 違規行動 ↓

例1 警官（けいかん）の注意（ちゅうい）もかまわず、赤信号（あかしんごう）で道（みち）を横断（おうだん）した。

不理會警察的警告，照樣闖紅燈。

唉呀！危險啦！

「もかまわず」表即使面臨警告「警官的提醒」也無視，仍然執意「闖紅燈」行動。強調不顧警告行動。

文法應用例句

2 **現在的年輕人根本不分場合，自顧自地黏在一起打情罵俏。**

このごろの若（わか）い者（もの）は、所（ところ）かまわずベタベタ（過度親暱）、イチャイチャ（曖昧撒嬌）している。

★「もかまわず」表年輕人在「公共場合」，仍公然「打情罵俏」。強調不顧他人感受行動。

3 **田崎經理總是不管我正在忙，過來吩咐一些無關緊要的小事。**

田崎部長（たさきぶちょう）は、いつも人（ひと）が忙（いそが）しいのにもかまわず、つまらない（無關痛癢的）用事（ようじ）（事情）を言（い）ってくる。

★「もかまわず」指即使知道「我在忙」，仍無視而吩咐「小事」，強調忽視他人狀況。

4 **不管排隊的先後順序，他就這樣插進來了。**

順番（じゅんばん）（順序）があるのもかまわず、彼（かれ）は割（わ）り込（こ）んで（插隊）きた。

★「もかまわず」指即使知有「排隊規矩」，仍無視「插隊」。強調無視規矩的行為。

5 **不用管我，你們先去。**

私（わたし）にかまわず、先（さき）（在前頭）に行（い）け。

★「にかまわず」表不用顧慮「我」，可直接「先走」。強調後項事情的重要性。

114 ～もどうぜんだ

…沒兩樣、就像是…

類義表現

～と同じだ
跟…一樣

接續方法▸ {名詞；動詞普通形}＋も同然だ

【類似性】表示前項和後項是一樣的，有時帶有嘲諷或是不滿的語感。

主題人物　比喻關係　類似比較　解釋說明

例1 洋子（ようこ）さんは家族（かぞく）も同然（どうぜん）なんですから、遠慮（えんりょ）しないでたくさん食（た）べてね。

洋子小姐就像我們的家人一樣，請別客氣，多吃點喔！

洋子小姐和我們家阿洋交往多年，經常出入我們家，早就把她當成媳婦了。

「も同然なんです」表某人事物「洋子」，與另一事物地位幾乎相等「與家族一樣親密」。強調他們之間的類似性。

文法應用例句

2 那兩人已經同居好幾年了，就和夫妻沒兩樣。

あの二人（ふたり）はもう何年（なんねん）も同居（どうきょ）［住在一起］していて夫婦（ふうふ）も同然（どうぜん）だ。

★「も同然だ」表示「兩人關係」幾乎與「夫婦」相同，強調關係相似與等同。

3 既然剩下５分鐘時的比數是５比１，也就等於贏定了。

残（のこ）り［剩餘］５分（ふん）で５対（たい）１なんだから、勝（か）った［獲勝］も同然（どうぜん）だ。

★「も同然だ」指從「時間與比數」來看，幾乎等同於「獲勝」，突出當前狀態與結果相近。

4 我可以說是完全不認識那個人。

私（わたし）はあの人（ひと）のことは何（なに）も知（し）らない［認識］も同然（どうぜん）なんです。

★「も同然なんです」指與「那個人」的關係，近乎「完全不了解」，強調對該人認識極低。

5 搬家的鄰居免費送給了我幾乎完全簇新的書櫃。

近所（きんじょ）の引（ひ）っ越（こ）す［搬家］人（ひと）から、新品（しんぴん）［新貨］も同然（どうぜん）の本棚（ほんだな）［書櫃］をただでもらった。

★「も同然の」描述「書櫃」的狀態，幾乎與「全新」相等，突出物品新舊程度接近全新。

115 ～ものがある

有…的價值、確實有…的一面、非常…

類義表現
～ことがある
有時也會…

接續方法 ▶ ｛形容動詞詞幹な；［形容詞・動詞］辭書形｝＋ものがある

1【肯定】表示肯定某人或事物的優點。由於説話人看到了某些特徵，而發自內心的肯定，是種強烈斷定，如例（1）、（2）。

2【感觸】表示受某事態而有所感受，如例（3）。

3【感嘆】用於感歎某事態之可取之處，如例（4）、（5）。

稱讚對象 ↓　正面特徵 ↓　存在價值 ↓

例1 古典(こてん)には、時代(じだい)を越(こ)えて読(よ)みつがれてきただけのものがある。

古籍是足以跨越時代，讓人百讀不厭的讀物。

閱讀可以強化內在薄弱的力量，特別是古典文學，不僅雋永優雅，讓人穩定心靈，還能激發更具創意的思考。

「ものがある」表某事物「古典作品」，有著不容忽視的影響力「超越時代的持久價值」。肯定價值的存續。

文法應用例句

2 還只是個高中生卻能投出如此驚人的快球，其未來不可限量。

高校生(こうこうせい)なのにあれほどの速球(そっきゅう)〔快速球〕を投(な)げる〔投擲〕とは、期待(きたい)を抱(いだ)かせる〔懷抱〕ものがある。

★「ものがある」用於「高中生有驚人快速球」，表示其未來「不可限量」，強烈肯定其潛力。

3 重讀以前的日記後，覺得有點難為情。

昔(むかし)の日記(にっき)を読(よ)むと、なんだか〔不由得〕恥(は)ずかしいものがある。

★「ものがある」描述「重讀日記」，引發「羞恥」的感受，突出特定情感反應。

4 他的故事架構實在太精采了。

彼(かれ)のストーリーの組(く)み立(た)て方(かた)〔架構構思〕には、見事(みごと)な〔傑出的〕ものがある。

★「ものがある」形容「故事架構」極出色，讓人覺得「太精彩了」，表達高度讚賞。

5 那和尚說的話，確實有一聽的價值。

あのお坊(ぼう)さん〔和尚〕の話(はなし)には、聞(き)くべきものがある。

★「ものがある」描述「和尚講話」超越平常水平「值得一聽」，表達積極讚美。

Practice・8

［第八回練習問題］

問題一 次の文の（　　）に入る最も適当な言葉を1・2・3・4から選びなさい。

1 二人は人目も（　　）抱き合っていた。

1．こたえて　2．とおりに　3．かまわず　4．ように

2 このテキストは上級者（　　）。

1．とおりだ　2．しだいだ　3．むきだ　4．ことだ

3 いいわけを（　　）、立場が苦しくなった。

1．したらしたほど　2．いえばいったほど

3．すればするほど　4．でればでるほど

4 彼は、語学力は（　　）人柄がいいので、アメリカ社会にすぐとけこんだ。

1．ともかく　2．とおりに　3．ことから　4．ような

5 会議は挨拶（　　）いきなり始まった。

1．ぬきで　2．すえに　3．うちに　4．うえに

6 疲れていたが、最後まで走り（　　）。

1．きりた　2．ぬいた　3．かけた　4．こめた

7 お金がない（　　）進学できなかった。

1．おうじて　2．おかげで

3．ばかりに　4．とおりに

8 テストの点数（　　）合格、不合格が決まります。
1．によって　　　　2．にかわり
3．によると　　　　4．にもとに

9 彼女は英語も得意（　　）、コンピューターも得意です。
1．けれども　2．ならば　3．加えて　4．そって

10 その話はどこか信用できない（　　）。
1．ものだ　2．ことだ　3．ことがある　4．ものがある

問題二　文を完成させなさい。

1（　　　　　　）はともかく（　　　　　　）。

2（　　　　　　）によると（　　　　　　）。

3 決めたことは（　　　　　　）ぬかなければならない。

4（　　　　　　）ば（　　　　　　）ほど（　　　　　　）

5（　　　　　　）に基づいて（　　　　　　）。

6（　　　　　　）向きだ。

7（　　　　　　）ものがある。

8（　　　　　　）もん。

116 ～ものだ

1. 以前…；2.…就是…；3. 本來就該…、應該…

類義表現
～ことだ
非常…

接續方法▸ {形容動詞詞幹な；[形容詞・動詞] 辭書形} ＋ものだ

1 【回想】表示回想過往的事態，並帶有現今狀況與以前不同的含意，如例（1）、（2）。

2 【感慨】表示感慨常識性、普遍事物的必然結果，如例（3）。

3 【事物的本質】{ 形容動詞詞幹な；形容詞・動詞辭書形 } ＋ものではない。表示理所當然，理應如此，多用在提醒或忠告時。常轉為間接的命令或禁止，如例（4）、（5）。

敘事主體 ↓　過去行為 ↓　過去回想 ↓

例1 私（わたし）はいたずらが過（す）ぎる子（こ）どもで、よく父（ちち）に殴（なぐ）られたものでした。

我以前是個超級調皮搗蛋的小孩，常常挨爸爸揍。

小時候最愛爬樹、惡作劇抓蟲嚇人了，因此，幾乎天天被爸爸追著打。

「ものだ」用來回顧過去「童年」，經常性行為「淘氣常被父親責懲」。強調回想過去不再的情景。

文法應用例句

2 **他年輕的時候，只要喝了酒就會鬧事。**

若（わか）いころは、酒（さけ）を飲（の）んではむちゃ（胡鬧）をしたものだ。

★「ものだ」用於懷舊「年輕時」，常有行為「喝酒胡鬧」，強調回顧已不存在的過往。

3 **有時候無論怎樣努力，還是不順利的。**

どんなに頑張（がんば）っても、うまく（順利地）いかないときがあるものだ。

★「ものだ」闡述常理「努力未必得好果」，強調這是常見理所當然情況。

4 **食物不可以沒吃完！**

食（た）べ物（もの）を残（のこ）す（殘留）ものではない。

★「ものではない」用於指令「禁止浪費食物」，強調指令合乎社會規範。

5 **不准說那種話！**

そんな言葉（ことば）（話語）を使（つか）うものではない。

★「ものではない」用於禁令「不宜使用該語言」，突出符合社會倫理道德。

117 ～ものなら

1. 如果能…的話；2. 要是能…就…

類義表現
～としたら
假設…

接續方法 ▸ {動詞可能形} ＋ものなら

1 【假定條件】提示一個實現可能性很小的事物，且期待實現的心情，接續動詞常用可能形，口語有時會用「～もんなら」，如例（1）～（4）。

2 〖重複動詞〗重複使用同一動詞時，有強調實際上不可能做的意味。表示挑釁對方做某行為。帶著向對方挑戰，放任對方去做的意味。由於是種容易惹怒對方的講法，使用上必須格外留意。後項常接「～てみろ」、「～てみせろ」等，如例（5）。

能力假設　如果可能　　願望行動

南極(なんきょく)かあ。行(い)ける ものなら、行(い)ってみたいなあ。

南極喔……。如果能去的話，真想去一趟耶。

我最喜歡企鵝了！企鵝那圓滾滾的身軀跟獨特的走路方式，總能療癒我的心。如果可以去旅行，我想去南極體驗被企鵝包圍的感覺。

「ものなら」表對難以達成的事「南極之旅」，的嚮往「真希望能去」。強調假定條件下的強烈願望。

文法應用例句

2 如果他願意給那東西，我倒是想收下，問題是他不會給我。

もらえるものならもらいたいが、くれるわけ(理由)がない。

★「ものなら」表達對「他願意給予」的期望「希望得到」，強調假設下的願望。

3 那種人，假如能和他分手的話早就分了。

あんな人(ひと)、別(わか)れ(分手)られるものならとっくに(老早)別(わか)れてる。

★「ものなら」表假設條件「若能和他分手」，期待行動「早分了」，強調假設下的願望。

4 如果可以住在那種像城堡一樣的房子裡，我倒想住住看。

あんなお城(しろ)(城堡)のような家(いえ)に、住(す)めるものなら住(す)みたい。

★「ものなら」表達對「住城堡般房子」的嚮往「真想住進去」，突出假設下的期待心情。

5 你敢去跟那位美女講話的話，你就去講講看啊！

あの素敵(すてき)(迷人的)な人(ひと)に、声(こえ)をかけられるものなら、かけてみろよ。

★「ものなら」用以挑釁對方，有本事的話「向美女搭話」，強調對方實際上做不到。

118 ～ものの

雖然…但是…

類義表現
～けれども、～が
雖然…但是…

接續方法▶ {名詞である；形容動詞詞幹な；[形容詞・動詞] 普通形} ＋ものの

【對比】表示姑且承認前項，但後項不能順著前項發展下去。後項是否定性的內容，一般是對於自己所做、所說或某種狀態沒有信心，很難實現等的說法。

陳述事實 ↓　對比連接 ↓　能力限制 ↓

例1 フランスに留学したとはいうものの、満足にフランス語を話すこともできない。

雖說到過法國留學，卻無法講一口流利的法語。

姑且承認前項「フランスに留学したとはいう」（雖說到法國留過學），應該法文是很好的啊！可是…

「ものの」表雖有實際情況「留學法國」，但卻與期望不符「無法流利地說法語」。對比期待與現實落差。

☞ 文法應用例句

2 我和同班的廣瀨同學雖然家住得近，但是聊天卻不太投機。

同じクラスの広瀬さんは、家は近いものの、話があまり合わない。

★「ものの」表實際情況「住得近」，卻與之「聊天不投契」，強調理想與現實對比。

3 心情儘管還很年輕，但身體已經不如年輕時候那麼有活力了。

気はまだまだ若いものの、体はなかなか若いころのようにはいきません。

★「ものの」表達雖「心態年輕」，但現實為「體力衰退」。對比心態與能力的差距。

4 森村的長相雖然十分英俊，可就是瘦了一點。

森村は、顔はなかなかハンサムなものの、ちょっと痩せすぎだ。

★「ものの」表示雖「長相英俊」，但卻「身材偏瘦」，突顯外觀與理想的落差。

5 雖然發現自己不對，但總是沒辦法道歉。

自分の間違いに気付いたものの、なかなか謝ることができない。

★「ものの」表明雖「意識錯誤」，卻難以「道歉」。對比認知與行動的不一致。

～やら～やら

…啦…啦、又…又…

類義表現

～たり～たり
…啦…啦

接續方法▶ {名詞}＋やら＋{名詞}＋やら、{形容動詞詞幹；[形容詞・動詞]普通形}＋やら＋{形容動詞詞幹；[形容詞・動詞]普通形}＋やら

【例示】表示從一些同類事項中，列舉出兩項。大多用在有這樣，又有那樣，真受不了的情況。多有感覺麻煩、複雜，心情不快的語感。

原因狀況　問題一　列舉　問題二　影響受害

例1 近所(きんじょ)に工場(こうじょう)ができて、騒音(そうおん)やら煙(けむり)やら、悩(なや)まされているんですよ。

附近開了家工廠，又是噪音啦，又是黑煙啦，真傷腦筋！

哇！工廠的噪音跟黑煙真叫人受不了呢！

「やら～やら」例示幾個造成困擾的典型例子「騒音」和「煙」，突顯問題的多面性及複雜度。

文法應用例句

2 又是內閣總理，又是明星，來了很多人。

総理大臣(そうりだいじん)【首相】やら、有名(ゆうめい)スターやら、いろいろ【形形色色的】な人(ひと)が来(き)ています。

★「やら～やら」列舉聚會賓客「總理大臣、著名明星」等，凸顯賓客身分特殊與人數眾多。

3 孩子結婚讓人有種又開心又寂寞的複雜心情。

子(こ)どもが結婚(けっこん)して、嬉(うれ)しいやら寂(さび)しいやら複雑(ふくざつ)【複雜的】な気持(きも)ちです。

★「やら～やら」描述心情方面，如「高興、寂寞」等，表現心情變化快速與複雜。

4 有紅的啦、黃的啦，五顏六色的花朵盛開。

赤(あか)いのやら黄色(きいろ)いのやら、色(いろ)とりどり【繁多】の花(はな)が咲(さ)いている。

★「やら～やら」列舉花色，如「紅色、黃色」等，突出花朵顏色多樣與豐富。

5 上個月家裡不僅遭小偷，錢包也在電車上被偷，真是淒慘到底！

先月(せんげつ)は家(いえ)が泥棒(どろぼう)【盜賊】に入(はい)られるやら、電車(でんしゃ)で財布(さいふ)をすられる【偷竊】やら、さんざん【糟糕透頂】だった。

★「やら～やら」列舉不幸事件，如「家中被盜、電車丟錢包」等，凸顯不幸頻發與嚴重。

120 ～をきっかけに（して）、をきっかけとして

以…為契機、自從…之後、以…為開端

類義表現
～を契機に
以…為契機

接續方法 ▸ {名詞；[動詞辭書形・動詞た形] の} ＋をきっかけに（して）、をきっかけとして

1【契機】表示新的進展及新的情況產生的原因、機會、動機等。後項多為跟以前不同的變化，或新的想法、行動等的內容。

2〘偶然〙使用「をきっかけにして」則含有偶然的意味。

觸發事件 ↓　興趣激發 ↓　結果轉變 ↓

例1 関西旅行（かんさいりょこう）を きっかけに、歴史（れきし）に興味（きょうみ）を持（も）ちました。

自從去旅遊關西之後，便開始對歷史產生了興趣。

關西古都很多，的確是很耐人尋味！

「をきっかけに」表示經歷某契機「關西旅遊」開始，進而激發「對歷史感興趣」。強調因果關係的起始點。

文法應用例句

2 **自從他發現自己罹患癌症以後，就開始了挑戰縱橫全日本的馬拉松長跑。**

がん（癌症）をきっかけに日本縦断（にほんじゅうだん）（縱貫）マラソン（馬拉松）を始（はじ）めた。

★「をきっかけに」描述經歷「罹癌」後，啟動「跑馬拉松」行動，強調病症為新挑戰起點。

3 **兩人自從吵架以後，反而變成好友了。**

喧嘩（けんか）（爭吵）をきっかけとして、二人（ふたり）はかえって仲良（なかよ）く（關係良好）なりました。

★「をきっかけとして」經歷「一場爭吵」後，結果是「成為好友」，突出意外契機帶來好轉。

4 **因為生了一場病，而回顧了自己過去的人生。**

病気（びょうき）（生病）になったのをきっかけに、人生（じんせい）を振（ふ）り返（かえ）った（回顧）。

★「をきっかけに」因「生病」而引發「回顧人生」，強調疾病作為反思起點。

5 **自從２月下旬再度重逢之後，兩人便開始交往。**

２月（がつ）の下旬（げじゅん）（下旬）に再会（さいかい）（再度相逢）したのをきっかけにして、二人（ふたり）は交際（こうさい）（交往）を始（はじ）めた。

★「をきっかけにして」描述經歷「２月底重逢」後，發展出「交往」，突出該事件為關係觸發點。

Track121

121 ～をけいきとして、をけいきに（して）

趁著…、自從…之後、以…為動機

類義表現
～をきっかけに
以…為動機

接續方法▸ {名詞;[動詞辭書形・動詞た形]の}＋を契機として、を契機に（して）

【契機】表示某事產生或發生的原因、動機、機會、轉折點。前項大多是成為人生、社會或時代轉折點的重大事情。是「をきっかけに」的書面語。

變化起因 ↓　改變動機 ↓　行動結果 ↓

例1 子(こ)どもが誕生(たんじょう)したのを契機(けいき)として、煙草(たばこ)をやめた。

自從小孩出生後，就戒了煙。

☞ 文法應用例句

2 **以黑船事件為契機，日本廢止了鎖國政策。**

黒船来航(くろふねらいこう)を契機(けいき)にして、日本(にほん)は鎖国(さこく)をやめた。（黒船来航：黑船登陸；鎖国：鎖國政策）

★「を契機にして」以「黑船來航」作為開始「廢止鎖國」的轉變契機。強調這一歷史轉折點。

3 **自從工作以後，就開始了一個人的生活。**

就職(しゅうしょく)を契機(けいき)にして、一人暮(ひとりぐ)らしを始(はじ)めた。（就職：就業）

★「を契機にして」將「就業」視為轉變成「獨立生活」的起點。突出進入新生活階段。

4 **我打算在退休以後，過更為悠閒的生活。**

退職(たいしょく)を契機(けいき)に、もっとゆとりのある生活(せいかつ)を送(おく)ろうと思(おも)います。（退職：退休；ゆとり：有餘裕；送る：度過）

★「を契機に」把「退休」當作轉向「更自在的生活」的起始。突出生活方式的轉變。

5 **自從失戀以後，就開始學心理學。**

失恋(しつれん)したのを契機(けいき)に、心理学(しんりがく)の勉強(べんきょう)を始(はじ)めた。（失恋：失戀；心理学：心理學）

★「を契機に」利用「失戀」作為開始「學習心理學」的動機，凸顯情感經歷帶來的重大變化。

122 ～をたよりに、をたよりとして、をたよりにして

靠著…、憑藉…

類義表現
～によって
由於…

接續方法 ▸ {名詞}＋を頼りに、を頼りとして、を頼りにして

【依據】表示藉由某人事物的幫助，或是以某事物為依據，進行後面的動作。

導航工具　依據方式　抵達時態　結果描述

例1 カーナビを頼り（たよ）にやっとたどり着（つ）いたら、店（みせ）はもう閉（し）まっていた。

靠著車上衛星導航總算抵達目的地，結果店家已關門了。

可惡…為了找傳說中的拉麵店，我還特地借了衛星導航，沒想到抵達時店早已打烊！

「を頼りに」表依靠某工具或方法「衛星導航」，來完成某事「抵達目的地」。強調依賴手段。

文法應用例句

2 靠著手電筒的光，在黑暗的山路中走了一整晚。

懐中電灯（かいちゅうでんとう）〔手電筒〕の光（ひかり）を頼（たよ）りに、暗（くら）い山道（やまみち）〔山徑〕を一晩中（ひとばんじゅう）歩（ある）いた。

★「を頼りに」依賴工具「手電筒」，以完成「走過黑暗山路」的任務，強調依賴的工具。

3 我想憑著小時候的記憶，談談以前的東京。

子（こ）どものころの記憶（きおく）〔回憶〕を頼（たよ）りとして、昔（むかし）の東京（とうきょう）について語（かた）〔講述〕ってみたいと思（おも）います。

★「を頼りとして」靠「兒時記憶」，來講述「陳舊東京故事」，突出依賴的記憶方法。

4 我只依靠你過活。

私（わたし）はあなただけを頼（たよ）りにして生（い）き〔生存〕ているんです。

★「を頼りにして」依靠某人「你」，以「維持生活」，突顯依賴的對象。

5 去投靠了遠房親戚，這才得以到美國留學。

遠（とお）い親戚（しんせき）〔親戚〕を頼（たよ）りにして、アメリカ〔美國〕へ留学（りゅうがく）した。

★「を頼りにして」求助「遠房親戚」，實現「留學美國」的目標，突出依靠的對象。

Track123

123 ～を～として、を～とする、を～とした

把…視為…（的）、把…當做…（的）

類義表現
～とする
作為…

接續方法▶ {名詞}＋を＋{名詞}＋として、とする、とした

【核心】表示把一種事物當做或設定為另一種事物，或表示決定、認定的內容。「として」的前面接表示地位、資格、名分、種類或目的的詞。

主語　活動類型　動作目標　焦點核心　身分地位　進行狀態

例1 あのグループはライブを中心（ちゅうしん）として活動（かつどう）しています。

那支樂團主要舉行現場演唱。

這支地下樂團的現場演奏，真是太震撼啦！加上萬人的吶喊和大合唱，太具有感染力了！

「を～として」表該團體主要依托某物「ライブ（現場演出）」作為核心，圍繞其開展活動。強調活動的重心。

☞ 文法應用例句

2 這個會是為了促進畢業生的交流。

この会（かい）は卒業生（そつぎょうせい）の交流（こうりゅう）を目的（もくてき）としています。

★「を～として」表示會議主要圍繞「畢業生交流」，強調活動主焦點。

3 以高橋先生為首，成立了棒球同好會。

高橋（たかはし）さんをリーダー（領隊）として、野球愛好会（やきゅうあいこうかい）を作（つく）った。

★「を～として」用於團隊以「高橋先生」為核心，創建棒球愛好會，突出領導核心。

4 目前開設一家以壽司為招牌菜色的海鮮餐廳。

すしを中心（ちゅうしん）（主力）とした海鮮料理（かいせんりょうり）（海產）の店（みせ）をやっています。

★「を～とした」描述海鮮店以「壽司」為主打，推廣其他海鮮，強調菜單的設計重點。

5 這本教科書的學習對象是日語初學者。

この教科書（きょうかしょ）は日本語（にほんご）の初心者（しょしんしゃ）（初學者）を対象（たいしょう）（對象）としたものです。

★「を～とした」說明教科書主針對「日語初學者」設計內容，強調教材編排的重點。

124 ～をとわず、はとわず

無論…都…、不分…、不管…，都…

類義表現
～にかかわらず
不管…

接續方法 ▸ {名詞} ＋を問わず、は問わず

1 【無關】表示沒有把前接的詞當作問題、跟前接的詞沒有關係，多接在「男女」、「昼夜」等對義的單字後面，如例（1）～（3）。

2 〖肯定及否定並列〗前面可接用言肯定形及否定形並列的詞，如例（4）。

3 〖漢字〗使用於廣告文宣時，常為求精簡而省略助詞，因此有漢字比例較高的傾向，如例（5）。

主題對象　範疇例子　不受限制　匹配評價

例1 ワインは、洋食和食を問わず、よく合う。

無論是西餐或日式料理，葡萄酒都很適合。

酒食的藝術真是深奧！只要選擇適合的葡萄酒，不管西餐或日式料理都很合呢！

「を問わず」表某事物「葡萄酒」適合兩對比的「西餐」與「日料」等各種菜系，強調其廣泛適用性。

文法應用例句

2 **意外現場的救援作業不分晝夜持續進行。**

事故現場では、昼夜を問わず救出作業が続いている。

★「を問わず」指「事故」救援，不分「白天或夜晚」，持續進行，強調持續緊迫性。

3 **那個產品才剛開賣，立刻在國內外受到了極大的矚目。**

その商品は、発売されるや否や、国の内外を問わず大きな反響をよんだ。

★「を問わず」表示「產品」上市，獲得「國內外」的廣泛關注，突出產品廣受歡迎。

4 **不管你們到底要做還是不做，就算只剩我一個也會去做。**

君達がやるやらないを問わず、私は一人でもやる。

★「を問わず」表達「獨自行動」，不受他人「贊成或反對」的影響，突出個人堅定意志。

5 **誠徵正職員工。至少短期大學畢業，任何科系皆可。**

正社員募集。短大卒以上、専攻問わず。

★「問わず」表示「正職員工」的選拔標準，不限「科系」，強調職位要求廣泛性。

125 ～をぬきにして（は／も）、はぬきにして

1. 沒有…就（不能）…；2. 去掉…、停止…

類義表現
～ぬきで
不算…

接續方法▶ {名詞} ＋を抜きにして（は／も）、は抜きにして

1【附帶】「抜き」是「抜く」的ます形，後轉當名詞用。表示沒有前項，後項就很難成立，如例（1）～（3）。

2【不附帶】表示去掉前項一般情況下會有的事態，做後項動作，如例（4）、（5）。

必要因素 ↓ 排除條件 ↓ 不可能結論 ↓

例1 政府（せいふ）の援助（えんじょ）を抜（ぬ）きにして、災害（さいがい）に遭（あ）った人々（ひとびと）を救（すく）うことはできない。

沒有政府的援助，就沒有辦法救出受難者。

一遇到自然災害，政府的力量是不可少的。

「を抜きにして」表若不考慮「政府援助」，「救助災民」是不可能的。凸顯政府援助的不可或缺性。

文法應用例句

2 倘若沒有小堀先生的拚命努力絕對不可能成功的。

小堀（こぼり）さんの必死（ひっし）［拚死］の努力（どりょく）を抜（ぬ）きにして成功（せいこう）［成功］することはできなかった。

★「を抜きにして」若無「堀先生的貢獻」，「任務」將無法完成，凸顯其努力關鍵重要。

3 沒有領事館的協助，就沒辦法進行這項調查。

領事館（りょうじかん）［領事館］の協力（きょうりょく）［協力］を抜（ぬ）きにしては、この調査（ちょうさ）［調查］は行（おこな）えない。

★「を抜きにしては」若沒有「領事館協助」，「調查」將不可能實現，強調其協助的必要性。

4 請不要說場面話，告訴我你的真心話。

建前（たてまえ）［客套話］は抜（ぬ）きにして、本音（ほんね）［真實想法］を聞（き）かせてください。

★「は抜きにして」去除「客套話」，求取對方真實想法，強調真誠表達的價值。

5 這話不是恭維，今天的演奏真是太精采了！

お世辞（せじ）［奉承（的話）］は抜（ぬ）きにして、今日（きょう）の演奏（えんそう）［演出］は本当（ほんとう）に素晴（すば）らしかった。

★「は抜きにして」忽略常規的「客氣話」，直接表達真實想法，突出發言真誠的程度。

126 ～をめぐって（は）、をめぐる

圍繞著…、環繞著…

類義表現
～について、～に関して
關於…

接續方法▶ {名詞}＋をめぐって（は）、をめぐる

1【核心】表示後項的行為動作，是針對前項的某一事情、問題進行的，如例（1）～（3）。

2〘をめぐる＋N〙後接名詞時，用「～をめぐる＋N」，如例（4）、（5）。

話題對象　焦點前置　傳說內容

例1 この宝石（ほうせき）をめぐっては、手（て）に入（い）れた人（ひと）は不幸（ふこう）になるという伝説（でんせつ）がある。

關於這顆寶石，傳說只要得到的人，就會招致不幸。

傳說多情的國王曾將這顆寶石送給情婦伊莉莎白女爵，沒多久女爵便不幸慘遭殺害。

「をめぐって」表圍繞著某核心事物「這顆寶石」，所發生的事情「帶來不幸的傳說」。強調爭議核心。

文法應用例句

2 **女性們談論著剛才來訪的那個男生。**

さっき訪（たず）〔拜訪〕ねてきた男性（だんせい）をめぐって、女性（じょせい）たちが噂話（うわさばなし）〔閒聊〕をしています。

★「をめぐって」指以「剛才來訪的男性」為焦點，引發「女性們的議論」。突出話題的核心人物。

3 **關於足利尊氏和楠正成，在不同的時代有不同的評價。**

足利尊氏（あしかがたかうじ）と楠正成（くすのきまさしげ）をめぐっては、時代（じだい）〔時代〕によって評価（ひょうか）〔評價〕が揺（ゆ）れ動（うご）〔變化〕いている。

★「をめぐっては」圍繞「足利尊氏和楠正成」，展示「評價隨時代變化」。強調核心人物的評價。

4 **這部電影是描述關於5個年輕人之間錯綜複雜的關係。**

この映画（えいが）は、5人（にん）の若者（わかもの）〔青年〕たちをめぐる人間（にんげん）〔人物〕模様（もよう）〔故事情節〕を描（えが）いている。

★「をめぐる」圍繞「5年輕人間關係」所展開的故事，強調故事主軸線。

5 **關於首相的收賄疑雲，在國會引發一場混亂。**

首相（しゅしょう）〔首相〕をめぐる収賄（しゅうわい）〔貪污〕疑惑（ぎわく）〔嫌疑〕で、国会（こっかい）〔國會〕は紛糾（ふんきゅう）〔騷動〕している。

★「をめぐる」指「首相收賄疑雲」，在國會引發「混亂」，強調關鍵原因。

Track127

127 ～をもとに（して／した）

以…為根據、以…為參考、在…基礎上

類義表現

～に基づいて

在…基礎上

1【依據】｛名詞｝＋をもとに（して）。表示將某事物作為後項的依據、材料或基礎等，後項的行為、動作是根據或參考前項來進行的，如例（1）～（3）。

2〚をもとにした＋N〛用「～をもとにした」來後接名詞，或作述語來使用，如例（4）、（5）。

參考材料 ↓　根據條件 ↓　創作要求 ↓

例1 いままでに習（なら）った文型（ぶんけい）をもとに、文（ぶん）を作（つく）ってください。

請參考至今所學的文型造句。

學了就要多用，用了就可以真正成為自己的！

「をもとに」利用既有的知識、信息、經驗或物質「已學文型」，作為新創建工作「造句」的基礎。強調基礎依據。

☞ 文法應用例句

2 根據蒐集而來的資料預測了往後的走向。

集（あつ）めたデータ〔資料，數據〕をもとにして、今後（こんご）を予測（よそく）〔預判〕した。

★「をもとにして」使用收集的「資料」作為「預測趨勢」的依據。凸顯決策的根據。

3 「江戶川亂步」這個筆名的發想來自於「埃德加・愛倫・坡」。

「江戸川乱歩（えどがわらんぽ）」という筆名（ひつめい）〔化名〕は、「エドガー・アラン・ポー」をもとにしている。

★「をもとにして」以「埃德加・愛倫・坡」作為筆名「江戶川亂步」的靈感來源，強調創意的起點。

4 《平家物語》是根據史實所編寫的戰爭故事。

『平家物語（へいけものがたり）』は、史実（しじつ）〔史實〕をもとにした軍記物語（ぐんきものがたり）〔戰記故事〕である。

★「をもとにした」根據「戰爭故事」這一真實體驗和歷史資料，編寫「平家物語」，突出改編的依據。

5 竟敢說只是參考我的作品？根本是從頭剽竊到尾啦！

私（わたし）の作品（さくひん）〔創作〕をもとにしただと。完全（かんぜん）〔完全的〕な盗作（とうさく）〔抄襲〕じゃないか。

★「をもとにした」表「以我的作品為基礎」，暗示該作品可能是「根據原作改編，或接近盜版」。

Review

N3 文法「溫」一下！

★ 精選 N2 考題中，常考的 N3 文法，復習一下吧！

～ものだから ／就是因為…，所以…

足が痺れたものだから、立てませんでした。

因為腳麻，所以站不起來。

～ようがない、ようもない ／沒辦法、無法…

道に人が溢れているので、通り抜けようがない。

路上到處都是人，沒辦法通行。

～ように ／希望…、請…

ほこりがたまらないように、毎日掃除をしましょう。

要每天打掃一下，才不會有灰塵。

～わけがない、わけはない ／不會…、不可能…

人形が独りでに動くわけがない。

洋娃娃不可能自己會動。

～わけだ ／當然…、怪不得…

３年間留学していたのか。どうりで英語がペラペラなわけだ。

到國外留學了 3 年啊。難怪英文那麼流利。

～わけではない、わけでもない ／並不是…、並非…

食事をたっぷり食べても、必ず太るというわけではない。

吃得多不一定會胖。

～わけにはいかない、わけにもいかない ／不能…、不可…

友情を裏切るわけにはいかない。

友情是不能背叛的。

～わりに（は） ／（比較起來）雖然…但是…、但是相對之下還算…、可是…

この国は、熱帯のわりには、過ごしやすい。

這個國家雖處熱帶，但住起來算是舒適的。

～をこめて ／集中…、傾注…

みんなの幸せのために、願いをこめて鐘を鳴らした。

為了大家的幸福，以虔誠的心鳴鐘祈禱。

～を中心に（して）、中心として ／以…為重點、以…為中心、圍繞著…

点Aを中心に、円を描いてください。

請以A點為中心，畫一個圓圈。

～を通じて、を通して ／在整個期間…、在整個範圍…；透過…

彼女を通じて、間接的に彼の話を聞いた。

透過她，間接地知道他的事。

～をはじめ、をはじめとする ／以…為首、…以及…、…等

客席には、校長をはじめ、たくさんの先生が来てくれた。

在來賓席上，校長以及多位老師都來了。

Practice・9

［第九回練習問題］

問題一

次の文の（　　）に入る最も適当な言葉を１・２・３・４から選びなさい。

1 皆様のご期待（　　）頑張ります。

１．におうじて　　２．にもとづいて

３．にそえるように　　４．にとおりに

2 その件は部長を（　　）頼んだほうがいいですよ。

１．ところに　２．通じて　３．ところへ　４．わたり

3 テストは教科書（　　）出題されます。

１．をうえに　２．をところに　３．をもとに　４．をおいて

4 太陽系の惑星は太陽（　　）回っている。

１．をなかに　　２．をちゅうしんに

３．をとわず　　４．をおいて

5 あの人がそんなひどいことを言う（　　）。

１．ことになっている　　２．ことだ

３．わけがない　　４．ものがある

6 息子は早く家を（　　）、忘れ物をしてすぐに戻ってきた。

１．でるけど　　２．でたもの

３．でるけども　　４．でたものの

7 子どもが病気なんです。できる（　　）かわってやりたいと思いますが…。

１．もので　２．ものの　３．ものでも　４．ものなら

8 話し合いは決裂した。こうなったら武力で解決するしか（　　）。

1．しようがない　　2．おそれがある

3．ことはない　　4．わけにはいかない

9 あの人は有名大学を卒業した（　　）仕事が全然できない。

1．わりには　　2．とおりには

3．ことから　　4．のように

10 愛情（　　）、彼のために料理を作った。

1．をぬきに　2．をところに　3．をこめて　4．をおいて

11 この試験は年齢、学歴を（　　）、誰でも受けられます。

1．ちゅうしんに　　2．もとに

3．とわず　　4．なかに

12 書物（　　）日本文学を勉強しました。

1．を通して　　2．をところに

3．をきいて　　4．をして

13 ３人の子どもを抱えているので、病気でも寝ている（　　）。

1．ことがある　　2．おそれがある

3．わけにはいかない　　4．というものだ

14 この前の運動会（　　）、クラスの生徒がみんな、仲良くなった。

1．をことから　　2．にそって

3．にもとづいて　　4．をきっかけに

15 税金の値上げを（　　）景気が悪くなり始めた。

1．けいきに　2．はじめに　3．しだいに　4．せいに

問題二 文を完成させなさい。

1 （　　　　　　　　）をきっかけに（　　　　　　　　）。

2 （　　　　　　　　）をはじめ（　　　　　　　　）。

3 私の国は1年を通して（　　　　　　　　）。

4 （　　　　　　　　）わけではない。

5 （　　　　　　　　）ものなら（　　　　　　　　）。

6 （　　　　　　　　）ものではない。

7 （　　　　　　　　）ように頑張ります。

8 （　　　　　　　　）を問わず（　　　　　　　　）。

9 （　　　　　　　　）をめぐって（　　　　　　　　）。

10 （　　　　　　　　）ものだから（　　　　　　　　）。

11 （　　　　　　　　　　　　　　）わけがない。

MEMO

＊以「國際交流基金日本國際教育支援協會」的「新しい『日本語能力試験』ガイドブック」為基準的三回「文法　模擬考題」。

問題７　考試訣竅

N2的問題７，預測會考12題。這一題型基本上是延續舊制的考試方式。也就是給一個不完整的句子，讓考生從４個選項中，選出自己認為正確的選項，進行填空，使句子的語法正確、意思通順。

過去文法填空的命題範圍很廣，包括助詞、慣用型、時態、體態、形式名詞、呼應和接續關係等等。應試的重點是掌握功能詞的基本用法，並注意用言、體言、接續詞、形式名詞、副詞等的用法區別。另外，複雜多變的敬語跟授受關係的用法也是構成日語文法的重要特徵。

文法試題中，常考的如下：

（１）副助詞、格助詞…等助詞考試的比重相當大。這裡會考的主要是搭配（如「なぜか」是「なぜ」跟「か」搭配）、接續（「だけで」中「で」要接在「だけ」的後面等）及約定俗成的關係等。在大同中辨別小異（如「なら、たら、ば、と」的差異等），及區別語感。判斷關係（如「心を込める」中的「込める」是他動詞，所以用表示受詞的「を」來搭配等）。

（２）形式名詞的詞意判斷（如能否由句意來掌握「せい、くせ」的差別等），及形似意近的辨別（如「わけ、はず、ため、せい、もの」的差異等）。

（３）意近或形近的慣用型的區別（如「について、に対して」等）。

（４）區別過去、未來、將來３種時態的用法（如「調べるところ、調べたところ、調べているところ」能否區別等）。

（５）能否根據句意來區別動作的開始、持續、完了３個階段的體態，一般用「…て＋補助動詞」來表示（如「ことにする、ことにしている、ことにしてある」的區別）。

（６）能否根據句意、助詞、詞形變化，來選擇相應的語態（主要是「れる、られる、せる、させる」），也就是行為主體跟客體間的關係的動詞形態。

從新制概要中預測，文法不僅在這裡，常用漢字表示的，如「次第、気味」…等，也可能在語彙問題中出現；而口語部分，如「もん、といったらありゃしない」…等，可能會在著重口語的聽力問題中出現；接續詞（如「ながらも」）應該會在文法問題８出現。當然閱讀中出現的頻率絕對很高的。

總而言之，無論在哪種題型，文法都是掌握高分的重要角色。

問題７　文の＿＿＿＿に入れるのに最もよいものを、１・２・３・４から一つ選びなさい。

1 さすが大学の教授＿＿＿＿、なんでもよく知っている。

1 に限って　2 だけあって　3 に決まって　4 にとって

2 せっかくここまで頑張ったのだから、最後まで＿＿＿＿。

1 やるかのようだ　2 やろうではないか

3 やらないではおかない　4 やるまでもなかった

3 胃の調子が＿＿＿＿、吸収しやすいものを食べることだ。

1 悪くても　2 悪いなりに　3 悪いなら　4 悪いのに

4 購読する人が減少したため、発行を＿＿＿＿をえない。

1 中止せざる　2 中止せず

3 中止せず　4 中止しない

5 可愛らしい食器を見つけたので、＿＿＿＿いられなかった。

1 買わずとも　2 買わずも

3 買わないにしろ　4 買わずには

6 顔が＿＿＿＿＿、昨夜ぐっすり眠れなかったせいです。

1 腫れているには　　2 腫れているのは

3 腫れているとか　　4 腫れているとおり

7 彼は自分で会社を経営している＿＿＿＿＿、知識が豊富です。

1 だけに　　2 たびに　　3 くせに　　4 かぎり

8 手持ちの現金が足りない＿＿＿＿＿、クレジットカードも持ってない。

1 うえに　　2 以上は　　3 ことに　　4 によれば

9 強引に車を追い越した＿＿＿＿＿、衝突事故を起こした。

1 に応じて　　2 に限って　　3 からには　　4 あげくに

10 ＿＿＿＿＿質問は、できるだけしないで下さい。

1 回答ほかない　　2 回答をはじめとする

3 回答しにくい　　4 回答にすぎない

11 そんなことを言えば、彼の機嫌を＿＿＿＿＿。

1 損ねたくてたまらない　　2 損ねるものではない

3 損ねるわけにはいかない　　4 損ねかねない

12 末っ子だから＿＿＿＿＿、いつまでも甘えていないの！

1 というと　　2 といって　　3 といえば　　4 というものの

問題 8　考試訣竅

問題 8 是「部分句子重組」題，出題方式是在一個句子中，挑出相連的 4 個詞，將其順序打亂，要考生將這 4 個順序混亂的字詞，跟問題句連結成為一句文意通順的句子。預估出 5 題。

應付這類題型，考生必須熟悉各種日文句子組成要素（日語語順的特徵）及句型，才能迅速且正確地組合句子。因此，打好句型、文法的底子是第一重要的，也就是把文法中的「助詞、慣用型、時、體態、形式名詞、呼應和接續關係等等」弄得滾瓜爛熟，接下來就是多接觸文章，習慣日語的語順。

問題 8 既然是在「文法」題型中，那麼解題的關鍵就在文法了。因此，做題的方式，就是看過問題句後，集中精神在 4 個選項上，把關鍵的文法找出來，配合它前面或後面的接續，這樣大致的順序就出來了。接下再根據問題句的語順進行判斷。這一題型往往會有一個選項，不知道要放在哪裡，這時候，請試著放在最前面或最後面的空格中。這樣，文法正確、文意通順的句子就很容易完成了。

＊請注意答案要的是標示「★」的空格，要填對位置喔！

問題８　次の文の ＿★＿ に入る最もよいものを、１・２・３・４から一つ選びなさい。

（問題例）

私が＿＿ ＿＿ ＿★＿ ＿＿分かりやすいです。

1 普段　　2 参考書は　　3 使っている　　4 とても

（解答の仕方）

1. 正しい文はこうです。

私が＿＿ ＿＿ ＿★＿ ＿＿分かりやすいです。 **1 普段　3 使っている　2 参考書は　4 とても**

2. ＿★＿ に入る番号を解答用紙にマークします。

（解答用紙）

（例）	① ❷ ③ ④

13 考え事を＿＿ ＿＿ ＿★＿ ＿＿においていかれてしまった。

1 歩いている　　2 しながら　　3 みんな　　4 うちに

14 今日の＿＿ ＿＿ ＿★＿ ＿＿生産量は決められません。

1 見てから　　2 でないと　　3 明日の　　4 売れ行きを

15 決勝戦で＿＿ ＿＿ ＿★＿ ＿＿、一躍ヒーローになった。

1 決めた　　2 ゴールを　　3 きっかけに　　4 ことを

16 専門の＿＿ ＿＿、＿★＿ ＿＿募集します。

1 問わず　　2 分野を　　3 ある人を　　4 やる気が

17 ＿＿ ＿＿ ＿★＿ ＿＿何事も解決しなければなりません。

1 なった　　2 以上　　3 自分で　　4 経営者に

問題 9　考試訣竅

問題 9 考的是「文章的文法」，這一題型是先給一篇文章，隨後就文章內容，去選詞填空，選出符合文章脈絡的文法問題。預估出 5 題。

做這種題，要先通讀全文，好好掌握文章，抓住文章中一個或幾個要點或觀點。第 2 次再細讀，尤其要仔細閱讀填空處的上下文，就上下文脈絡，並配合文章的要點，來進行選擇。細讀的時候，可以試著在填空處填寫上答案，再看選項，最後進行判斷。

由於做這種題型，必須把握前句跟後句，甚至前段與後段之間的意思關係，才能正確選擇相應的文法。也因此，前面選擇的正確與否，也會影響到後面其他問題的正確理解。

做題時，要仔細閱讀［　　］的前後文，從意思上、邏輯上弄清楚是順接還是逆接、是肯定還是否定，是進行舉例說明，還是換句話說。經過反覆閱讀有關章節，理清枝節，抓住關鍵之處後，再跟選項對照，抓出主要，刪去錯誤，就可以選擇正確答案。另外，對日本文化、社會、風俗習慣等的認識跟理解，對答題是有絕大助益的。

問題9　次の文章を読んで、［18］から［22］の中に入る最もよいものを、1・2・3・4から一つ選びなさい。

フィンランドでは、教師は伝統的に人気の高い職業だ。もちろん安定性や長い夏休み［18］もあるが、給料は仕事の大変さ、責任の重さに比べれば、［19］高いとはいえない。しかし、フィンランドに「教師は国民のろうそく、暗闇に明かりを照らし人々を導いていく」という言葉があるように、国民から尊敬されてきた職業なのだ。

とはいっても、「小学校の時に［20］あの先生に憧れて教師になりたい」と思っている人は、私の周りにはほんのわずかしかいなかった。逆に教職を目指す友人からはよく、今までに変わった先生や、嫌いだった先生についての批判を耳にした。

彼らが教職を目指すのは「恩師への憧れ」というよりも、それまでなんらかの形で「教える」経験をしてきており、その教えることの楽しみ、子どもたちへの愛、そして自分の知識を他の人にも伝えたいという願い、というの［21］大きい。そして「知識を教える」ことだけにとどまらず、広い意味で「教え育む教育」ということに情熱をもち、教師に憧れている人がとても多い。これが、専門性と人間性両方を兼ね備えた教師の質に［22］。

「フィンランド豊かさのメソッド」堀内都喜子

18

1　とでもいうべき魅力　　2　といわれる魅力
3　ともいえる魅力　　4　といった魅力

19

1　決して　　2　よほど
3　どれほど　　4　必ず

20

1　教わった　　2　教えた
3　教えられた　　4　教えてあげた

21

1　で　　2　は　　3　が　　4　に

22

1　つながっておきました
2　つながっていくのだろう
3　つながっていなければなりません
4　つながられがちです

問題７　文の＿＿＿＿に入れるのに最もよいものを、１・２・３・４から一つ選びなさい。

1　去年の秋に会った＿＿＿＿、一度も会っていない。

1　から　　2　のに　　3　まで　　4　きり

2　明日の会議で発表するかどうか、今はまだはっきり決まっていない。発表しない＿＿＿＿発表できる準備をしておいた方がいい。

1　にせよ　　2　とか　　3　に応じて　　4　にそって

3　早く寝た方がいいと＿＿＿＿、ついつい夜更かししてしまいます。

1　思いながら　　2　思うことなく

3　思うことだから　　4　思えばこそ

4　できるかできないか＿＿＿＿、とりあえず挑戦してみます。

1　にそって　　2　にすれば　　3　にあたり　　4　にかかわらず

5　幼児の扱い＿＿＿＿、彼女はプロ中のプロですよ。

1　にかけては　　2　にわたって

3　はもとより　　4　もかまわず

6　見かけが＿＿＿＿、食べれば味は同じですよ。

1　悪いわりには　　2　悪いをぬきにしては

3　悪いにしても　　4　悪いようには

7　＿＿＿＿もう仲直りできっこない。

1　謝っただけあって　　2　謝るにつけ

3　謝るものなら　　4　謝っても

8 入社から3カ月が過ぎ、新入社員も会社に＿＿＿＿ あります。

1 溶け込むこと　　2 溶け込みつつ

3 溶け込むにつれ　　4 溶け込むほど

9 熱がある＿＿＿＿、体がだるくてしょうがないです。

1 反面　　2 ものなら　　3 わりに　　4 せいか

10 いろいろあるのが人生＿＿＿＿です。

1 というもの　　2 というはず

3 というわけ　　4 ということ

11 それは苦情＿＿＿＿、脅迫ですよ。

1 というにも　　2 というには

3 というと　　4 というより

12 路が混雑しない＿＿＿＿、出発したほうがいい。

1 ついでに　　2 うちに　　3 際は　　4 次第で

問題８　次の文の ＿★＿ に入る最もよいものを、１・２・３・４から一つ選びなさい。

（問題例）

＿＿＿ ＿＿＿ ＿★＿ ＿＿＿一番はやっています。

1 今　　2 昨日　　3 映画は　　4 見た

（解答の仕方）

1. 正しい文はこうです。

＿＿＿ ＿＿＿ ＿★＿ ＿＿＿**一番はやっています。** **2昨日　4見た　3映画は　1今**

2. ＿★＿に入る番号を解答用紙にマークします。

（解答用紙）	（例）	① ② ❸ ④

---

13 どうしてあの時もう一度答えを見直さなかったのか ＿＿＿ ＿＿＿ ＿★＿ ＿＿＿。

1 悔やまない　2 いられない　3 と　4 では

14 今年こそは何とか ＿＿＿ ＿＿＿ ＿★＿ ＿＿＿と思います。

1 期待に　2 応えて　3 みなさんの　4 優勝したい

15 ＿＿＿ ＿＿＿ ＿★＿ ＿＿＿、彼は大阪出身に間違いないですよ。

1 言葉遣い　2 して　3 から　4 あの

16 _____ _____ __★__ _____あなたの行い次第です。

1 信頼　　2 は　　3 えられるかどうか　　4 を

17 _____ _____ __★__ _____俳優を選びます。

1 物語の　　2 応じて　　3 内容に　　4 演じる

問題9　次の文章を読んで、18 から 22 の中に入る最もよいものを、1・2・3・4から一つ選びなさい。

ところで、健康である、というのは、どういう状態をいうのでしょうか。

私は、何かの病気にかかっているとか、体の一部が欠損しているとか、そういうことは健康とは一切 18 と思っています。

その人が健康である、ということは、朝起きたときその日一日なにかしらやることがあり、その日一日を過ごすことに意欲を感じることができる、19 毎日を楽しく生きる心構えがある状態をいうのだと私は考えます。

そういう人は重い病気や障害をもっている人の中にもたくさんいて、彼が彼女らが健康であることはその笑顔から分かります。逆に、いわゆる五体満足で、 20 どこも悪いところがないのに、生きる意欲も感じられず、ただ毎日を無為に過ごしている若者もいますが、そういう連中は「健康である」とは 21 。

吐血と肝炎で長い入院を繰り返したとき、一つ気がついたことがありました。

病院に入って患者と呼ばれるようになると、その直前まで生活していた一般社会から隔離されます。たとえ外部との通信は自由でも、身体的には拘束され、身の回りの世話を看護婦さんたち 22 まかせます。さすがに最近は患者に幼児言葉で呼び掛けることはなくなったようですが、誰もが地位や肩書や職業から切り離され、自分の生活を他人に依存する、一介の無力な存在となるのです。

「今日よりよい明日はない」玉村豊男

18

1 関係する　　2 関係がない

3 関係がある　　4 関係すべき

19

1 当然　　2 つまり　　3 あたかも　　4 まるで

20

1 検査をしつつ　　2 検査をしようものなら

3 検査をした以上　　4 検査をしても

21

1 言い難いでしょう　　2 言い易いでしょう

3 言うはずでしょう　　4 言うところでしょう

22

1 より　　2 を　　3 に　　4 と

問題7　文の＿＿＿＿＿にいれるのに最もよいものを、1・2・3・4から一つ選びなさい。

1　こんなに暑い日は家でじっとしている＿＿＿＿＿。

1　よりほかない　　2　かのようだ

3　おそれがある　　4　一方だ

2　話し合いを始めるか始めない＿＿＿＿＿、彼は立って部屋から出ていった。

1　かどうか　　2　かと思ったら

3　かのうちに　　4　かと思うと

3　すれ違いの生活が続いた＿＿＿＿＿、とうとう彼女は離婚しました。

1　にあたり　　2　ばかりに　　3　だけあって　　4　としては

4　食品の成分＿＿＿＿＿正確に表示するべきです。

1　にとっては　　2　については

3　に先立ち　　4　における

5　彼女は感情を表に＿＿＿＿＿としているようでした。

1　出さざる　　2　出すかい　　3　出すはず　　4　出すまい

6　十分な蓄えがない＿＿＿＿＿、夫は突然会社を辞めてしまった。

1　ことだから　　2　おかげで

3　のもかまわず　　4　からといえば

7　殴れる＿＿＿＿＿、殴ればいいじゃないか。

1　ものなら　　2　としても　　3　にせよ　　4　ばかりに

8 青年＿＿＿＿中年＿＿＿＿、食生活には気を付けましょう。

1 や　　2 にしろ　　3 とか　　4 やら

9 調子も良いし、相手も強くないから、彼女が勝つ＿＿＿＿。

1 に過ぎない　　2 に相違ない

3 せいだ　　4 ことになっている

10 実験が成功したのは、あなたの頑張りがあったから＿＿＿＿。

1 にほかならない　　2 をはじめとする

3 おかげだ　　4 次第だ

11 彼は苦労＿＿＿＿、やっと幸せな生活を手に入れました。

1 どころか　　2 のすえに　　3 次第で　　4 ついでに

12 厳しい環境＿＿＿＿、人はよりたくましくなるものです。

1 に加えて　　2 にしろ　　3 ぬきでは　　4 のもとで

問題８ 次の文の ＿★＿ に入る最もよいものを、１・２・３・４から一つ選びなさい。

（問題例）

＿＿＿ ＿＿＿ ＿★＿ ＿＿＿ です。

1 ともかくとして　　2 実現性は

3 プロジェクト　　4 夢のある

（解答の仕方）

1. 正しい文はこうです。

＿＿＿	＿＿＿	＿★＿	＿＿＿ です。
2 実現性は	**1 ともかくとして**	**4 夢のある**	**3 プロジェクト**

2. ＿★＿ に入る番号を解答用紙にマークします。

（解答用紙）

（例）	① ② ③ ❹

13 レーザー治療したのに、シミは減る ＿＿＿ ＿＿＿ ＿★＿ ＿＿＿ です。

1 か　　2 どころ　　3 増える　　4 一方

14 園児らは ＿＿＿ ＿＿＿ ＿★＿ ＿＿＿ 歌を歌い始めた。

1 たくさんの乗客が　　2 大声で

3 かまわず　　4 いるのも

15 ＿＿＿ ＿＿＿ ＿★＿ ＿＿＿ 見直された。

1 先立ち　　2 人員配置が　　3 拡張に　　4 業務の

16 _____ _____ _★_ _____ 100万円にすぎません。

1 あると　　2 いっても　　3 貯金が　　4 わずか

17 _____ _____ _★_ _____、情勢を分析します。

1 情報を　　2 して　　3 入手した　　4 もとに

問題9 次の文章を読んで、[18]から[22]の中に入る最もよいものを、1・2・3・4から一つ選びなさい。

翌日は、朝からいろいろな人が来た。どの人も [18] 顔をし、涙ぐんでいる人もいた。柩（注1）に近づく人はなく、ふたはとざされたままであった。

「こんな [19] …」と父方の伯母は言って、俊夫に顔を向けた。

涙のにじみ出ているその眼が恐しく、俊夫は視線をそらせた。

午後おそく、母方の伯父が、祖母とともに黒い服を着てやってきた。伯父は、いつもとちがったこわばった顔をしていて、両手をつき、父や父の親類に頭を畳につくほどさげ、小柄な祖母もそれ [20] ならった。

「男にだまされ、それだけでは [21] 、こんな大それたことをして、全く馬鹿な奴です」伯父は、涙声で言った。

「別れたいなら、いつでも別れてやったんですよ。それなのに姿を隠したきりで、[22] と言って、こんなことをされては、どうしたらいいんです。恥をかかされた上に、面当てまでされたようなものです。」伯母の声は、ふるえていた。

父は身じろぎもせず黙っていた。

注1：死体を収める箱

「秋の街」吉村昭

18

1　怒りげな　　　2　怒らせたような

3　怒ったような　　　4　怒りっぽい

19

1　子どもまでいるというのに

2　子どもまでいるというものでもない

3　子どもまでいるどころではない

4　子どもまでいようものなら

20

1 から　　2　に　　3　が　　4　と

21

1　おさまるべし　　　2　おさまるかわりに

3　おさまったあげく　　　4　おさまらず

22

1　男に捨てられたから

2　男に捨てられたついでだから

3　男に捨てられたにあたっては

4　男に捨てられた末

第一回

問題 7

1 2	2 2	3 3	4 1	5 4
6 2	7 1	8 1	9 4	10 3
11 4	12 2			

問題 8

13 4	14 2	15 4	16 4	17 2

問題 9

18 4	19 1	20 1	21 3	22 2

第二回

問題 7

1 4	2 1	3 1	4 4	5 1
6 3	7 4	8 2	9 4	10 1
11 4	12 2			

問題 8

13 4	14 2	15 3	16 3	17 2

問題 9

18 2	19 2	20 4	21 1	22 3

第三回

問題 7

1　1	2　3	3　2	4　2	5　4
6　3	7　1	8　2	9　2	10　1
11　2	12　4			

問題 8

13　3	14　3	15　1	16　2	17　4

問題 9

18　3	19　1	20　2	21　4	22　1

第一回練習問題

問題一

題號	1	2	3	4	5	6	7	8	9	10
答案	3	1	3	2	1	2	2	2	3	2

題號	11	12	13	14	15
答案	2	3	3	2	4

問題二

1. （こうなった）上は（覚悟を決めるしかない）。
2. 話し合っているうちに、（いい意見がでてきました）。
3. （今の社長がいる）かぎりは（出世の見込みはない）。
4. （病状）は（悪化する）一方だ。
5. （さんざん遊んだ）あげくに（一文無しになった）。
6. 彼は（頭がいい）うえに（スポーツも万能だ）。
7. （明日台風が来る）おそれがある。
8. （社長が引退し）ないかぎり（部長は昇進できないだろう）。
9. （いい医者の）おかげで（早く治った）。
10. （できる）かぎりの（ことはします）。

第二回練習問題

問題一

題號	1	2	3	4	5	6	7	8	9
答案	2	4	2	4	3	4	1	1	3

問題二

1. （このままでは、彼は自殺し）かねない。
2. （夜が明ける）か（明けない）かのうちに（出かけて行きました）。
3. （ちょっと風邪）気味です。
4. （新人の）くせに（生意気だ）。
5. （美人だ）からといって（性格がいいとはかぎらない）。
6. （100 万は出し）かねる。
7. （結論）からいうと（今回は無理でしょう）。
8. （プロ）からすれば（こんな問題は簡単に解決できるだろう）。
9. （5キロの道を走り）きった。
10. （課長）のかわりに（取引先へ行ってくれませんか）。
11. （ことが重大である）からこそ（言うべきかためらった）。

第三回練習問題

問題一

題號	1	2	3	4	5	6	7	8	9	10
答案	1	3	3	1	3	1	3	2	2	4

題號	11	12	13	14	15	16
答案	3	3	2	2	1	4

問題二

1. （いきなり契約の話をするとは、なんと愚かな）ことか。
2. （友人）さえ（彼を見放した）。
3. （彼が遅れた）せいで（皆に怒られた）。
4. （授業の）最中に、（警報ベルがなりました）。
5. （あの人）こそ（あたらしい社長にふさわしい）。
6. （几帳面な彼）のことだから（もう準備は終わっていただろう）。
7. （取引を停止せ）ざるをえない。
8. 彼は（休む）ことなく（働き続けた）。
9. （天候が回復し）次第、（出航します）。
10. （ここは会員しか入れない）ことになっている。

第四回練習問題

問題一

題號	1	2	3	4	5	6	7	8	9	10
答案	1	1	1	3	1	4	3	3	4	1

題號	11	12	13	14
答案	1	2	2	2

問題二

1. （卒業）以来、（彼女とは全然会っていない）。
2. （悲しくて）てたまらない。
3. （部屋に入っ）たとたん、（暑くなりました）。
4. たとえ（私一人）でも、（行きます）。
5. （いろいろと考え）つつ（酒を飲みました）。
6. （テキストを予習し）てからでないと（授業についていけないよ）。
7. （東京へ出かける）たびに（おみやげにケーキを買ってきます）。
8. （この音楽を聴いていると、彼のことが思い出され）てなりません。
9. （駅に行く）ついでに（スーパーに寄りました）。
10. （この参考書は間違い）だらけだ。
11. （彼の体力）は（回復し）つつある。

第五回練習問題

問題一

題號	1	2	3	4	5	6	7	8	9	10
答案	3	1	2	3	3	2	2	4	2	3

題號	11	12	13
答案	4	2	3

問題二

1. （若ければいい）というものではない。
2. 今日は（保護者の代表）として（参りました）。
3. （あの二人はもうすぐ結婚する）ということだ。
4. （寝ようとしている）ところへ（に）、急に（電話がかかってきた）。
5. （旅行に行く）としたら（どこへ行きたいですか）。

第六回練習問題

問題一

題號	1	2	3	4	5	6	7	8	9	10
答案	3	1	3	2	2	2	2	3	1	3

題號	11	12	13	14	15
答案	1	4	3	4	1

問題二

1. （試験）に先立ち（まず答案の書き方を説明します）。
2. （この意見）に関して（何か質問はありませんか）。
3. （社長の印鑑が）ないことには（契約はできません）。
4. （頑張れば成功でき）ないことはない。
5. （課長）に加えて（部長もその企画に反対している）。
6. （開会式）に際して（市長からの挨拶があります）。
7. （説明会）は（体育館）において（行われます）。
8. （泣か）ないではいられない。
9. （姉）に比べて（妹は大人しい）。
10. （勉強）にかぎらず（どんなことでも相談してください）。
11. （業績）に応じて（ボーナスの金額が決まる）。
12. （眠かった）にもかかわらず（徹夜で仕事をした）。

第七回練習問題

問題一

題號	1	2	3	4	5	6	7
答案	1	4	1	1	2	2	3

問題二

1. （年を取る）につれて、（おこりっぽくなった）。
2. （晴れるという予報）に反して、今日は（大雨が降った）。
3. いくら（先生）にしろ、（言ってはいけないことがある）。
4. 陳先生は（学生）にとって（いい先生です）。
5. （夫の転勤）に伴い、（一家で引越しました）。
6. （社会問題）について（友だちと議論した）。

第八回練習問題

問題一

題號	1	2	3	4	5	6	7	8	9	10
答案	3	3	3	1	1	2	3	1	2	4

問題二

1. （この小説は文章）はともかく（内容はたいへん面白い）。
2. （新聞）によると（株価が値上がりしているそうだ）。
3. 決めたことは（守り）ぬかなければならない。
4. （勉強はすれ）ば（する）ほど（面白くなる）。
5. （専門家の情報）に基づいて（投資をしよう）。
6. （この服は若い女性）向きだ。
7. （この絵は、どこか人の心を打つ）ものがある。
8. （一人でも行く）もん。

第九回練習問題

問題一

題號	1	2	3	4	5	6	7	8	9	10
答案	3	2	3	2	3	4	4	1	1	3

題號	11	12	13	14	15
答案	3	1	3	4	1

問題二

1. （友だちの紹介）をきっかけに（二人は付き合い始めた）。
2. コンクールの時は、（先生）をはじめ（クラスのみんなが応援してくれた）。
3. 私の国は一年を通して（涼しいです）。
4. （行かないという）わけではない。
5. （できる）ものなら（かわってあげたい）。
6. （そういうことを言う）ものではない。
7. （ご期待にそえる）ように頑張ります。
8. （経験）を問わず（どなたでも応募できます）。
9. （この宝石）をめぐって（さまざまな伝説がある）。
10. （電話がきた）ものだから（勉強が中断してしまった）。
11. （彼がそんなことを言う）わけがない。

MEMO

文法精解
例句生字注解
完全自學版型

破繭成蝶，自學神器

絶對合格 日檢必背文法

[25K＋QR碼線上音檔]

【自學制霸 04】

■ 發行人　林德勝

■ 著者　吉松由美、西村惠子、林勝田

■ 出版發行　山田社文化事業有限公司
臺北市大安區安和路一段112巷17號7樓
電話　02-2755-7622
傳真　02-2700-1887

■ 郵政劃撥　19867160號　大原文化事業有限公司

■ 總經銷　聯合發行股份有限公司
新北市新店區寶橋路235巷6弄6號2樓
電話　02-2917-8022
傳真　02-2915-6275

■ 印刷　上鎰數位科技印刷有限公司

■ 法律顧問　林長振法律事務所　林長振律師

■ 書＋QR碼　定價　新台幣 399 元

■ 初版　2024年1月

© ISBN：978-986-246-802-9

STS
山田社

STS
山田社